中公文庫

ミミのこと

他二篇

田中小実昌

目次

ミミのこと

他二篇

ミミのこと

店にかけこんできた女は、ぼくのうしろをとおるとき、ちょっと肩に手をかけて乳房のさきで背中をおし、カウンターのはしに腰をおろすと、奥のベニヤ板の壁のほうをむき、サングラスをかけた。

肉がついたまま髑髏《どくろ》のような顔つきにかわる、大げさなサングラスだ。

カウンターだけのせまい飲屋だから、うしろをとおるとき、女の乳房のさきがぼくの背中にさわってもふしぎではないが、かるくこすりつけるようにしておしたのは、やはりお愛想みたいなものだろう。

女は、いったんおろした腰をあげ、への字にからだをまげ、カウンターごしに、流しのなかから、客が飲みのこしたビールのグラスを、人差指と中指ではさんでもちあげた。

ママはいない。ほかの客もいない。さっき、ママは店の入口のよこのトイレにはいった。そして、女にしては散漫なオシッコの音がしていたが、トイレの戸があき、どーうすりゃいいのさあ……と歌いながら戸をしめ、どこかにいってしまった。ここは、路地の奥のいきづまりの飲屋で、どこにもいけないはずなのに……。

流しからはさみあげた、客の飲みのこしのビールのグラスを、女は、いやに力をいれてにぎりしめている。

にぎっているだけで、口にはもっていかないのを、ぼくが首をふりふり見ていると、女は赤い舌をだした。世の中には、ほんとに赤い舌ってものがあるんだな。

女はわらったのかもしれないが、サングラスのため髑髏顔になっているのでわからない。

店の入口に男がたっていた。しかし、足音はきこえなかった。この路地にだれかがはいってくると、両側の旅館《ドヤ》の裏壁にはねかえって、足音はよくひびく。男の足音か女の足音か、どのていど酔っぱらってるかも、だいたいわかる。この女がはしってきた足音も、ちゃんときこえた。

男は、だまって立って、店のなかを見ていた。うしろにもうひとり男がいる。二人とも、からだをななめにしていた。せまい路地なので、からだをななめにしないと、肩がドヤの裏壁にくっつく。しかし、がっしりした幅のひろい肩だった。

二人の刑事は、だまって、ぼくと女を見ていたが、路地をひきかえしていった。こんどは足音がした。

その足音が消えると、女はにぎりしめていたビールのグラスを手からはなし、サングラスをとった。

ぼくは、自分が首をふりながら女のほうをみつめていたわけがわかった。

やっぱり、そうだった。ミミだ。

むかし、パンパン狩りというのがあった。M・P[1]が中型のウィポン・キャリアや、ときには、大型のGMC[2]のトラックできて、通りにたってる女たちをとりかこみ、トラックのなかにひっぱりあげた。女たちは、(男どもが、おおっぴらにはアメリカ人に言えなかった)らんぼうな悪口をM・Pにわめきたて、いくらかお祭りさわぎのような気分もあって、見てる者はたいていわらっていた。

そのまた昔には、学生狩りというのもあった。が、両方とも、今でもやっているらしい。

それはともかく、ミミにはじめてあったのも、パンパン狩りから逃げてきた夜だったのかもしれない。

目をあけると、石の天井の下に、女の顔がうかんでいた。それが、額の絵をたおしたみたいになっている。明りとりの窓の枠のなかで、女の顔がよこになってたのだ。

顔の下に手があって、明りとりの窓をたたいた。この音で、目がさめたんだろう。

天井も床も壁も、ぜんぶ石でできた地下室には、壁によせて、十ばかりベッドがならんでるだけで、ベッドのなかには、だれも寝ていなかった。

ぼくはベッドの上にたち、よこになった女の顔を見あげた。髪がななめに目にかぶさっている。女は、明りとりの窓をあけろ、と言ってるらしい。だれかが明りとりの窓をあけるのを見たことはないが、おすと、あくようになっていた。

手が埃《ほこり》でよごれ、かなり厚いガラスの明りとりの窓がきしんでうごき、しめっぽい夜の空気がはいりこんできて、よこになった女の口がひらいたが、声はきこえず、ぼくはベッドの上にたっている膝がガクンとなった。

ここは、戦争に負けるまで、海軍の鎮守府《ちんじゅふ》司令部があったところだそうだ。その鎮守府のなかでも司令官がいる司令部の建物だったらしい。天井から床までぜんぶ大理石かもしれない地下室なんて、そうあちこちにあるものではない。

しかし、地上の建物は、みんな空襲でやられていた。それがまた、空襲の跡のパノラマみたいな、みごとな焼け跡なのだ。

焼けた柱が（内部《なか》は、いろいろ材木もつかってたようだ）くろぐろとひかって天をさし、その裂けかた、爆風の強さをしめすかたむきかげん、ふっとびかたなど、さいしょここにきたとき、ぼくはしばらく（たぶん、惚れ惚れと）足をとめてみつめた。

さすがは鎮守府司令部の焼けた跡はちがうもんだ、と感心したのは、ぼくだけではあるまい。その証拠に、恨めしい角度にかしがった黒焦げの板をけずった炭《すみ》で「南無八幡大菩薩」とか「帝国海軍万歳」とか「神州不滅」とか書いてある。これは、帝国海軍なんかなくなったあとの、つまり美的な落書きだろう。

また、そこいらの石っころまで白いペンキで塗りつぶす米軍やＢＣＯＦ（英連邦軍。接収され、ここは英連邦軍の司令部になっていた）の連中が、ここだけ、こんなままにしていたのはやはり、焼け跡っぷりが気にいってたのかもしれない。

しかし、あの夜、ミミはどこからはいりこんできたんだろう。まだ日本人の警備員《ガード》はいないころだったが、なにしろ、もと海軍鎮守府の英連邦軍の司令部だから、ゲートには米軍のＧ・Ｉ(3)なんかとちがい、もっと赤いのや白いのや、きんきらごてごてくっつけたスコットランドの衛兵あたりが、やはりアメリカのＭ・Ｐなんかよりしゃちほこばってたってたし、それに、地下室の明り窓は建物にかこまれた内庭にむいていた。

パンパン狩りから逃げてきたとおもったのは、ミミが逃げる真似《まね》をしてみせたからだ。

この町のパンパン狩りは、あまりおもしろくなかった。東京の有楽町や上野の公園下のパンパン狩りみたいに、見物人がいないので、女たちがM・Pの悪口を言っても、お祭り声がでず、かん高い悲鳴になる。

それに、わっと取りかこんで、カツオでも釣りあげるといったぐあいでなく、もと軍港のあまり人通りがない道を、ひとりずっとねらいをつけて、追いかけ、追いつめて、女をつかまえる。

だから、針金の輪をもった犬捕りのやりかたをおもわせ、おまけにM・Pの車には金網がはってあり、金網のなかで、女どうしがヤケになって抱きあい、腰をつかって見せても、犬捕りにつかまって、死ににいく犬が檻《おり》のなかでうしろからのっかり、つがってるような感じだった。

ともかく、パンパン狩りの車の金網のなかにいれられたミミの姿を想像すると、サマになりすぎていけない。キャンキャンわめきたてるからではない。兎《うさぎ》みたいに、ものがいえないからだ。

「神州不滅」の焼け跡の石段のほうから、ミミを地下室にいれてやると、ミミはぼくのとなりのベッドに腰をおろし、そして、また立ちあがると、M・Pの腕章をまき、棍棒《こんぼう》をもって、（三島由紀夫のヘイタイさんみたいに）軍帽の庇《ひさし》を深くさげた英連邦軍のM・Pが車のハンドルをにぎって追いかけ、その前を息をきらして（ハアハア胸をたたき）逃げていく身ぶりをした。

ただ、ぼくは、ものがいえない相手とのおしゃべりには慣れてなくて、ミミよりもこっちが間《ま》がわるいような気持になったんじゃないかな。

ミミは、てのひらをあわせて目の下にもっていき、首をよこにして、童謡歌手がよくやるお睡《ねむ》のポーズみたいなのをつくり、ぼくはこまったとおもうが、こまる、とは言わなかっただろう。

ぼくは子供のときから、おふくろに意志が弱い、と言われてきた。しかし、意志が弱いのを、意志の力でなおそうというのは、論理的にも実際にもむりなはなしで、なんだかずるずるべったりにくらしてきたが、意志が弱いのも、それでつらぬきとおせば、そういう生きかたもあるかもしれないとも考えたけど、頭のなかだけの考えで、だいいち意志が弱いのとつらぬきとおすなんてことは、まるで逆のことだ。

しかし、こまってもあたりまえで、どこかの女を泊めたことが、C・Q（当直）の将校や下士官にバレれば、もちろんおこられるし、（Fire!――……クビだと言われてもしかたがない）それに、兵隊にはわからなくても、ぼくは、この旧海軍鎮守府司令部の石の地下室では、いちばんの新入りだ。

ぼくは、十日ほど前から、司令部のある丘の下の兵隊の食堂《ソルジャーズ・メス》につとめだしたばかりで、食堂のなかでもサイテイにつまらないメス・ボーイだった。

食堂《メス》関係でいちばん威張《いば》ってるのは、もちろんコックで、つぎは皿洗いのK・P(4)、そして最後が食堂《メス》ボーイだ。

それに食堂《メス》ボーイ（アメリカならばバスボーイ）というのはボーイのうちでも最低で、丘の上の将校食堂ではちゃんとウェイターとよんでいる。

ぼくは、兵隊のときも二等兵のままだったし、自分がいちばん下っぱなのは、いくらかあたりまえの気持でいたが、上からだんだんに腹をふくらましていって、下っぱのぼくたちまで残り物がこないことがあるのはかなしかった。

コックだって、皿洗いのK・Pだって、食堂《メス》ボーイだって、職種がちがうだけで、K・Pとは給料《ペイ》もおなじぐらいだし、上も下もあるもんかとおもうけど、残り物の分配で、はっきり上下ができちまう。

いや、分配なんてものではなく、まず、コックがとって、つぎにK・Pがたべ、もし余ったら余ったものを食堂《メス》ボーイにってわけだ。

ミミが明り窓をたたいた夜も、たしか、みんな残り物がなくなって、チキン・スープだけになり、チキン・スープにはライスをいれてるから、鍋の底にしずんだふやふやのライスを料理用のスプーンですくい、一列にならんでまってる食堂《メス》ボーイのボールのなかにいれてくれてたが、ぼくのなん人か前で鍋がからになり、係りのK・Pが鍋の底を見せて、大きなスプーンで、カリカリ・チン、とたたき、しかたがないので、パン屑でもかじり（パンを切るのは食堂《メス》ボーイの仕事なので炊事班長《メス・サージャン》の目をかすめて、なるべくパン屑をつくっておく）水でも飲んで、石の地下室のベッドで寝てたんだろう。

外国の脱走映画の捕虜収容所のシーンではマンネリの画面で、ぼくたちのほうでもマンネリだったが腹がへるマンネリっていうのはなさけない。

もっとも、文句を言えば、日本人従業員に食事をだすことは雇用契約《コントラクト》にはない、と炊事班長《メス・サージャン》にどなられ、今後、日本人にはいっさい残り物はやらないことにする、なんてことになる。

口惜《くや》しいのは、兵隊たちがたべおわった皿を洗い場のK・Pのところにはこぶのは、ぼくたち食堂《メス》ボーイだけど、K・Pどもは皿のたべのこしを、残飯罐《ギャベージ・キャン》にすてるとき、めぼしいものがあれば、口のなかにほうりこむ。

ところが、ぼくたち食堂《メス》ボーイが、よごれた皿を洗い場にはこぶ途中で、残ったものを口にいれたりしたのを見つかったら、すぐクビだ。

海軍鎮守府司令部の焼け跡の石の地下室には、たぶん十ぐらいのベッドがあった。ベッドといっても、組立式のズック張りの野戦用のやつで、ほんとはベッドではなくて、コットと言っている。

この十ばかりのコットは、持主があるようでないようだった。もっとも、兵舎《バラック》のボイラーマンの旦那のコットには、ほかの者は寝ない。K・Pのジョニーとトミーとビリーのコットも、アメリカの雑誌のエスクァイヤからはがしたピンアップ・ヌードがコットの上の石の壁にはりつけてあったりして、自分のコットがきまってたようだ。

しかし、明り窓の下の（ほかにも明り窓はあったが）ぼくのコットは、前は、だれのコットだったかはしらない。それに、夜かえってきて、だれかがぼくのコットで眠ってれば、ぼくはほかのコットに寝た。あいてるコットがなくて、末に寝たこともあるが、石の床は、コンクリの床とちがって、なにか湿った感じでつめたかった。

そんなわけで、ぼくのとなりのコットも、上の将校食堂《オフィサーズ・メス》のウェイターの坂田が、ときどき寝ていたが、その晩は、ぼくのほかはだれもいなかったから、もちろんあいていて、ミミがお睡《ねむ》のカッコをしてもぐりこむのを、ほかのコットもずらずらあいてるんだし、ぼくはことわれなかったんだろう。

だけど、どこのだれだかわからない女を（いや、わかっていても）ぼくが泊めてやったりしたら、おそらくクビになるだろうし、まだ働きだしたばかりでクビにはなりたくない。

それに、いちばんの新入りで、旦那やジョニーたちみたいに、この石の地下室の住人としてみとめられてるわけでもないぼくが……おふくろが言うとおり、意志がよわいんだな。

ミミはとなりのコットに寝る前に、枕をこちら側にまわした。ぼくはねむれなくて、おきて便所にいき、しかたがないから、また地下室にもどってきて、電灯をけし、自分のコットにはいった。


さいしょ、ぼくは、かなり寝ぼけてたとおもうが、その音がなんの音だかわかったようだ。

はじめてきく音が、なんの音かわかったというのは、ぼくにも常識みたいなものができてきてたからだろう。（こういう常識が、つまり身についてきて、どこかの女と日常的に寝ることがあたりまえになり――つまらない理屈だが、毎日みたいにやってることでも、日常的とはかぎらないけど――結婚ってことになるのではないか。結婚というものが常識的だというのは、そういったことではないのか）

となりのベッドが舟をこいでる音だ。ベッドと言っても、軍用の組立式のコットで、だから、寝るときなどは、ギイコラ音がするが、こんなにステディに舟をこぐような音がするのは、コットの上でニンゲンが運動をしているからで、また、ひとりで運動をする者はいない。

そのうち、息をする声がきこえた。ぼくの頭のすぐむこうで、息をたてている。その声が、声帯模写の蒸気機関車の音みたいに律義にクレシェンドに高くなり、ミミがとなりのコットに寝る前に、枕をこちら側にまわしたのを、ぼくはおもいだしてたが、その息は男の息だった。

やがて、息の音がやみ、べつの音がして、コットが、さっきの舟をこいでたときとはちがうきしみかたをし、ぼくの頭の上の空気がうごき、目をあけると（それまでは、目をつむったままでいた）部屋のなかがいくらか薄あかるくなっていて、裸の尻が旦那のコットのほうにあるいていっていた。

旦那は自分のコットにはいると、大人っぽい咳《せき》をして、毛布をひっかぶり、すぐいびきをかきだした。旦那はいびきをかく癖がある。

咳もそうだし、旦那だけが、この石の地下室で大人のようだった。歳もだいぶちがっていて、旦那は軍隊で進級のはやい下士官候補でもポツダム軍曹だったというから

（もっとも、これはウソの可能性もある）二十五ぐらいにはなってたかもしれない。そのつぎに歳をくっているぼくが二十一、ジョニーたちは、二十《はたち》以下でビリーはまだ十六だ。

旦那というのは、ジョニーたちがつけたあだ名で、かげで悪口を言うときは、お旦那とおの字をくっつけた。

旦那自身も、ほかのガキたちとはちがうとおもってるはずだ。だから、顔もオジさん面《づら》で、焼け跡の地下室に防火責任者みたいなものをつくったときは、みんないやがったせいもあるが、旦那が責任者になった。

旦那のコットがきまってたのは、毎晩、旦那がこの地下室に寝てたからだ。昨夜《ゆうべ》も、ミミがきたときはいなかったけど、ちゃんとこうして、かえってきている。

しかし、旦那には女房があるらしい。子供もいる、とジョニーは言った。ともかく、旦那はあまり無駄使いみたいなことはしなかった。

旦那が自分のコットにもどり、いびきをかきだしてから、ぼくは便所にいった。昨夜から、便所にばかりいっている。

ミミは目をひらき、じっとこちらを見ていた。まだ夜があけきらない前のうす暗がりのなかで、その目が、なにかの動物の目みたいにひかってたイメージがあるが、これは、（白黒の）外国映画のシーンあたりから借りてきた偽のイメージだろう。

動物の目というのには、そういう表情がありそうだ。しかし、あとになってからのことをおもいだしても、ミミがなにか表情のあるような目をした記憶はない。

ミミは口もきかないが、目も、いつもだまってる目だった。

ミミはぼくを見あげ、ぼくがコットにはいるのを、首をまわしてみつめていたが、コットをおりて、ぼくの枕もとにたった。

だから、こんどは、こっちがミミを見あげてると、ミミは片手をぼくの頭をこしてコットの壁ぎわにつき、かたっぽうの足をぼくの毛布にいれ、からだをおしこんできた。

そして、その途中で、ぼくはよこになり、ミミのからだに腕をまわして、抱きいれるようにしたにちがいない。

野戦の携帯用の幅のせまいコットなので、こっちがあおむけに寝たままでは、ミミのかたっぽうの足がやっとはいるくらいだ。よこになっても、むかいあってるだけでは、あちこちじゃまで、からだがこぼれちまう。

だから、ぼくは腰をひいたり、腕をさしかえたり、もさもさうごいてみたが、ミミが首をふるので、「え？」とうごくのをやめると、ミミのからだが、弾力のあるシロップかなにかのように、ぼくのからだの凸凹にとけこみ、ぼくは甘ったれて溺死したような気分になり、そのまま、ずっと、ミミと抱きあっていた。

ぼくは旦那のことを考えただろうか。旦那とミミがしたことを……。

やはり、ちらちら頭にうかんでたにはちがいない。しかし、もともと、ぼくには、考えるってことはあまりできないような……やったことがないような気もする。考えるってことには、やはり力がカンケイありそうだ。だけど、ぼくの頭には力がはいらない。

そんなことより、ミミのからだがやわらかく、あったかく、においがし、そして、そういったことをどんなにかさねても追いつかないほんものの——ということは、げんに、ぼくがこうして抱きあってる——女のからだで、ぼくはとろとろにいい気分で、ひとのことなんかどうでもよかったのではないか。でも、ひとのことかな、なんてひっかかってる気分ではなかったとおもう。

こうして抱き合ったまま、朝の光がさしこんでくるまでのあいだに、ぼくは眠ったのだろうか。

あれだけ胸をドキドキさせ、もちろん、下のほうもかたくして……それでも、やっぱり、ぼくは眠ったのか。目がさめると、ミミはいなくて、毛布がミミのにおいがし、ぼくはだいじな動物を逃がしたような気がした。

　ぼくは、子供のときから、犬や猫や動物が好きで、しょっちゅう抱いてまわったり、山羊《やぎ》を抱いて寝たこともあるが（山羊は、見かけよりもゴツゴツ骨っぽかった）ミミのからだは、そんな動物なんかより、だんぜん動物っぽくていい気持で、ぼくは、女ってほんとの動物なんだな、とショックみたいに感じた。

「ハッピイさん」というあだ名が、ぼくにできかかっていた。このあだ名をつけたのは、オーストラリア人の炊事班長《メス・サージャン》だ。

　食堂《メス》ボーイになって三、四日目に、食堂の床をモップでふいてるときに、ぼくは、「ハッピイ？」と言われ、すこしびっくりして、目をあげると、炊事班長《メス・サージャン》がたっていた。

　生姜《しょうが》色のモミアゲの毛をはやした炊事班長《メス・サージャン》は、「ハッピイ？」とくりかえし、ぼくは、やっと、ハッピイという音が、頭のなかでハッピイという言葉になり、ニコニコした。

「イエス、マイ・ネーム・イズ・ハッピイ」ぼくの名前は幸夫《さちお》だ。

「ユア・ナイム・イズ……」炊事班長《メス・サージャン》は口をあけ（この連中の英語では名前《ネーム》がナイムになる）「ハッピイ！」と言って、ヒヤッ、ヒヤッ、というような声をだしてわらった。

それから、炊事班長《メス・サージャン》はぼくのことを、「ハッピイさん」とよびはじめたのだが、「ハッピイさん」とよばれるときは、たいてい叱られるときだった。

爪がきたない、靴がきたない、服がきたない、食堂《メス》ボーイは清潔でなくちゃいけない、と炊事班長《メス・サージャン》はおこった。

靴がきたないのは、もともときたない靴だからしかたがないが、ほかの食堂《メス》ボーイたちとおなじようにリネン・チェンジ（洗濯物の交換）にいき、白いユニホームに着がえても、ぼくはいつもきたないユニホームを着ていた。

（性格で、着てるものがよごれるだろうか。兵隊のときも、ぼくはきたない兵隊だったが、兵隊のくせに、敬礼もちゃんとできなかったことにもカンケイがあるのではないか。運動神経あたりにもカンケイがあるのではないか）

炊事班長《メス・サージャン》が、なぜ、さいしょ、「ハッピイ？」とたずねたのかもわかった。食堂の床をモップでふきながら、ぼくは歌をうたっていたのだ。

ぼくは歌が好きだが、そのころは、うまく声がでなかった。マラリヤや栄養失調で声がでなくなることがあるんだろうか。

ともかく、そのころのぼくは、およそ、ハッピイな状態には見えなかった。

終戦から丸一年目の八月、上海から病院船の氷川丸でぼくは復員してきたが、内地についてもぼくは病院にいれられ、どうしてもうちにかえりたい、と言うと、医者は、敗戦後の日本で、国家の費用で療養できる者はごくわずかだから、といっしょうけんめいとめた。

うちにかえりついたのは真夜中だったが、暗い坂道をあがるとき、マラリヤの悪寒《おかん》がし、あくる日の昼ごろ目をさますと、おふくろが、「ひどい顔だねえ」と鏡台の前にひっぱっていった。

（ぼくは、べつに、鏡のなかの自分の顔がそんなにひどい顔だとはおもわなかった。ひどい顔をひどい顔だと感じないくらいひどい状態がふつうになってたんだろう。白眼はきいろくにごって、髪の毛は薄くぬけおち、顔の色は土色で……と、おふくろは、そのひどさかげんを、本人のぼくに説明してくれた）

だから、炊事班長《メス・サージャン》が「ハッピイ？」と言ったのは、たぶん皮肉だったんだろう。

このオーストラリア人の炊事班長《メス・サージャン》は、ニューギニアで日本軍の捕虜になったそうで、そのせいかどうか、日本人の従業員にわりとじめついたいじめ方をしたり、皮肉を言ったりしたが、炊事班長《メス・サージャン》としては捕虜収容所で日本流のユーモアをおぼえたつもりだったのかもしれない。

また、もし、「ハッピイ?」とたずねたのが皮肉でなければ、なにかの生き物というより、泥か土にちかい顔の色した、老人臭がする男が——二十一歳のぼくを、兵隊たちはオールドマン(じいさん)とよび、死にかけたじいさんのにおいがするといった——わりとしあわせそうに歌みたいなのをうなってるのを見て、ふしぎな気がしたにちがいない。

「ハッピイ?」

たずねたのはエンジェルだった。エンジェルというのが、本名なのかニックネームなのか、ぼくはしらない。エンジェルは食堂の若い牝《メス》オーストラリア兵だ。

「イエス、アイ・アム・ハッピイ」

ぼくはこたえた。夕食のセットをしながら、ぼくは、でない声で歌をうたっていた。目をさまして、毛布にのこったミミのにおいをかいだ日の午後だ。

「ユー・アー・ハッピイ?」

ぼくはエンジェルにきいた。エンジェルは、右の手首に王様の紋章のような刺青をしていて、それに二つの文字が彫ってあり、なんだとたずねたら、親父《ダディ》とお袋《マミイ》の名前だと言った。

「わからない」エンジェルは、ぼくがセットしたフォークをとりあげ、また、もとにもどしてこたえた。「しかし、たぶん、おれはハッピイじゃないとおもう」

エンジェルは、なんだか考えこんだようにむこうにいき、ぼくは歌をつづけた。

〽波の背の背に　ゆられてゆれて
　月の潮路の　帰り船
上海から氷川丸にのって、やっと内地につき……やっと、なんて言葉をつかっても、テレくさくもなく、ただうれしいだけだった……しかし、船内にコレラがでて、一ヵ月上陸できなかった。

炊事班長《メス・サージャン》が料理場《キッチン》からでてきた。

「ハッピイ？」

「イエス、アイ・アム・ハッピイ」

炊事班長《メス・サージャン》はぼくの靴に目をやった。中学の二年か三年のときに買ったズックの校内靴だ。復員し、うちにかえってから十日目に（十日間は、ほとんど寝ていた）食堂《メス》ボーイにやとわれることになったとき、おふくろが、どこからか、さんざんにやぶれたこの中学時代の校内靴をひろいだしてきて、縫ってくれ、棄てないでよかったねえ、と言った。

「なぜ、そんなにハッピイ？」

炊事班長《メス・サージャン》はきいた。皮肉ってるというより、うさんくさがってる目つきだ。

「なぜなら……」

と言いかけて、ぼくはわらっちまった。ハッピイである理由なんか、なんにもありゃしない。

久里浜の病院をでるときにもらったキニーネは、もうなくなった。さいわい、寒気はすることがあっても、あのはげしいマラリヤの熱はでないが……いや、それがさいわい（ハッピイ）だろうか。

昨夜は、チキン・スープの鍋の底にしずんだ米つぶをたべそこねた。今朝はオートミルの残りをたべたが、ミルクと砂糖でなく、塩をかけてたべるオートミルは、麦の正体をあらわしたようだった。（しかも、オートミルは麦ばかりじゃないか）

おふくろが縫いあわせてくれた中学時代の校内靴は、もうほころびている。

それに、食堂《メス》ボーイというのは、たいへんな仕事で、日がくれるのを見たことがない。ここは海っぱたで、夕食がはじまるときは、窓からまだあかるい日の光がさしこんできてるのに、夕食がおわり、ひょいと気がつくと窓の外は暗くなっている。行軍でもないのに、部屋のなかをあるいているだけで、足にマメができ、今朝は足にケイレンがおきた。

あ、それで目がさめ、そしたら、ミミがいなかったのだ。ぼくは炊事班長《メス・サージャン》に言った。「山羊と寝たことがあるか？　やわらかくて、あったかくて……」「なに？」炊事班長《メス・サージャン》のこめかみがうごいた。すごく汚いことを言われたとおもったらしい。「手を出せ」

ぼくは両手をだし、炊事班長《メス・サージャン》は、ぼくの爪を爪ではじき、「こんな汚い爪で、テーブルのセットをしてたのか。爪をきれいにしろ。その前に、まわってこい」と最後の言葉は日本語で言って、兵器庫の前の松の木をゆびさして、ぼくはうんざりした。

ニューギニアで日本軍に捕虜になったとき、炊事班長《メス・サージャン》は、この「まわってこい」をおぼえたらしい。

終戦後九ヵ月ぐらいたち、ぼくたちの部隊が湖南省の境あたりから南京までさがってきて、いくらか食べられるようになると（引揚げの民間人が食べ残してゴミ箱にすてたメシをつかんでたべたりした）ぼくは、マラリヤと栄養失調の骨だけになった足が衛生サックをふくらましたみたいにふくらみだした。それは脚気《かっけ》だそうで、おさえると、指の第一関節のあたりまでしずむ。

そんな足ではしるのはつらいが、それより中学の寄宿舎から軍隊までつづいたいびられ方を、戦争が負けたあともやらされるなんて、バカみたいだ。兵器庫の前の松の木をまわりながら、おれはハッピイかな、とおもったらおかしくなったが、息がきれてわらえなかった。

ミミにあった。目がさめたらミミがいなかった朝から何日かたったあとだ。またミミにあえる、とぼくはおもってただろうか。あのあと、ぼくは、なんども、毛布に鼻をくっつけて、においをかいだ。ミミのからだのにおいがまだ残ってるようでもあるし、ただ毛布くさいような気もした。

しかし、前はこんなに毛布がやわらかだっただろうか。ミミのからだのやわらかさが毛布にうつるってことがあるだろうか。

食堂の仕事がおわって、丘の上の焼け残った地下室にあがっていく途中でミミ《メス》にあった記憶があるが、ちがってたかもしれない。

この丘のむこうは海で、丘をのぼっていくと、それだけ海がのびて広くなり、その海のむこうに夕陽が沈んだ。

いや、夕陽をバックにミミが丘の中腹にたっていたというのは、たぶん、ぼくのデッチアゲだろう。

ミミとむかいあったぼくの姿が見えそうだが、自分の姿が見える記憶は（映画じゃあるまいし）たいていインチキだ。

　しかし、ともかくミミとあい、宮様のトイレで、はじめて男と女がすることをしたのはまちがいない。

「宮様のトイレ」は鎮守府司令部の惚れ惚れパノラマ的な焼け跡の隅にあり、天井はないが、ここだけ、白く荘重に残っていた。

　掃除や草むしりの雑役《ジャニター》のおじさんやおばさんたちが、仕事のあと、この「宮様のトイレ」で顔や手足をあらうので、ほかは黒っぽい残骸のなかで、便所の白い大理石がぴかぴか目立ったのかもしれない。

（草むしりのおばさんたちが、モンペを脱ぎ、まっぱだかになって、水をあびてるのを、英連邦軍の前の司令官が見てびっくりし、おばさんたちのシャワー・ルームをつくったが、そちらはほとんどつかわず――洗濯ができないとかで――今でも、草むしりのおばさんたちは、こっちでからだをあらっている）

　ともかく、朝顔からキンカクシまで総大理石のすげえ便所で、豪華なんてものじゃなく、天井なしの焼け残りになっても、かたじけなく森厳《しんげん》な感じさえし、鎮守府司令長官なんかより、もっとやんごとない方がおみえになったときだけつかったものではあるまいかとだれかが言いだして、「宮様のトイレ」という名前ができたらしい。

ミミはかたじけない大理石によこになり、その上にぼくはかさなり、たしか、さいしょは、ズボンのなかにもらしたんじゃないかな。

ぼくは兵隊にいっても戦争はしなかったけど（ほんと、突撃なんてことをやらないですんでよかった）いろいろ死ぬのは見てきたが、男と女のことをするのははじめてで、ミミと抱きあって寝たときも、ただ抱きあってただけだった。

だから、やりかたをしらなかったと言えば、Y談みたいだけど、ま、そのとおりだし、それまでトマトをたべたことがなかったから、トマトがたべられない、なんてこととはまるっきりちがうだろうが、そんなところもあったはずだ。

しかし、そのつぎは、ズボンも脱いでかさなり、すぐおわってしまったが、はじめて自転車にのれたみたいな（ほかに、くらべようがないからさ、ほんとは、それともぜんぜんちがうけど）気分で、ぼくは、ズボンをはかないまま、ミミが石の地下室の明り窓からのぞきこんだときのことを、両手を前にもってきてたらし、ドロドロドロ……とユーレイの真似をしてみせ、ミミは、ぼくが腰をぬかしてベッドにひっくりかえるふりをして、二人でわらった。

それから、宮様のトイレの大理石の床にならんであおむけになり、ミミは自分の胸をゆびさし、耳をひっぱり、ミミ、ミミ……とくりかえし、自分の名前を言ってるんだとわかった。（本名は、まゆみというらしい）

だから、ぼくも、サチオ、サチオ、と自分の名前をくりかえしたが、ミミは、さいしょのサにちかいザみたいな音だけしかでず、あとはだめで、首をふり、ため息をついた。

だけど、ミミはため息をつきながらニコニコしており、ぼくは、ひょいと、「ハッピイ？」とたずねた。

ミミは、ぼくを見あげ、耳をすますようにした。もちろん、ミミには、ぼくが言ってることはきこえない。しかし、あとになってからも、ずっとそうだったが、ミミは、いつも、こんなふうに、きこえないぼくの言葉に耳をすましていた。

これは、はなしてるぼくにたいするエチケットでも、いくらかおセンチなポーズでもなく、ほんとに、きこえてこない言葉に耳をすましてたのかもしれない。

ぼくは、「ハッピイ？」とくりかえし、すこしアホらしくなったとき、ミミの口がひらき、ア……と高い声をだしてから、くちびるをあわせ、ビ……と言い、ぼくの胸をゆびさした。

ハッピイが、ぼくの名前だとおもったらしい。だけど、ぼくはハッピイさんじゃないか。

それに、脚気で足も下腹も腫《は》れ（まだ栄養失調だろう）その日の夕食も、コックや皿洗いのK・Pが残り物をほとんどたべてしまい、やたらすっぱいサワー・キャベツだけぐらいしかのこってなく、炊事班長《メス・サージャン》や食堂《メス》の兵隊たちが、ハッピイさん、とバカにしても、ハッピイ（みたい）だから、どうしようもなく、ほんとにハッピイか、なんて考えてるひまもない。

「そう、ハッピイ」

ミミの耳にさわった手で、ほっぺたをついて、「ミミ」と言うと、ミミが、そのぼくの手をにぎって、こちらの胸にあてて、「ア……ビ……」とくりかえし、ぼくはバカみたいにハッピイだった。

仕事がすみ、焼け残りの石の地下室におりていくと、ミミがいた。宮様のトイレの大理石の床に寝た夜の、翌晩か、もっとあとかはおぼえていない。

ミミとは、いつも、（ぱったり）あうだけだ。ミミが耳がきこえず、口もきけず、文字もしらなくて、約束がしにくいからではあるまい。

だいいち、ミミと別れたときの記憶というのがない。宮様のトイレの大理石の上で、はじめて男と女のことをした夜も、どんなふうにしてミミと別れたのか？　もしかしたら、バイバイ、と手をふって別れたりしたことは一度もなかったかもしれない。

海軍鎮守府司令部の焼け跡の地下室は、めずらしくジョニーもトミーもビリーも旦那も、予科練あがりの平田もいて、やたらさわがしく、ぼくは、すこしめんくらったが、あいたコットの枕もとに腰をおろしたビリーのからだのうしろから、白い（いやに白く見えた）腕がでて、こちらにむかってふり、ミミがそのコットに寝ていた。

ミミの腕が白く見えたのは、ひとつは、たぶん服を着てなかったからで、スリップ（そのころは、シミーズといったが）の紐だけがかかった肩から、ほっそり白い腕がのびていたのだ。

ミミが明り窓をたたいた夜、旦那が裸の尻をむけて自分のコットにかえったあと、ミミがぼくのコットにうつってきたときも、服もスカートも着たままで、宮様のトイレの大理石の床に寝たときも、たしか、ミミは服を着ていた。

「実況放送大会をやるんだよ」ジョニーが説明した。「このねえちゃんは唖だから、みんなで、かわりばんこにのっかって、どういうぐあいか実況放送をするってわけさ。ハッピイさんもやるかい？　もう順番のクジ引きはすんだけどよ」

「ミイ・ナンバー・ワン」

ビリーがミミの白い腕をつかんだ。ビリーは、まだ十六歳になってないはずだった。ヘア・オイルをべっとりつけたリーゼントの頭で、アメリカ軍の部隊にいたときもらったとかいうギャバジンのズボンをはき、それにいつもアイロンをかけていた。

しかし、ぼくはどんな顔をしただろうか。ミミにはじめてあった夜、旦那がさっさとやっちまったときよりも、もっとかなしい気分だったことはたしかだろう。なにしろ、宮様のトイレでミミと寝たあとだ。

だけど、みんなを相手にけんかしても負けるとおもってだまってたのか。ミミがスリップだけになって、もう、コットにはいり、けっこうはしゃいでたから(耳はきこえなくても、どんなことをされるのかは、わかってたはずだ)ぼくはひっこんでたのか。あるいは、それをいいことにして、いくじがないのをゴマカしていたのか。ま、ふてくされた気持でニヤついてたんじゃないかな。

「この焼け残りの地下室で寝る女は、広場の女だ」と、いつかジョニーが言った。

「だれかにきまってる女はどこかよそで寝てくれ」

ジョニーとビリーとトミーは浮浪児あがりだった。上陸しはじめの進駐軍の部隊にいた浮浪児は、G・Iたちの軍服を仕立てなおした服をきて、西洋の兵隊人形のようで、すぐ浮浪児だとわかった。

しかし、ジョニーだけは、いつも、油のしみがある上下つなぎの作業衣《ファティーグ》を着ていて、ときどき、広場の女、みたいな言いかたをした。

トミーは三人のうちでは、いちばん歳が上だったけど、もしかしたら、かなり頭が悪かったかもしれない。トミーは日本人仲間ともほとんどはなしをせず、だまりこんでたが、頭のはたらきがにぶくて、おしゃべりができなかったのではないかという気がする。

だが、そのため（いい服装《なり》はしてるし）下士官食堂《サージャン・メス》のウェイトレスあたりは、トミーをニホン語ができない二世だとおもってたようだ。

「実況放送」のことは、あとでよくはなしになった。「唖の女をおれたちの地下室にひっぱりこんでよ。みんなでヘギまわして、かわりばんつ、そのときの感想を実況放送すんだよ。トミーなんか、おめえ……」といった調子だ。

しかし、トミーは、そのあいだ、れいによってまるっきりだまっていて、コットがギイギイいう音がやみ、ジョニーが、「すんだのか？」とたずねたら、しばらくして、「うん」とこたえただけだった。それを、電灯をけして自分のコットにはいっていたみんなが、手をうって、大笑いしたのだ。

旦那のときも、あの晩みたいに、いそがしい息をしだすと、みんながふきだしたにすぎない。
ジョニーは言いだしっぺだから、張り切って実況放送をした。「ただ今、まだ毛、をかきわけております。ガサゴサ・ガサ……この音をおききください。さて、腰にモーションをつけ、いれました、はいりました、とおもったが、はずれました。アナちがいです。この娘《こ》、焼け跡、アナぼこだらけ。こんどは……だいじょうぶ、配達ちがいではありません。はいっております。ずんずんはいります。関門トンネルです。ああ、いい気持……」
だけど、ジョニーの放送は、あまりウケなかった。みんながいちばんわらったのは、トミーが「うん」とひとことだけ言ったときかもしれない。
ぼくは、コットのなかで目をとじて、つまらない、つまらない、と口の中でつぶやいていたが、予科練あがりの平田がジョニーにかわってから、目をあけた。平田がミミとかさなって、コットの音をさせながら、歌をうたいだしたのだ。
〽轟沈《ごうちん》、轟沈、凱歌《がいか》があがりゃ
どんな苦労も苦労にゃならぬ
それが、歌の文句とも、またコットを漕《こ》ぐ音ともまるで調子がちがう、なんだか恨めしそうな声だった。

平田は、ぼくとおなじ中学の一級下で、たしか体操部にいた。まだ、そんなに予科練にいく者はいなかったころで、学校の成績もあまりよくなかったんだろう。両親がないともきいた。

平田は歌いおわると、ぶつぶつしゃべりはじめた。

「貴女《あなた》には、ご厄介になりました。貴女のおかげで、われわれは死ぬ気になったんじゃなかろうか。おぼえてないだろうなあ。貴女は、二千人もの特攻隊とやったっていうからなあ。われわれは水雷艇要員です。大竹の潜水学校をでて、沖縄にいくために、この軍港で待機中、貴女のところにいった。岸本分隊士がつれていった。女郎買いとはちがうぞ、と岸本分隊士は言った。ヤミの料理屋で、だから、ヤミの芸者みたいなもんだが、特攻精神に燃えとる女だ、と岸本分隊士は言った。そして、貴女たちがモンペをはいてきて、灯火管制の覆《おお》いをかけた電灯の下でモンペを脱いで、酒をついでくれ、踊った。貴女は唖で耳がきこえず、三味線にあわないで、われわれはわらったが、貴女もわらってた。貴女と寝たのは、おれと玉岡と大友だ。島川と宮地は、べつの女と寝た。これで、さっぱりして死ねるだろ、と岸本分隊士は言い、われわれは、はい、とこたえた。しかし、沖縄にはいかず、のる水雷艇もなく……つまり人間魚雷だけど……宮崎県の海岸にタコ壺を掘り、大友は宮崎で、パラチフスで死んだ。お世話になりました。おわり」

翌日、ぼくは、「ミミが二千人の特攻隊としたというのは、ほんとか」と平田にきいたら、うん、とわりとぶっきらぼうにうなずいて、むこうにいってしまった。

ミミにも、敬礼をして、飛行機の操縦桿をにぎり、敵艦につっこんでいく特攻隊員の真似をして、それと寝ている身ぶりをし、二〇〇〇と数字を書いて、数字をゆびさし、ほんとか、ほんとか、とたずねたが、ただわらってるだけだった。(ミミは数字はわかった)

それで、二〇〇〇人では、やはりおおすぎるとおもい、〇をひとつ消して二〇〇にしたが、まだわらっていて、二〇にしてもわらってる。だから、逆にふやして、二〇〇〇〇にしたら、おなじようにわらっていた。

ミミはある料理屋の養女だったけど、口がきけないから、芸者にするわけにもいかず、女中で使われてたが、戦争で女が足りないので、寝る客の相手をしていたともきいた。

しかし、ミミの過去のことはわからない。三日ぶりにあったら、その三日間のことが、もうわからない。

そして、朝でも昼でも、ぼくのそばからいなくなれば、そのさきのことはわからない。

あとになって、ミミの身ぶりや手ぶりにもかなり慣れたが、これからさきのことや、過去にさかのぼったことをたずねようとすると、ミミはふしぎそうな顔をした。意味がとりにくく、説明がむつかしいのを、もどかしがるふうもなく、ただ、ふしぎそうな顔をするのだ。

平田がおわって、みんなすみ、「よう、ハッピイさんの番だぜ」とジョニーが声をかけ、ミミがいるコットにいこうか、それとも眠ったふりをしていようかとおもってるうちに、ミミがはしってきて、ぼくのコットにもぐり、あのさいしょの夜のように（あのときは、抱きあって寝ただけだが）腕をまわし、足をさしこみ、おたがいのくぼみのなかにつきでたところをすりいれたが、あ、というような声をたてて、ミミが毛布からはいだし、実況放送のコットに、脱いだ服とスカートをとりにいき、もどってきて、また、あ、と頭に手をあて、前のコットの毛布のなかに手をいれて、パンツをさがした。

そして、ぼくのコットの毛布の皺《しわ》をのばし、その上に服とスカートをひろげて、おなじ姿勢のままでいたぼくの腕のなかに、すごく慎重にはいってきた。

「はやく放送してくれよ」とジョニーは催促し、ぼくはミミの肩の下から腕をぬいて、上になろうとしたが、ミミがぼくのくちびるに指をあて、そのまま、ふたりとも息を殺して、じっとしていた。

ジョニーは、「はやばんにやってくれ」と二度ほどくりかえしたあとで、「チェッ、今夜の放送はおわりだ。もう寝よう。眠いや」とあくびをした。

約束の四千円をだすと、女は、ぼくの手からもう一枚千円札をぬきとった。あわてておさえたのに、ふんだくるやり方だった。

「サービスしてよ。あたしもサービスするわ」と女は言った。

「ゴムはないかい?」ぼくはたずね、女はこたえた。「百円ちょうだい」

女はフトンのまんなかに寝て、天井を見た。ふじ色のスリップを着ている。藤の花がふじ色なのはかまわないが……。

「髪にさわらないでね」いくつも渦をまいた髪を、女は枕の外にだしていた。

上になると、すぐ女は声をだし、またひょいと声をとめ、目をあけて、「しあわせ?」とたずね、ぼくは、女のからだのなかにはいってるところから寒気がしてきた。

「しあわせ?」とおなじようなときに、ワイフがきいたことがある。

べつに悪いワイフではない。掃除はあまりしないが、洗濯はよくする。おしゃべりでもない。おしゃれもしない。財産がある家に（姑《しゅうとめ》もいるが）嫁にいった妹のお古をもらってきては、着ている。家計簿もちゃんとつける。節約家だ。

しかし、ミミは、その最中に、「しあわせ・ハッピイ？」なんて言わなかった。口もきけなかったが、そんなことは言わなかった。

ただ、ア……ビ……（ハッピイ）と自分にはきこえない声で、ぼくの名前をくりかえしただけだ。

路地の奥の飲屋でこの女にあったとき、なぜ、ぼくは、この女がミミだとおもったのか？（口もきいてるのに）ミミはこんなじゃなかった。似てる、似てないなんてものではない。

だけど、ぼくは、女から、「しあわせ？」とたずねられ、どうして、そんなに鳥肌だってるのか？

それに、「しあわせ？」ときかれて寒気がしたからといって、女の罪ではない。ワイフもべつに悪いわけではない。

「ハッピイさん、ハッピイ？」とオーストラリア人の炊事班長《メス・サージャン》や兵隊たちに皮肉られ、からかわれても、ぼくは、土色のマラリヤ面で、「イエス、アイ・アム・ハッピイ」

とニコニコしていたではないか。

「しあわせ?」とたずねても、ぼくが返事をしないので、女は、また目をとじて、声をたてはじめ、ぼくは、「声はださなくてもいい」と言った。

「この地下室にくる女は、広場の女なのに、それを専属にしちまうのは、ハッピイすぎるんじゃないかい」

ジョニーはコットの枕もとにたって、ぼくとミミを見おろした。ミミはこの石の地下室にきても、「実況放送」の夜からあとは、ほかの者とは寝なかった。

しかし、ジョニーが、こうはっきり口にだし、ケリがついたようなものだった。

ミミは、いつあらわれるかわからなかったが、夜中でも朝でも、ぼくのコットにもぐりこんできて、もう、毛布からミミのからだのにおいがきえることはなかった。

しかし、ミミといっしょに寝てるときは、毛布がミミのにおいがしないみたいで、ぼくは、毛布とミミの肌と、かわるがわる鼻をくっつけてみたりした。

「宮様のトイレ」でも寝た。海軍鎮守府司令部の建物のあのみごとな焼け跡の、南無八幡大菩薩の落書きのそばで、ミミがオシッコをして、焼けおちた材木の炭を、尻にぺったりくっつけたり……。

すこし寒くなってからだとおもうが、ボイラー室の罐《かん》と壁とのあいだのせまいところにミミともぐりこみ、石炭の粉でからだが斑《ぶち》になってでてきたこともある。ミミのおヘソの下をこすると、よこやたてに黒いすじができ、ボンボのしげみの上に、もうひとつ、ボンボ印をかいたりして、ぼくたちはボイラー室の床にころがってわらった。また寝かかったころ、イングランド人の当直将校が地下室にはいってきたときもわらっちまった。

なにしろ野戦用のせまいコットなので、ミミが毛布をひっかぶったぐらいではバレるかもしれないとおもい、上下にかさなったが、これもいつものようにおヘソあわせにかさなったのでは、見つかるおそれがあるのでミミが毛布のなかにもぐり、その上にぼくがあおむけにのっかった。

当直将校が（おじいさんだったが）懐中電灯をもって、ぼくたちのコットのそばまできたとき、背中の下で、ミミがグウというような音をたて、それこそ落語かなんかみたいに、ぼくはグウグウいびきの真似をし、当直将校がでていくともうおかしくてたまらず、ぼくはミミのからだの上から、ずりおち、石の床に膝をつき、コットによりかかってわらった。

旦那に、とつぜん、「ほんとにハッピイなのか？」とたずねられたのをおもいだす。

昼間、仕事のあいだに、地下室にあがっていくと、旦那が自分のコットに腰をおろしていて、そうきいたのだ。

ぼくは、いつものように、「ああ、ハッピイだ」と自分の名前をこたえるみたいにこたえ、出ていこうとすると、旦那がコットから腰をあげ（旦那のコットは地下室の入口にあった）ぼくの手首をつかみ、「日本の国が戦争に負けていても、あんたはハッピイなのか」と言い、ぼくは、「戦争に負けたということが、どういうことなのかわからない」とこたえた。手首をつかまれて、すこし頭にきていたのかもしれない。

「わからない？　こうやって、アメリカやイギリスやオーストラリアの兵隊がきて、われわれがコキつかわれていて、戦争に負けたのがわからないというのかね。あんたは日本の国が戦争に負けてもかなしくないのか？」

旦那はすこし出っ歯で、その出っ歯を、はじめて見るように、ぼくは見ていた。

「負けてうれしい、ってことはない」

「そうだろ。それなのに、なぜ、あんたはハッピイなんだ」

旦那が手首をはなしてくれたので、ぼくはうしろにさがった。

「いや、これはコトバの問題だよ。うれしけりゃ、負けたってことにならない。悲しいから、負けたんだ。しかし、ぼくは戦争がおわったとき、ほっとした。うれしかったんじゃないかな。内地にかえれるしさ。軍隊はきらいだしね」

「ふん。いつか、あんたは、妹が爆撃で死んだって言ってたな」

ぼくの妹は広島のミッション・スクールの生徒で、陸軍の被服廠《しょう》に勤労動員にいっていて、原子爆弾で死んだ。

「妹がバクダンでやられて、口惜しくないのかい？」

「妹のことはカンケイない」

「いや、関係がある。敵に爆撃されて死んだんだ、それでもあんたはハッピイなのか？」

旦那の出っ歯がひっこみ、ぼくが返事をしないと、ため息をついた。「あんた、祖国ってものを考えたことがあるのかい？」ツバをはくかわりのため息みたいだった。

「考えてないんだなあ」

「旅館には泊りの料金をはらってるのよ」と女が言った。「あんた泊っていく？　あたしはかえるわ」

ぼくは、パンツをはかないまま、骨折したなにかのようなペニスに夏ブトンをかけた。

女は、おわるとすぐ服を着た。寝る前にも、女は風呂には入らなかった。

「おれもかえる」

「ふふ、奥さんがいるのね」

女が軽べつしてわらったように、ぼくはおもった。それは、ぼくが自分を軽べつしてるからだろう。

ひとり者や、出張かなにかで東京にきてるのならともかく、東京に家があって、奥さんもいて、子供もあり、それで、こんなところに立ってる安い女を買いにくるっていうのは……奥さんとのあいだがうまくいってないとか、とくべつ女が好きだっていうのならともかく、だいたい、あんまりやる気もないのに、なぜ、安い女をひろうのよ、とべつの女に言われたことがあったが……。

しかし、自分を軽べつするなんてことは、前にはなかった。ウヌボレが強いとか、よわいとかってことはカンケイあるまい。

まだ若いK・Pの肩をもんでやって、兵隊がたべたあとの皿からこそぎおとした残飯を空罐のなかにいれておいてもらったりしても、ぼくは自分を軽べつするなんて気は、ぜんぜんおきなかった。

ミミとボイラー室の罐と壁とのあいだにもぐりこんでたのがバレ、ボイラーマンに野良猫、とどなられても、ぼくはあわてて逃げ出し、そして、ミミとゲラゲラわらっただけだ。

食堂《メス》の角砂糖をかっぱらったのを見つかり（角砂糖は、食堂《メス》ボーイがちょろまかせる、数すくないものだった）みんなの前でズボンのポケットを裏がえしにされると、角砂糖がポロポロ床におち、炊事班長《メス・サージャン》が、「ハッピイ？」とたずね、それでクビにされたときも、ぼくは頭にきて、かなしかったが、自分を軽べつしたりはしなかった。

ひとを軽べつするのと、自分を軽べつするのとでは、まるっきりちがう。

自分を軽べつするのは、誇りをもつとかウヌボレるとかの逆ではあるまい。ぜんぜんべつのものなのだ。もともと、自分を軽べつするってことができるのだろうか。

ぼくは、かなりいいかげんなことをしてきた。ひと晩でもおなじところに寝ない日が半年以上もつづき、はじめて、おなじ場所につづけてとまったのが警察のブタ箱だったこともある。

あんなデカダンなやつはいない、とみんなが言ってたようだった。しかし、ぼくには、デカダンということがわからなかった。わからないというのは、でたらめな、ひとに迷惑をかける毎日をおくっていながら、じつは、デカダンとはカンケイがなかったのかもしれない。

それが、十年ぐらい前からミステリの翻訳をはじめ、女房ができ、家ができ、子供ができて、旅行でもしないかぎり、毎晩、自分の部屋で雨戸をしめて寝るようになってから、ぼくは、デカダンなくらしをしているのではないか、とおもいだした。自分を軽べつするというのが、デカダンのはじまりなのではないか。

「おまえさんだって、男がいるんだろ」

ぼくは寝たまま、ストッキングを股にひきあげてる女に言った。

「男がいなきゃ……こんな商売はしないわよ」ストッキングのはしから、肉がせりだし、奥にいくほど、ぶよぶよふとくなっている。やはり、安物の肉だな。

「いつも、あのあたりにいるから、また気がむいたら遊んでよ」


ミミにあった。新宿の京王線の改札の前のオデン屋の屋台にはいったら、ミミがいたのだ。

もと軍港の町と東京とでは、ずいぶん距離があり、ミミとはじめてあった夜、鎮守府司令部の地下室の明り窓から首をだしたときみたいに、つまりユーレイか人ちがいかとおもったが、ミミはニコニコわらっていて、ミミだった。

角砂糖をドロボーして食堂《メス》ボーイをクビになったとき、たぶん、ぼくは、うちの住所を書いて、ミミが石の地下室にあらわれたらわたしてくれ、みたいなことをたのんだはずだが、ミミからは連絡がなく、東京にでてきたのだ。

もちろん、はじめてはいった屋台で、ずいぶんふしぎなあい方だが、ミミはびっくりした顔でもなく、ひさしぶりでなつかしいという表情でもない。

ひと晩かふた晩あらわれないで、三日目あたりに、仕事がおわって、石の地下室におりていったら、コットにミミが腰かけていたりしたときと、まったくおなじなのだ。

ぼくは、新宿西口のちいさなガードから大きなガードにおりていくあいだの安田のマーケットにミミをつれていき栄養シチューをたべた。

進駐軍の残飯だという、脂《あぶら》がういたどろどろの赤茶っぽいものがはいったドンブリをかかえ、コトバにならないミミの言うことをきいてると、ぼくをさがしに東京にきたらしい。

ぼくが東京にいった、とおそわったからだろうが、東京でのぼくの住所もなにもしらないのに、自分も東京にさえいけば、ぼくにあえる、とミミはおもったのか？

この人がごちゃついた、表通りも裏通りもやたらにある東京で……。

ぼくは寒気がし、腹がたち、骨がおっぺしゃげるほど、ミミを抱きしめたかった。

おまえはバカだ、と頭がパアの手真似をすると、あんたこそパアだ、とミミは手真似をかえす。

だって、ちゃんとこうしてあえたんじゃないの、とミミは言いたいらしい。

しかし、今まで飲んだこともない京王線新宿駅前のオデンの屋台に、ひょいとはいっていったら、ミミがいたというのは、ほんとに奇蹟ではないか。

ぼくは京王線の電車をおりたわけでも、京王線にのるつもりだったわけでも、だいいち、あんなところには、一度だっていったことはないし、新宿の西口にもべつに用はなかった。

しかし、奇蹟ということをどうやって、ミミにわからせることができるだろう。

過去も未来もない女、と言えばおセンチだが、ミミの場合は、しごくふつうに(奇蹟でさえ、ごくふつうのことになってしまうほど)ぼくとしては、どうしようもなく、今しかない。

その夜は、新宿西口の線路ぞいのマーケットの二階に、ミミと寝た。

東京にきたはじめ、アルバイトに看板描きを手伝ったところで、さいしょ、ミミはせまいベンチのようなのに寝て、ぼくは隅のほうで壁によりかかってたが、ペンキの罐などがある床に、ミミと抱きあってころがり、なんども、なんどもやったが、朝方は寒くて、看板の材料のベニヤ板をフトンがわりに上にのっけたりした。

ところが、また、ミミを見うしなってしまった。

そのころ、ぼくは渋谷のデパートの四階にある軽演劇の小屋で、進行係の助手のアルバイトをやっていた。

角砂糖を盗んで、食堂ボーイ《メス》をクビになり、東京にでて、兵隊にいく前にいっていた学校にもどり、半年目ぐらいのときだ。

だから、劇場にいかなければいけないが、まさか、ミミをつれていくわけにはいかない。

それで、ミミにいくらか金をやり（新宿で飲む気になったり――それで、ミミにあえたんだが――ちょうど、うちから金を送ってきてたところだったんだろうか）串にさしたオデンをたべ、カストリを飲む真似をして、あのオデンの屋台であう約束をし、ミミも、わかったというようにうなずいていたのに……。

劇場《こや》がハネて、渋谷のデパートの四階から一階まではしっており、うまく山手線の電車もきて、新宿駅の西口にでて、京王線の駅の前のオデンの屋台にいくと……ミミがいないのだ。

おまけに、ヤクザの女房《バシタ》かなんからしい屋台の女から、「あの唖んぼを、どこにやったのよ」とかたい目をされ、ぼくは、ヘソの穴から手をつっこんで、自分のからだをひんむきたいほど腹がたった。

そばを離れ、姿が見えなくなったら、もう消えてなくなったのとおなじ女だということは、前からわかってたじゃないか。

あの軍港の町ならともかく、ほんとに、この広い東京のなかにまぎれこんだミミを、いったい、どうやってさがしだせばいいのだ。

てめえのドジかげんに、自分でもカッと熱くなってるのがわかる頭をふりながら、ぼくは、傷痍《しょうい》軍人が三味線を弾いているちいさなガードをとおり、新宿東口にでた。

むしゃくしゃし、西口はケタくそがわるいから、東口の聚楽《じゅらく》の裏の和田のマーケットあたりでバクダンでも飲むつもりだったのか……。

新宿駅の東口の前をまがると、聚楽の裏の空地を「型にかこんだ道に、女がたくさん立っていて、らんぼうな言葉だけならいいが、らんぼうな腕で男をひっぱっている。

道のまんなかをふさいでる女たちに、何度かひっぱられ、空地の角まできたとき、こんどは、だまって腕をつかまれ、ふりきろうとすると、女がからだごと腕にぶらさがって、きみょうな声をだし、暗がりをすかして、女の顔を見ると、ミミが、アビ(ハッピイ)とぼくの名前をよんでいた。

ぼくは、カッと熱くなった頭の血が沸騰しふきこぼれたような気持で、そのまま、ミミをひきずって、和田組のマーケットの裏にいき、貨車の線路のよこでひっぱたいた。

「どうして、あのオデンの屋台にいなかった。どこかにいったら、もうわからないじゃないか」

ぼくはオデンを串からぬいてたべる真似をしてどなり、ミミは泣きながら、ツノをはやした身ぶりをして、いやという顔をした。

オデンの屋台の女がツノをはやしてるということらしいが……。

「それに、あんなところに立ってたのは、パンパンをする気だったのか？」

ぼくは昨日《きのう》から、何度もくりかえしてる身ぶりで、頭のよこでパアとてのひらをひろげ、「おまえバカか」と、またひっぱたいた。

すると、ミミは、「あんたはわたしを愛してないの」とあのせつなく自分の胸をだきしめる真似をし、ぼくが首をふると、「愛してるのに、いつもおこって、ひっぱたいたりして、あんたのほうが何倍もパア」とパアの手ぶりをくりかえし、それから、ひっぱたかれた頬っぺたが痛い、と頬をおさえ、痛い証拠をしめすみたいに、涙をぽろぽろと頬をおさえた指の上にこぼした。

もう、ぜったい、ミミをはなすわけにはいかない。刑事が犯人をつかまえたようにつかまえていなければいけない。

劇場の連中がどうおもっても、かまやしない。

ぼくは、ミミの手をつかんで電車にのり、渋谷のデパートの電灯がきえた裏口の階段を、かたっぽうの手はミミの手をひっぱったまま、かたっぽうで壁をさぐりながらあがり、楽屋《がくや》で寝た。

劇場があいてからも、舞台のそでのまるい木の腰掛に腰かけたぼくのそばからミミをはなさずメシも、井之頭《いのかしら》線のガードのちかくの外食券食堂に手をつないでたべにいった。

進行係の助手のぼくは、役者や踊り子に出番をしらせにいったり、幕をひいたり、小道具をそろえたり、効果の小鳥の笛をふいたり、いつも、舞台のそでにいなくちゃいけない。

出番を待って舞台のそでにたっている役者や踊り子は、へんな顔をしてミミを見、ルビー丘なんかは、「じゃまね」とミミのからだをおしのけたりした。

しかし、ミミは、いじわるな言葉がきこえないように、いじわるな目つきも見えないか、舞台の踊り子の真似をし、足をあげたり、フラダンスの腰つきを真似て腰をうごかしたりしている。

そして、ぼくの膝にのっかり、小道具の電話の受話器をとりあげ、「モシモシ、あなた、ハッピイ？　わたし、ミミよ」と言うつもりなのか、「アビ？　ミミ、ミミ……」とくりかえした。

とうとう、舞台で芝居をやってる役者がふりかえってにらみだした。

そんな報告がいったのだろう。着物をきた文芸部長が、ぼくをよびつけた。

文芸部長はすごく真面目なひとで、真面目な証拠に、青白い額をし、それにいつも皺がよっている。

「頭のおかしな女のコをつれてきて、どういう気なんだ」

文芸部長の額にたった皺がモヤシみたいにゆれ、ぼくは弁解した。

「頭がおかしいんじゃありません。口がきけないんです」

「なんでもいい。そんな女を舞台のそでにおいて……きみ、常識はないのかね。すぐ、かえしなさい」

文芸部長はうんざりした顔で、ぼくはこまって、腹がたち、とんでもないことを言ってしまった。

「あのコを、ハダカにしましょうか」

まだストリップとかヌードとかいう言葉もないころで、舞台で脱ぐコのことをハダカとかモデルとかよんでたが、それも、新宿にひとり、渋谷のこの劇場にひとりいただけで、そのたったひとりのハダカの女のコが、踊り子たちにいやがられ、いじめられてやめたあとだったのだ。

「だけど、あのコは唖なんだろ」文芸部長は、頭はたしかか、という目をして言った。

「楽団《バンド》がやってる曲がきこえなきゃ……」

「ぼくが、舞台のそでの客席から見えないところに立って、身ぶりをし、そのとおりにやればいいんじゃないですか」

いびられてやめたハダカのコも、五人ばかりの踊り子が前景でおどったあと、舞台のまんなかで、乳房をだきあげるようなポーズをしただけだった。

文芸部長は劇団主に電話した。劇団主は、すぐくるという。ハダカを見るための客が、一階から四階まで、このデパートの階段にならんだことを、だれも忘れてはいない。

しかし、ぼくは、まだ、ミミには相談していなかった。

ミミをハダカにして舞台にだすなんて、ぼくはおかしな夢でも見てるんじゃないだろうか。

ところが、ミミは、うん、とただうなずいた。外食券食堂にメシをたべにいかないか、とさそって、うんとうなずいてるみたいなうなずきかただ。

ぼくは心配になり、ちょうどバライエティのはじまりで、ラインダンスをしている踊り子をゆびさし、乳バンをとる真似をしてみせたが、ミミは、うん、うん、とおなじようにうなずいている。

ぼくは、わかってないんだなあ、という顔をしたのかもしれない。

とつぜん、ミミは、ひとの出入りのおおい舞台のよこの通路で、着てるものを脱ぎはじめた。

この女は、いったいなにを考えてるのか？

ぼくといっしょにいるときは、考えるなんてことはせず、ただ、きこえないぼくの言葉のとおりにしようとしてるのか。

その夜、ぼくとミミは、また楽屋に寝たが、こんどは、劇団主の許可をもらっていた。

最終回がおわると、「まあまあ大成功だ」と劇団主は五百円くれ、ミミのためにアパートも借りてやる、と言った。

楽屋にはフトンはないので、古い緞帳《どんちょう》にくるまって、ぼくとミミは寝た。

緞帳は埃だらけで、ぼくとミミは、かわりばんこに埃でクシャミをしてはわらった。

あの海軍鎮守府の石の地下室でミミと寝ていたときも、ミミとの生活というものはなかった。

しかし、たとえ埃にクシャミしながら緞帳にくるまって楽屋に寝ても、ミミはハダカで稼ぎ、ぼくだって進行係の助手で、これは二人の生活というものではあるまいか。

そして、女と男との二人の生活というのは、夫婦ということではないのか。

舞台のそでで手旗信号の真似みたいなことをしているぼくを、みんながわらっても、ぼくはがまんできた。なにしろ、とんでもなくハッピイだし……。

劇団主は、まだアパートを借りてくれないが、メシも外食券をヤミで買って、朝、昼、晩たべてるし、ごきげんな日が三日ぐらいつづいただろうか。

ミミのハダカのシーンの前になり、いつものように、舞台のそでにたってると、うしろから、脇腹をつねられ、ふりむくと、つぎの出番のルビー丘がいた。

今、ダブル・ペアで、ちんたかワルツをおどってるのがおわると、割緞帳《ワリドン》があがって、そのうしろにいる春の女神のうすものを着たミミが乳房をだし、ハダカのポーズをとる。

「あんな頭のへんな啞のコなんかどうだっていいけど、みんな、あんたの悪口も言ってるのよ。みっともないったらないわ」

ルビー丘はかなり大きな声をだした。ルビーは、みんな着るもののないそのころ、かなり派手な服装をしていて、舞台のあと、進駐軍の兵隊相手にパンパンをやってるとか、どこかのキャンプの下士官のオンリーだとかいう噂があった。

その噂は、たぶんほんとだろう。渋谷桜ヶ丘のルビーのアパートにいくと、ちり紙まで進駐軍の物だった。

ルビーのあそこが、あの兵隊食堂《ソルジャーズ・メス》の残飯にかかったミート・ソースのにおいがしたのは、そのためか？

新宿西口の屋台でミミにめぐりあう前、ぼくは、ルビー丘とちょいちょい寝ていて、シックスティ・ナインなんてこともおそわり、ルビーは、「ねえ、サカハチしてよ」とG・Iニホン語で言ったりした。

「きみにはカンケイない」

ぼくは舞台を見ながら、片手でルビーの腕をはらい、それがどこにあたったのか、

「痛い！　よくも、ひとをバカにして、あんな女と……」とルビーはむしゃぶりつき、ぼくもいっしょにそでにさがったくろい幕のなかにまくれこんだ。

つまらないおわりだった。どうしようもなくつまらないのは、ミミをなくしたあと、

ぼくは、またなん度か、ルビー丘と寝ている。

まくれこんだ幕が、やっとひらき、舞台に目をやると、もう、割緞帳《ワリドン》はあがっていて、曲もおわりに近く、春の女神のミミは、はじめて見るゆがんだ表情で、文字通り、舞台のまんなかに立ちすくみ、こちらをみつめており、ぼくからルビー丘に視線がうごくと、むきだしの乳房を、両手でおさえた。

ミミは見ていたのだ。いや、見ていなければいけなかった。ミミは楽団《バンド》の音がきこえないから、舞台のそでのぼくを見て、その身ぶりのとおり、うごくしかない。

割緞帳《ワリドン》はあがったが、ぼくからの合図はなく、ミミは舞台の中央に晒《さら》されたまま、そでにさがった幕のなかに、ルビー丘ともつれこんでいるぼくの姿を見ていなければいけなかったのだ。

ミミは、乳房をだき隠し、舞台のまんなかにしゃがみこんだ。

ハダカになるんだよ、と言ったとき、舞台のよこの、いろんな人の出入りがある通路で、さっさとブラウスを脱いでだし、それまで、舞台の上でも平気でお客に見せてきた乳房を、いっしょうけんめい、てのひらでおおって……。

目がさめると、よこに女がいて、布団のなかでタバコをすっていた。いつか、路地の奥の飲屋であい、五千円で寝た女だ。あのときと、おなじ旅館かもしれない。昨夜《ゆうべ》、路地の奥の飲屋によったことはおもいだした。

女は、ぼくが目をさましたのに気がつき、すっていたタバコをぼくの口にくわえさそうとした。ぼくは首をふり、うっ、とうなった。いつものことだが、ひどい二日酔だ。

女は枕もとの灰皿でタバコをもみ消し、あくびをして言った。

「ミミってなに？　それに、アビ……」

なん度も言うが、路地の奥の飲屋にかけこんできた女がサングラスをとったとき、どうして、ぼくは、こんな女をミミだなんておもったんだろう。

もう、ミミにはあえまい。だいいち、ぼくはもうハッピイさんではない。

編集部註

（1）M・P　military police の略。憲兵。

（2）GMC　米国の積載量2・5トンクラスの軍用トラック。

（3）G・I　米兵の俗称。

（4）K・P　kitchen police の略。炊事兵。

浪曲師朝日丸の話

赤ん坊たちがそろって赤いウンコをした、と朝日丸はひとりではしゃいでいたという。

その話をしながら、元子は腹をたてていて、ぼくはよけいおかしく、すると、元子はますますおこった顔になり、旅館の天井をにらんだ。

天井からぶらさがった蛍光灯にむらさきがかった埃《ほこり》がつもっている。どうして、あんな色の埃ができるのか？　ともかく、あまり高級な旅館ではない。広島駅からあるいて六、七分の、夜になれば女がたっている界隈の旅館だ。

旅館にはいる前に、元子はあたりを見まわした。元子は、広島からバスで四十分ほどの町の中学で英語の教師をしている。

女房の兄が郷里の徳山で死に、その葬式のかえりに、ぼくは広島によった。女房の兄とは、いっしょに同人雑誌をやっていたことがあるが、十年ほど前に、郷里の徳山にもどり、家業の燃料店をついだ。

からだをよこにして、元子の浴衣の帯の下をひらく。元子は、ひらいたところをかきあわせ、また、ぼくはひらき、そんなことを二、三度くりかえし、元子は壁に顔を向けて、ため息をついた。どういう意味のため息かはわからない。

パンティは脱いだままだ。白いパンティだった。元子が色がついたパンティをはいてたのは見たことがない。

広島の駅で列車をおり、ぼくは元子の中学校に電話し、広島であうことにした。徳山の実家にのこった女房には、元子の中学がある町からバスで十五分ばかりの、もと軍港の町にいる姉のところに、きょうは泊る、と言っておいた。

ぼくはもと軍港の町で生れて育ったが、今は、父も母も死んでいない。きょうだいは姉だけで姉は呉服屋に嫁にいった。戦災で焼けるまでは、この町でもかなり大きな呉服屋だった。

姉は気持がやさしく、ぼくたちは、なかのいい姉弟だといわれていた。元子に電話をかけたあと、姉にも電話し、姉はあいたがったが、ぼくは、ちょっと広島で用があるので、と言った。やはり、ウソをついたことになるだろう。

ぼくは、白くさらしだされた元子の下腹に手をやり、そこに刻みこまれたしるし、しるしを、指さきでたどった。

元子は、左の腰骨のあたりから、やわらかな下腹のくぼみにそって、ななめにケロイドの跡がある。元子は、小学校にはいった年、広島で原爆にあった。

ただ、ぼくには、元子のお腹《なか》のケロイドの跡が、ぜんぜん醜いものには見えない。なんだか、ちいさなクリスマス・ツリーの葉が、かさなりあって浮彫りになってるような、かわいいかたちにさえ見えたりする。おまけに、そのちいさな葉が、ななめに一列に、下腹の白いくぼみをこえ、アンダースローの投球のカーブにも似て、ふんわり高くなった恥ずかしいホネのくろいしげみにむかってるではないか。

しかし、これも元子のお腹にあるケロイドだからかもしれない。元子は壁のほうから、こちらに顔をむけ、下腹のケロイドをたどるぼくの指に、自分の指を編みこむようにした。

「おとうちゃんがお酒を飲むことばかり考えとったけん、こんげなことになったんだって……」

元子は、標準語と広島弁をチャンポンにして言った。

「だれからきいたんだい？」

「おかあちゃん……」

「へえ、原爆のあとも、おたくのおかあさんが生きてたことは、はじめてしったたな」

元子の父親は、東大の工学部をでて、もと軍港の町のぼくたちの中学校で、数学の教師をしていた。

しかし、土地の人ではなく、たしか金沢の生れだときいた。金沢の人が、東大の工学部をでてなぜ、広島県の軍港の町の中学校にきたのかはしらない。

ぼくも、元子のおとうさんに幾何をならったが、朝から、酒のにおいがすることがあり、太平洋戦争がはじまって、すこしたったとき、数学の教師をやめ、広島の軍需工場の技師になった。

もともとそのほうが専門だから、と元子のおとうさんは、ぼくたち生徒にも言ったが、軍需工場にいけば、配給のお酒なんかとはくらべものにならないくらい、たくさん酒が飲めるもんだから、一家で広島にうつり、中学の数学の教師をしてれば、原爆にもあわなくてすんだのに、おとうちゃんがお酒に意地汚いばっかりに……と、元子のおかあさんはくやみながら死んだと言う。軍需工場の建物はのっぺらぼうにおっぺしゃげ、おとうさんの遺体は、とうとう見つからなかったそうだ。

「わたしも、こんな怪我をしてるし、ほんまは、遺体をさがしにもいかなんだんよ」

はじめて寝た夜（ぼくにはやはり近親相姦のような気がしたが）元子はそう言った。

元子のおかあさんは、ぼくの父方の親戚で、ぼくのうちにいるときに、大学をでて軍港町の中学の数学の教師になってきた元子のおとうさんと知り合ったらしい。子供のころ、あまりいい意味ではつかわれていない恋愛結婚という言葉をきいた記憶もある。

ぼくのうちは、軍港の町の市内電車がはしってる通りにあったクスリ屋だが、元子の、おかあさんが、どんな親戚で、なぜうちにいたのか、だれかれがなん度もはなしてくれたとおもうが、おぼえていない。

元子もしらなくて、このことには、どうもタブーになってるところがあるような気もする。

もしかしたら、死んだ父と、元子のおかあさんとのあいだに、なにか関係があったのではないか。母はいつも青い顔で、奥の部屋でよく寝ており、低血圧ということだったが、婦人病、というひそひそ話の言葉も、子供のぼくの耳にはいった。

そんなことはともかく、家のなかをぞろぞろ這いまわってる朝日丸の赤ん坊が、そろって赤いウンコをした、と父親の朝日丸がうれしがってるのに、なぜ、元子は頭にきてるのか？

ふざける生徒に腹をたてる教師の習性のようなものなのか？

だいいち、なんのために（どんな用があって）元子は朝日丸のところになんかいったんだろう？

朝日丸とぼくは、兵隊のときいっしょだった。ぼくは、徴兵年齢一年くり上げで、昭和十九年十二月の末に、山口の連隊に入営したが、朝日丸とはおなじ分隊だったのだ。

ぼくたちは現地部隊の要員で、山口の連隊には五日しかいなくて、朝鮮海峡を渡り、昭和二十年の正月は、南満州をはしる列車のなかでむかえ、それから山海関をこし、北支をとおり、揚子江をはさんで南京とは対岸の浦口で列車をおりた。

朝鮮の釜山から浦口まで、十日以上かかった列車輸送で、客車なので暖房はあったが、みんなさげっぱなしの足が、広島でとれる赤大根のようにふくらんでいた。

中支派遣軍独立旅団誠部隊第三大隊四中隊。ぼくと朝日丸は、第一小隊第一分隊で、今おもいだしても恥ずかしいが、ぼくは分隊長だった。

分隊長といっても、もちろん、みんなとおなじ初年兵だけど、現地の部隊から、内地に初年兵をつれにきている途中で、四中隊のつまり引率者は、下士官候補あがりの曹長さんと、二年兵の乙幹の伍長さんの二人きりで、ほかに古兵さんはいなくて、曹長さんが中隊長代りで第一小隊長、伍長さんが第二小隊長をやっていた。

そのころは、どっちみち、みんな兵隊にとられるんだし、だったら、兵隊よりも将校のほうがまだマシだというので、特別甲種幹部候補生とか、海軍の予備士官とか、たいていの者が志願していったが、ぼくは、一日でも軍隊にはいるのをのばしたい気持で、陸軍二等兵で入営した。

学校の教練もきらいだったし、兵隊にされるのは、なおさらめいわくで、そんな気持を説明すると長くなるのでやめるが（また、うまく説明もできないし）ぼくは、軍隊なんかカンケイないといつも頭のなかでボヤいていた。

山口の連隊に入営し、体力検査のため、営庭をはしらされたときも、いちばんビリではしり、即日帰郷をねらって、軍医にも、いろいろからだの故障をもうしたてた。

そんなぼくを、小隊長代理も兼ねた（曹長さんは中隊ぜんぶの指揮をとるので）第一小隊第一分隊長にしたというのは、たぶん、ぼくが世間でいいとされていた学校に籍があったからだろう。

ぼくとしては、めいわくの上塗りの大めいわくで、とても、ぼくのような者には……と曹長さんにも言ったが、命令だ、とどなりつけられた。

曹長さんだって、ぼくがどうしようもない兵隊だってことは、すぐわかっただろうとおもうが、軍隊というところは、いったんきめたことは、なかなか変えられないらしい。

仮りに分隊長といわれていても、みんなとおなじ初年兵だ。分《ぶ》のわるい使役などを命令したって、みんないやがって出やしない。また、おなじ初年兵で、命令なんてことができるものでもない。

逆に、炊事の使役とか、サツマイモのひとつでもさしくれそうなヨロクのある使役には、みんないきたがって、そのうちの何人かをえらぶと、ほかの者にうらまれる。

だから、ひとがいやがることは、つい自分でやってしまうようになる。ところが、曹長殿は、ちっともほめてはくれなくて、そういうことは分隊員にやらせろ、分隊長がすることではない、と逆にどやしつける。

浦口で列車をおり、揚子江をわたり、南京につくと同時に悪性の脳炎が発生し、さっそく、ぼくの分隊でも死亡者がでた。

そのために、ぼくたちは、一日に何回も昇汞水でうがいをさせられたが、たとえば、そのうがいで吐きだしたものを棄てにいくだけでも、そのたびにゴタついた。うがいで吐きだしたものは醤油樽のなかにはいっていて、樽はもちにくく、宿舎の階段はせまく、手がすべったり、足をふみはずしたりする。

そんなわけで、みんないやがり、消灯前、樽のなかの吐水を棄てにいくのは、たいていぼくがやっていた。

寝るところは、曹長さんと伍長さんはべつで、こういうときは、みんな、ぜんぜん、ぼくのいうことはきかなかったのだ。

しかし、ぼくだけでは樽はもてない。どうしても相手がいるが、いつのまにか、その相手が朝日丸にきまっていた。

朝日丸はぼくよりも背が高く、樽をかかえて階段をおりるときは、朝日丸が下になったが、不器用なぼくがころんだりして、樽をひっくりかえし、下にいる朝日丸は、赤むらさきの昇汞水に唾や痰のまじった吐水を、なん度も、頭からひっかぶった。

そして、ほかの連中は、もう毛布にはいって、クスクスわらっている。（寝具なんてものはなかった。木の床に、みんなくっつきあって毛布をひっかぶっていた）

ぼくは、ヒステリー分隊長、とみんなにバカにされ、朝日丸は、お人好し、とバカにされてたのだ。（なぜ、ひとがいいことが、ひとからバカにされなければいけないのだろう？）それに、朝日丸は字も読めない。

おなじ分隊になって、朝日丸の名前もしったのだが、ぼくは、山口の連隊に入営するとき、汽車のなかで朝日丸といっしょで、朝日丸は、ぼくに羊かんをくれた。小豆をつかった、甘いこってりした、ほんものの羊かんで、こんなものは、ぼくは、もう長いあいだたべたことがなかった。

この羊かんを、朝日丸がどこからもってきたのかはしらない。しかし、今では想像ができないくらい貴重な羊かんを、見も知らないぼくにくれたというのは、ありがたいというより、ふしぎな気がした。

しかも、朝日丸とぼくとは、列車のなかでおなじ座席だったわけでもない。朝日丸が羊かんをだすと、「いやあ、めずらしい。ほんものの羊かんだ」とほかの座席の者までがさわぎ、朝日丸は羊かんを切って、そこいらじゅうにくれてまわり、それこそ、アッという間に羊かんはなくなってしまった。

朝日丸は、兵隊にくるまでは、ぼくが生れて育った軍港町からバスで十五分ほどの、おなじ市のなかにはいっている上浦という、やはり海に面した部落にすみ、馬方をしていたという。今は造船所なんかもできて人家がふえ、元子が勤めてる中学校があるところだ。

朝日丸の父親も馬方で、それも、道におちた馬ふんをスコップですくってまわる馬車の馬方だったときいた。ともかく、土地の者ではないらしい。

朝日丸という名前はめずらしいが、やはり上浦に家があった第三分隊の池田は、こんな悪口を言った。

朝日丸の父親も、朝日丸とおなじ馬方で、読み書きができない。それで、朝日丸が生れたとき、名前をつけるのにこまって、あれにしてくれ、と近くに泊ってた船の尻《けつ》をゆびさした。

上浦は漁師町だから、漁舟はたくさんならんでる。たまたま、朝日丸のおやじがゆびさした舟の舟尾に「朝日丸」とかいてあったというのだ。

「ニンゲンの名前も、舟の名前も、おんなじじゃ、とおもうとるような親じゃけん」と第三分隊の池田は朝日丸を軽べつし、みんな、「ほんまか？」と朝日丸をからかったが、朝日丸は、ただニヤニヤしていた。

朝日丸は、自分のこの名前を、べつに迷惑にはおもってなかったようだ。だいいち、なにかで朝日丸が迷惑そうな顔をした姿など、目にうかばない。

いや、朝日丸は、たぶん、この名前をうれしがってたにちがいない。

朝日丸は浪花節がじょうずだった。戦時中は浪花節が大流行で、初年兵のなかでも浪花節をうなる者はうんといたけど、朝日丸の浪花節は格がちがっていた。

ぼくたちは南京にすこしいて、蕪湖《ぶこ》というところまで貨車ではこばれ、ここから、長いながい行軍のはじまりを、揚子江の上流にむかってあるきだした。

そのとき、あちこちにわかれていた中隊や分隊があつまり、演芸大会をやったが、朝日丸の浪花節は、ほかの者とはくらべものにならず、「朝日丸！」という声がとび、朝日丸はしごくうれしそうな顔をしていた。

行軍はひどいものだった。あるきはじめた第一日めに、第二分隊長の重本がひっくりかえった。

雪の残った山道にたおれた重本は、顔に白い膜のようなものができていて、応召の(徴兵年齢一年くり上げで、満十九歳のぼくたち初年兵には、ずいぶんオジさんに見えたが)衛生上等兵は、「あ、塩をふいたな。こりゃ、ダメだ」と言った。

ニンゲンはうんと疲れると、体内の塩分をふきだすんだそうで、こうなると、命はたすからないという。

ぼくたちがいく中国の奥地の前線では、塩が極端に不足し、そのため、ぼくたちは、岩塩を背のうにいれてはこばされており(前線の原隊につくまでに、この岩塩に手をつけたら、銃殺だといわれた)衛生上等兵の言葉は、とっぷり実感があり、重本も死んだ。

行軍は戦闘よりもつらい、と言われている。その行軍を、ただ軍隊にはいってきたというだけの、まるで教育もうけていない初年兵ばかりの集団がはじめたのだ。また、ぼくたちのほとんどは、兵隊になるずっと前から、ロクなものは食べず、栄養不良でひょろひょろのからだだった。

そして、その日の目的地に着いても、飯あげや寝る所の世話など、第一小隊長の代理も兼ねた分隊長のぼくは、ほかの者みたいに、疲れてへたりこんでるわけにはいかない。（飯盒炊《はんごう》さんのときは、もっとたいへんだった）

世話なんて言葉をつかったが、事実は、ほかの中隊、ほかの小隊、ほかの分隊にさしくられないように、食べるものと、寝るところをふんだくってこなければ、みんなにうらまれるのだ。

そんなとき、いくらかボヤきながらでも、よくうごいてくれたのが、やはり朝日丸だった。

それに、朝日丸は行軍に強かった。行軍一日目で、ぼくの軍靴は外側にゆがんでしまったが、朝日丸の軍靴は、たとえ靴底がすりきれてきても、まっ平《たい》らに減っていて、骨ぶとい足で、地面をふみつけてあるく。

朝日丸は、へバった者の背のうもしょってやった。ぼくもふくめて、分隊の者はぜんぶ、ほかの分隊の者まで、行軍中、一度や二度は朝日丸に背のうをしょってもらっている。これは、実際にはたいへんなことだ。ぼくは、山口にいく列車のなかで朝日丸がみんなに羊かんをくれてやったことをおもいだしたりしたが、それ以上に、ほんとに命にかかわることだった。へバって、行軍の列からおちると、ゲリラに殺される危険がある。

ところが、背のうをしょってもらいながら、まだ、みんな朝日丸の悪口を言った。「親の代から、馬ふんひろいの馬方じゃないか、毎日、朝から晩まで、馬の手綱をもってあるいてりゃ、足が強いのはあたりまえさ」

ともかく、朝日丸が、すこしでも恩着せがましくしたら、みんなも、こうまでバカにしなかったのではないか？

ということは、恩着せがましくしないことは、じつはこの世のなかではいけないことなんだろう。

長い行軍になったのは、ぼくたち初年兵が配属されるはずの原隊が、どこかにいってしまってたからだ。

あとでわかったことだが、原隊そのものが解体し、ある者は桂林作戦の部隊に、ある者は、揚子江上流の宜昌《ぎしょう》の前線に転属になったらしい。

ぼくたちは、武昌《ぶしょう》からは粤漢《えっかん》線という鉄道にそって南下した。が、昼間は、敵機の来襲があるので夜行軍だったが、逆のほうからさがってくる部隊の兵隊たちが、闇のなかですれちがうとき、「戦争は負けだよ」とつぶやいた。広西省の桂林あたりにある米軍の航空基地をつぶすための、いわゆる桂林作戦にいった部隊で、それまで日本陸軍にはなかった言葉の転進をしてきた連中だった。

ぼくたちは、長沙あたりまでいって、またひきかえし、湖北省と湖南省の境で、粤漢線鉄道警備の部隊に編入された。

内地までぼくたち初年兵をつれにきた曹長さんと伍長さんは、原隊の片割れを追って宜昌にいくことになり、「今から、また、武昌にもどって、宜昌まで……」と曹長殿は、マラリヤでヘバってガキみたいに二本棒の鼻をたらし、うなった。

第二小隊の第一分隊長の戸田は、ぼくたちが、粤漢線の鉄道警備の部隊に編入された翌朝の点呼でたおれ、大隊本部の医務室にはこばれて、やがて死んだ。

戸田は師範学校をでて、みじかいあいだだが、国民学校（小学校）の先生をしていた男で、どうしても、甲種幹部候補生の試験にとおり、将校になる、と張切っていた。

幹部候補生になる資格がある初年兵だけ、大隊本部にあつめられていたときで、「行軍でおそくなったが、いよいよ幹候の試験だ」と、その前の晩も、戸田はどこかから歩兵操典をもってきて、豚の脂に灯心をいれたあかりで読んでいた。

「行軍で落伍したら、幹候もパアじゃけんのう」とも戸田は言っていた。

はるばる南京から、ぼくたちが背のうにいれてはこんできた岩塩は、大隊本部で一ヵ所に集められ、そして棄てられた。

長い行軍のあいだに、何度も、背のうのなかまでずぶ濡れになり、岩塩の塩気がぬけて、ただにがいだけの石っころに変っていたのだ。

新約聖書マタイ伝五章一三節の「塩もし効力を失わば、何をもてか之《これ》に塩すべき。後は用なし、外にすてられて人に踏まるるのみ」という言葉は、ぼくにはちんぷんかんぷんだったが、その言葉の意味を見たような気がした。

朝日丸も、ただの石っころみたいな兵隊になってしまった。長い行軍のあいだには、大げさでなく、朝日丸のために命がたすかった者は何人もいる。だけど、行軍がおわれば、朝日丸もぼくもどうしようもない兵隊だった。

もともと、どうしようもない兵隊なのだ。だいいち、敬礼ひとつでも、朝日丸とぼくは敬礼にならない。

敬礼どころか、ぼくと朝日丸がかぶると、軍帽まで日本軍の軍帽には見えないと、教育係の班長はおこった。

「どう見ても、支那兵の帽子だ。おまえたち、チャンコロにまちがえられて、撃たれるなよ」

おまけに、朝日丸は字が読めず、小銃の分解はできても、もとどおりに組みたてることはできず、ぼくは分解もよくできない。

また、行軍前、行軍中、あれだけうごかなかった連中が、古兵さんたちが分哨《ぶんしょう》連絡なんかからかえってきたりすると、ワッとその巻脚半《きゃはん》にとびつく。

朝日丸とぼくは、川から水を汲んでくるという、いちばんつまらない、つらい使役をさせられていたが、たとえば、風呂に水をいれ、やっと腰をおろして、火をつけるときになると、ほかの者にかわらされた。

朝日丸とぼくは風呂の焚き方がへたで、時間がかかるというのだ。しかし、これは事実で、ぼくたちは、ほんとにしようがない兵隊だった。

朝日丸とぼくは、鉄橋の歩哨に、よく立たされた。ここは、鉄橋をねらって、米軍機がしつこくやってきて、みんな歩哨をいやがっていた。機首がながく、だから、雁とぼくたちがよんでいたP51で、低空で機銃掃射をし、小型の爆弾をおとしていく。

中隊長は、「おまえたちのようなやつは、軍刀でぶった斬ってやりたいが、それでは軍刀のサビになる。敵のタマにあたって、名誉の戦死をしろ」とぼくと朝日丸に言っていた。

その鉄橋から朝日丸がおちた。夜間の歩哨だったが、鉄橋のたもとで、うとうとしていたぼくは、銃声で目をさまし、朝日丸の名前をよんだ。

しかし返事はなく、朝日丸はたしか鉄橋のまんなかあたりにいたはずなのに、こわごわ、そっちのほうへ這っていっても、朝日丸の姿は見えない。

「朝日丸！　朝日丸！」と、ぼくは、すぐ報告しなければいけないとおもいながら、うろうろさがしてまわり、そのうち、中隊本部から何人かやってきた。

鉄橋は中隊本部からわりと近くで、朝日丸とぼくは衛兵がわりみたいに、歩哨に立たされてたのだ。

朝日丸は、夜が明けてから姿をあらわし、鉄橋の上を動哨中、向う岸にあやしい人影が見えたので、「だれか？」と誰何《すいか》したが返事がなく、発砲したとたん、河におちた、と言った。

しかし、みんな、この話はあまり本気にしなかった。鉄橋のまんなかは、河の上で涼しく、蚊もいないので、朝日丸はレールを枕に寝ていて、寝呆けて河におち、おちるひょうしに銃の引金をひいたんだろう、というみんなの想像だ。

朝日丸もぼくも営倉（といっても、ニワトリ小屋だったが）にいれられたが、それは、八月十日すぎのことで、間もなく終戦になり、たすかった。

もっとも、終戦になっても、たいしてかわりはなかった。

終戦になり、あちこちの分哨から、みんな引きあげてきて、また、各中隊も一ヵ所に集結し、古兵さんたちが増えて、うるさいことになったからだ。

「おまえらは、輸送と教育だけで、ほんとの内務班の味はしらん、今から鍛えてやる」

と、なにかといえばビンタをとる上等兵もいて、戦争に負け、年次も階級もクソもないのにとおもうと、よけいビンタが痛かった。

ただ、終戦前にくらべると、古兵さんたちはヒマで、演芸会をよくやり、朝日丸の浪花節はいつも花形だった。

だから、朝日丸の仕事が少くなるとか、飯の量がふえるとかいうわけではないが、ともかく、戦争中とちがって取柄ができたわけだ。

ぼくも子供のときから、いわゆるアチャラカが好きで、高校生のとき、軽演劇の台本募集に応募したこともあり、自分では半分玄人ぐらいにおもっていた。

それで、中隊にアチャラカ劇団をつくり、ぼくの作・演出で、大隊の演芸会や、ほかの部隊との演芸会に、朝日丸といっしょにでたりし、「おまえらみたいな兵隊がいたから戦争に負けたけど、取柄はあるもんだな」と中隊長に言われた。

ぼくたち捕虜は（といって、中国兵の監視がついていたわけではないが）何度も移動させられ何度目かの移動のあとで、ぼくと朝日丸は、もと旅団本部があったところの病院にいれられた。病院といっても一棟だけの粗末なバラックで、ここに、ぼろっ布《きれ》みたいにならんで病人が寝ていた。

ぼくはアメーバ赤痢とマラリヤと栄養失調、朝日丸はパラチフスとマラリヤと栄養失調で、中隊長は「おまえたちは、どこまでも仲がいいなあ。ま、戦争は負けたんだから、ゆっくり寝てこい」とわらっていた。

やはりパラチフスかなんかだったんだろう、熱をだしていた乙幹の軍曹と朝日丸を、牛がいない牛車のようなものにのせ、ぼくとおなじように血便をたれていた五年兵の兵長とぼくで車をおして、病院にいったのだが、乙幹の軍曹は、病院にはこびこまれて二日後に死んだ。

松山の高商をでた背がひょろっとした乙幹の軍曹で、このひとも、軍帽のかぶり方や敬礼のしかたがおかしく、それこそ帝国陸軍の下士官というより、支那の保安隊の兵隊みたいだったが、中国語はうまくて、終戦後すぐは、いろんな交渉の通訳で、一時花形みたいになったのに、くちびるがひび割れ、口のなかに白い滓《かす》のようなものをいっぱいためて死んでいた。

五年兵の兵長さんは、年次は古いが、ほかから転属してきたひとで、ぼそぼそ口のなかでものを言う癖があり、食糧がなくなってくると、草だけでも食わなきゃ死んじまう、と雑草をとってきては、口のまわりを青くして、ぐちゃぐちゃたべていたが、やはり十日ほどで、皮膚がそれこそ草みたいな色になり死んだ。

朝日丸はぼくのとなりに寝ていたが、高い熱がつづき、ものもたべず、あの乙幹の軍曹のように、くちびるが白くひび割れてきた。

そんな朝日丸のことを、ぼくは心配していただろうか？　いや、心配なんてことは、今のぼくが頭で考えることかもしれない。

ぼくは、朝日丸の枕もとに配られた食器の底にちょっぴりこびりついた雑草粥を寝たまま指ですくって、口のなかにたらしこみ、ああヨロクをした、とおもったことはたしかだ。

朝日丸は熱がさがり、ものもたべるようになったが、そのうち、また熱をだした。

マラリヤの熱とはちがうようだという。

「それに、こがいなところに、こがいなもんができて……」

朝日丸は毛布から腕をだした。手首の裏側から肘のほうにかけて、ぶつぶつ赤くなっている。

「ここにも、熱があるんじゃ」

「ほんまか……」

ぼくは、おでことおでこをくっつけて熱をたしかめるように、朝日丸の腕のぶつぶつができたところに、ぼくの腕をかさねた。

ところが、しばらくすると、ぼくの腕にもおなじようなぶつぶつができ、それは、てのひらにもあらわれた。天然痘だったのだ。

天然痘のぶつぶつは、頭のてっぺんから足の裏にまででき、朝日丸とぼくは、からだじゅう、べったり黒いクスリを塗られて、ニワトリのふんのにおいのする土間のひどい小屋にいれられた。

「ほんまに、おまえとは仲がええのぅ。鉄橋からおちたときは、トリ小屋の営倉にいっしょにいれられ、こんどは疱瘡で、またいっしょにトリ小屋じゃ」

さきに熱がひいた朝日丸は、ぶつぶつまっ黒けの顔でおかしがった。

ぼくはいい気になって、兵隊のときのはなしを長々としすぎたかもしれない。ともかく、兵隊のときの朝日丸のはなしをしだしたら、きりがないような気がする。

朝日丸のパラチフスは、熱がさがればおしまいだったがぼくのアメーバ赤痢はなおらず、あいだにいっしょに天然痘をやったりし、ぼくたちはいっしょに病院をでて(病院そのものがなくなったんじゃないかな)武昌にいき、漢口にわたり、揚子江をくだる曳き船にのった。

船首に龍の目玉がついたこの曳き船のなかで、ぼくはマラリヤの熱をだし、飯盒に紐をつけて揚子江の水を汲んできてくれ、と朝日丸にたのみ、揚子江の水はどんな病菌があるかわからないからと禁じられていたのだが、あんまりぼくがせがむので、朝日丸は、夜、監視の兵隊の目をくぐって水を汲み、船が南京に着くと、ぼくは水道の栓をひねったような下痢をし、コレラになっていた。

そこで、ぼくはテント張りの急造のコレラ病棟にいれられ、朝日丸とは別れたが、コレラがなおって、上海までさがってくると、おなじバラックの収容所に朝日丸がいた。

ぼくは、そうでなくても、マラリヤと栄養失調でやせっこけていたのを、コレラでまた水分をしぼりだされ、枯木みたいなからだで、上海の収容所でもほとんど寝ていたが、朝日丸は、自分のメシを、朝、晩、ぼくのところにはこんでくれた。

朝日丸は、門衛をゴマかして、外の饅頭《マントウ》工場に働きにいっていて、もちろん給料などはもらえないが、できそこなった饅頭が食えるということだった。

朝日丸はさきに復員船にのることになり、饅頭工場で餞別にもらったという（かっぱらってきたものかもしれない）饅頭を、左右の腰骨が魚のヒレみたいにつきでたぼくの腹の上にならべ、「死にんさんなよ」と言った。

ところが、ぼくが復員用の病院船だった氷川丸にのると、それまで、なにをしていたのか船底の貨物をいれるところにフンドシひとつの朝日丸がいて……。

ほんとに、朝日丸のことをはなしてたら、キリがない。

しかし、キリがない、ということは、じつは、神さまだけにしかないことではないのか。

あるいは、恋に夢中になってるときの、錯覚のようなものだとか……。

いったい、朝日丸は、ぼくにとってなんなのだ？（ぼくにとって、なんて、いやな言い方だし、いやな、というのは、なにかインチキもあるのかな？）

「中塩さんにも悪うて……。わたし、中塩さんが社のえらい人におこられやせんかおもうと、ひやひやしとるんよ」

元子はトイレにいく前に、布団のすそのほうに手をいれ、パンティをさがした。部屋にはトイレはない。

パンティは、まるくちいさくなって布団のなかに隠れていたが、脱いだときとおなじ、やはり白いパンティだった。

「中塩……？」ぼくはわかっていて、ききかえした。

「ほら、××新聞の中塩さん」

「ああ、朝日丸の美談のことか……」

ぼくは、ア、ハ、ハ、とわらい、トイレからもどった元子のパンティに手をやった。手でさわっても、白いパンティだ。元子は、ぼくの手をパンティからどかした。

「わらいごとじゃないわ。もし、朝日丸が今みたいなことをしよるんが、読者の投書かなんかでわかってみんさい。それより、週刊誌にでものったらどうするん。中塩さんの立場はないわ」

中塩というのは、軍港の町の中学で、二級上だった男だ。下級生のぼくたちのあいだでも有名な秀才で、一高の文科の試験をうけるということだったが、海軍兵学校にいき、ぼくは意外な気がした。

終戦後一年たって、ぼくは朝日丸とおなじ汽車で、軍港の町にもどってきたが、マラリヤと栄養失調のひょろひょろのからだでは、東京の大学に復学することもできず、しばらく、うちで寝ていて、もとの海軍潜水学校の跡に進駐していたイギリス連邦軍工兵隊の料理場《キチン》につとめた。

中塩は海軍大尉くらいまでなったとおもうが、復員し、この工兵隊の通訳をやっていて、ふつう、通訳はむこうの兵隊の言うことばかりヘイヘイきいとるが、おれはちがう、やつらとケンカをしてでも日本人の立場をとおす、と胸を張って、工兵隊のなかをあるいていた。

胸を張って、というのは文字どおり胸をはってだ。戦争中は、どこの中学でもそうだったらしいが、元旦の式には、陸士、海兵の生徒が、それこそ胸を張って参列し、ほかの者はともかく、中塩まで海兵の生徒服で胸を張ってるのがおかしかった。中学の秀才で文学少年だったころの中塩は、胸を張ったりはしなかった。中塩が一高の試験はうけないまま、海兵にいったのを、ぼくは意外だとおもったが、仲間だと考えていたのを（これも、いやな言葉だが）裏切られたような気がしたんだろう。

中塩は、とうとう大学にはいかなかった。海兵や陸士をでた連中も、ぼくたちの年齢では、終戦後、大学や日制高校にはいりなおした者がおおい。とくに、中塩は秀才だったし、家庭の事情、といったものがあったのかもしれない。中塩が一高の文科の試験はうけず、海兵にはいったときも、父親がいないため、というようなはなしもあった。

中塩が××新聞の記者をしている、ということは、たしか、元子からきいた。

しかし、元子は、どこで中塩と知り合ったんだろう。朝日丸もそうだ。やはり、はじめは、中塩がぼくのうちにきたり、ぼくが元子を朝日丸のところにつれていったりしたのかもしれない。

よけいなことだが、三日ほど前、渋谷のある飲屋にいったとき、有村という男のはなしがでた。有村は、徳山で死んだ女房の兄きやぼくなんかといっしょに同人雑誌をやっていた男だが、もう長いあいだあってなく、「へえ、めずらしい名前をきいたなあ」とぼくはくりかえし、酔って、しつこくくりかえしたらしく、「それは、あなたが、最近ちっとも、こちらにおみえにならないからですよ」と飲屋のママに言われた。有村は、今年になってからも、何回も、その渋谷の飲屋にきているのだそうだ。考えてみれば、ぼくのほうがずっと御無沙汰してたわけで、ちいさなことみたいだが、ぼくは、たいへん恥ずかしかった。

元子の場合にも、これとおなじようなことがあるのではないか。復員後、ぼくは、半年ほどうちにいただけで、東京の大学に復学し、それからは、たまにしかかえっていない。そのあいだ、元子も中塩も朝日丸も、ずっとこのあたりにいたのだ。

ぼくは、なんでも自分中心に考えるため（だけど、それよりほかに考えようがないが）こんなことでも、かなりとんちんかんな考えちがいをしているのではないか。

「中塩さんは優秀な新聞記者だわ」

元子は、ぼくの手をからだのあいだにおさえて言い、ぼくは、またクスッとわらった。

　優秀な新聞記者、という言葉が田舎っぽくきこえたものだ。その田舎っぽさが、元子のかわいさかな、ともおもう。

　それと、中塩が優秀な新聞記者だ、というのもおかしかった。中塩は、中学のときも秀才で、海軍兵学校でも成績がよく、進駐軍の通訳のときも、基地のなかを胸を張ってあるいていた。どこにいっても優秀な男が、新聞記者でも優秀だそうで、まことにけっこうなことだ。

　しかし、中塩のことを、どこにいっても優秀な男（なにをしても、優秀でなければいられない男）とぼくはあわれんでるらしいが、そんな考えかたをする資格がどこにあるのだ。

　元子のことだって、その田舎っぽさが、かわいさかもしれない、なんて、ぼくは、いったいなに様のつもりでいるんだろう。

　復員後、うちにかえって、まだ寝ているときに、朝日丸がひょっこりたずねてきた。

　軍港の町の市内電車がはしっている通りにあったぼくのうちは戦災にあい、玉浦という海水浴場の近くの、前は夏のあいだだけつかっていた家におやじたちは引越していた。庭も床の下も、海辺の白い砂におおわれたちいさな家だ。その玄関に、わずかに焼け残ったクスリを、おやじはならべており、ぼくが復員してきたときには、広島で両親をなくしてひとりぼっちになった元子がひきとられていた。

「家をさがしてのう。わしゃ字をよう読まんけん、往生したわい」

焼跡に立ててある移転先をかいた板も、朝日丸には読めなかったからだろう。

朝日丸は、白いつやつやした色の餅をいくつも風呂敷のなかにいれていて、「ほら、これを食うて、はよう起きれるようになりんさい」と、三つ四つ風呂敷からだし、上海のときの饅頭のように、ぼくのおでこの上にかさねた。

山口の連隊に入営する前、列車のなかで朝日丸がくれた羊かんがほんものの小豆の羊かんだったように、これも、ほんもののモチ米の餅だった。

「こがいなもんを、どこからもってきたんか？」

「村からの。村をまわりよるんじゃ」

朝日丸は、浪花節で、広島県や山口県、四国あたりの田舎をまわってるんだという。

ぼくはおどろき、寝たままの力のはいらない腹をひくんひくんさせてわらった。

「戦争がひどうなる前は、関西でも看板さんでとおっとる浪曲師の三味線を弾いとったオバさんが、こっちのほうに疎開してきとってのう、わしゃ発見されたんじゃ、ま、その曲師のオバさんにつれてまわってもろうとるようなもんじゃけどのう。村は景気がええけん。おまえも、はよう元気になって、いっしょに、村の祭りにいこうやあ。兵隊のときみたいにのう」

「名前はどういうんじゃ？　芸名がないと、いけんのじゃろうが？」

「名前は、西川朝日丸……」

朝日丸は浪花節のフシをつけていった。朝日丸の本名は大西だ。

ぼくは、農村ブームという言葉がおかしい気がしていた。ブームといえば、爆発的なものを感じる。しかし、爆発は閉じられたところでしかおきないのではないか。ダンス・ブームなんてのはなかった。せまい場所で、女と男が肩をぶっつけあって踊っている。（ついでに腹をすかせて）そんなまわりの空気まで粘ってくるような熱っぽいのはわかる。

しかし、農村といえば、田圃があって、肥溜めがあって、小川がながれて、遠くに山があり……どうしても、ブームというものとは、ちぐはぐな気がしていたのだ。

ところが、四月に東京の大学に復学し、夏休みにかえってきて、朝日丸にとっついて、村（このあたりでは、田舎、という言葉のかわりに村、と言う）のお盆にいき、びっくりした。

田圃だって、そう見渡すかぎり広々と、いったものでもないし、山も遠くにはなく、ちょこちょこそこいらにあり、そんなことよりも、お盆の演芸大会場には、それこそ熱気がこもっていた。

お寺の本堂が演芸大会場だったが、まわりの木立ちの闇が、厚いくろい壁になってとりかこんだなかに、人がぎっしりつまり、そのひとたちが酒を飲み、女の太腿のような白いむっちりしたオニギリにかぶりついている。

安来節《やすぎ》に「リンゴの歌」に娘たちの手踊りに、村のあんちゃんたちのヤクザ踊り。

〽影か柳か　勘太郎さんか

〽あれを御覧と　指差す方に

おじいちゃんおばあちゃんの手拍子に、赤ん坊の泣き声、そして、最後は本職《プロ》の浪花節で、おなじみ西川朝日丸の登場になる。

〽西は夕焼、東は夜明け、ロシアにつづく日本海、寄せては返す波の歌、ここは越後の柏崎、互いに契《ちぎ》る共しらが、愛の形見の幼児《おさなご》も、あけて今年は早《は》や七つ、いつしか月日も年のくれ、きのうもきょうもふる雪に、見渡すかぎり銀世界――

兵隊のときの演芸会でも朝日丸がよくやった「七年後の佐渡情話」で、佐渡情話のお光と吾作に吾市という子供もでき、親子三人で仲よく暮している家の前で、昔の敵役《かたき》の七之助が、おちぶれて、行倒れになるという浪花節だ。

〽島で咲かせた恋の花、昔の色香の名残りを留めて、今では結ぶ世帯の実《み》、お光のやさしき女房ぶり、親子三人《みたり》が食事をすませ、他人まぜずの水入らず、川という字に床のなか、どこで打つのか九つの、鐘の音凍る夜中すぎ、風はますます強く吹く……

朝日丸はいくらか上をむいた鼻の穴をふくらませてうなり、曲師のオバさんの三味線がツン・ツ・ツンとおいかけ、餅がとび、夏ミカンがころがってくる。

朝日丸のお得意には、このほかに、「五寸釘の寅吉」とか、「ピストル強盗・清水定吉」「剃刀《あたりや》おきく」などの探偵浪曲がある。しかし、こんなものを、字も読めない朝日丸が、どこでおぼえてきたんだろう？

その晩は、演芸会場のお寺の本堂に布団を敷いて泊めてもらったが、あくる朝、目がさめると、額が禿げあがっている曲師のオバさんが朝日丸の布団のなかにいて、これにもおどろいた。

出演料は、米とか餅とか野菜とかで、「ゼニをもらうより、モノのほうがええけんのう」と朝日丸は言っていた。

ほんとに、朝日丸はすごい景気で、兵隊のとき、おなじ中隊で、復員後は父親のあとをついでカマボコ工場をやっている大木なんかは、「今、いちばん景気がええのは、ナニワ節の朝日丸じゃわい」とわらっていた。

もう、そのころには、元子とおない歳の明子が、朝日丸のうちにいたような気がする。明子は広島の原爆で身内をなくした、いわゆる原爆孤児だ。

そして、東京からかえり、上浦の朝日丸のうちをたずねるたびに、子供たちの数がふえていた。

それもちっこいのばかりで、そのちっこいのが、これまたちっこいのを抱いたり、おんぶしたりしている。

ちょうど、ぼくが朝日丸のうちに遊びにいってるときに、ちっこいのが、ちっこいのにサツマイモにぎらせてたべさせてるうちに、イモが喉にひっかかって、ひっくひっくはじめ、ほんとに目の玉がくるっとまわって白くなり、あわてて水を飲ませたのをおぼえている。

みんな、広島の（これもいやな言葉だけど）原爆孤児だが、朝日丸は、「べつに、ピカドンの子をあつめようういう気はなかったんじゃが、つい、増えてしもうてのう」と他人《ひと》ごとみたいな口ぶりだった。

「朝日丸と原爆の子のはなしは、わたしが、中塩さんに売りこんだようなものじゃけん……わたし、ほんきに悪い気がした……」

元子は、おなじことをくりかえした。朝日丸には、さんをつけないのがおもしろい。もっともこのあたりでは、近所の家のことも、大世渡とか出来田とか、さんをつけない習慣だった。

「元子、おまえ、中塩となんかあったんじゃないのか？」

ぼくは、元子の乳首を指さきでわるさをするのをやめて、言った。

「それが、なにか関係があるん？」

元子は、蛍光灯がさがった天井にむかって、ききかえした。

「いや、べつに……」

これは、前からおもってたことだ。ぼくと元子が、寝て、男と女とのことをしたのは、わりと最近で、四年前のことだった。

元子は、なにかの講習で東京にでてきていて、「話があるんよ」と電話で言い、新宿であったが、酒を飲んだだけで、話というのはせず、元子は酔っぱらい、ぼくと新宿百人町の旅館にいき、ぼくは近親相姦のような気がした。

そのとき、元子は（これも、いやな言葉だけど）処女ではないような気がしたが、女のからだといえば、女房ぐらいしかしらないぼくには、よくわからなかった。

いっぺん引いてしまったすじが、もう消えないならば、その上から、べつのすじをひいて塗りつぶしてしまう、そのべつのすじがぼくだったというのか……こりゃまたおセンチな考えだ。

しかし、元子との関係が、今でも近親相姦のような気がするのは、なぜだろう？両親を広島でなくしたあと、元子が、ずっとぼくの家にいたからだけではあるまい。

また、元子が、じつは、死んだぼくの父が元子のおかあさんに生ませた娘で、つまり、ぼくの異母妹かしれない、なんてことも、ぼくは本気では考えていない。

しかし、さっきのおセンチなはなしを、かりに事実に近いものだとすると、べつのすじというところに、ごく安易にぼくが間にあっちまうのが、なんだか近親的で、やはり、ぼくと元子とのあいだは近親相姦なのではないだろうか。

それに、新宿百人町の旅館で、はじめて、元子のからだの上になったときも、いつでもやれることをやってるみたいな、安易をとおりこして、あたりまえのことのような気がし、すこし気味がわるかった。

近親相姦というのは、それまでぼくなんかが考えていたのはまるで逆で、衝撃みたいなものがないのが、近親相姦ではないのか。

世間的なことをぬきにすれば、せいぜい、うちのお菓子も、よそのお菓子とおなじように甘かった、というぐらいのうしろめたさで……。

朝日丸の美談が、地方新聞のうちでは三大新聞といわれる××新聞にのったのは、もうだいぶ前のことだ。

旅まわりの浪曲師が、ヒロシマの原爆孤児の娘たちをひきとって育て、それがこんなに成長し……といった記事で、すっかり大人になった明子をいちばん上に、女の子にかこまれた朝日丸の写真もでていた。

「わたしが朝日丸のことを中塩さんにはなして、記事になり……」という手紙といっしょに、元子が、新聞の切ヌキを、東京に送ってきたのだ。

それが評判になり、朝日丸は地方局のラジオにもでて、原爆孤児の娘たちとナニワ節の合唱をやった、という手紙も、元子からきた。

ぼくが直子（女房）と籍の上でも夫婦になった、あとか前かはおぼえていない。ぼくと直子は、長いあいだ、いっしょに住んだり、別れたりしていた。

その後、朝日丸が貧乏しているというはなしをきいた。農村ブームはとっくにおわり、旅まわりの浪曲なんてものも、客がこなくなったんだろう。

ぼくのうちも、もと軍港の町にはもどらないまま、父が死に、ぼくが中学生のころから、白い青い顔をして寝てばかりいた母のほうが、父のあとにのこり、その母も死んだ。そのあいだ、元子は、ずっと、床の下も海辺の白い砂の玉浦の家にいて、そこから広島の大学にいき、大学をでると、中学の教師になり、うちの父や母の面倒をみていたのだ。

母の葬式のあと、何年かぶりに、朝日丸のところにたずねていくと、ひどいあばら屋になっていた。朝日丸の家は、もと軍港の町からはずれた上浦の、またひとつ岬をまわった、部落からはなれたところにあり、朝日丸の父親が、馬ふんひろいの馬車引きだったというのは、ほんとだろう。集めた馬ふんの臭いが、ほかの人家にとどかないところに住んでいたとおもわれるフシがあるからだ。

家といっても、壁土もないバラックでおそらく、戦争の前からロクに修理もしないで住んでいたにちがいない。雨がしみこんでくろっぽくなった壁板が、それもとおりこして白く晒《さら》けて、反《そ》っくりかえり、さわっていても、板壁のあいだから、きらきらひかる海の表面が見え、夏だったせいもあるが、男物の肌着シャツ一枚みたいな恰好の娘たちが、ほんとにごろごろという感じで、うちのなかにいた。

ただ、娘たちはみんなむっちり脂肪がついていて（だからよけい、ごろごろ、という感じがしたのかもしれない）男物のシャツのまるくつきでた乳房のところが、汗とよごれで、年輪のような模様ができていた。

だいぶおやじ面《づら》になった朝日丸は焼酎をだし、「あきまへんのう。村まわりの芝居も、もうダメじゃけんのう。こいつらが、また、よう食うんじゃ」とわらっていた。れいの曲師のオバさんの姿が見えず、どうしたのか、とたずねると、死んだと朝日丸はこたえた。

「娘のうちのだれか器用な子に、三味線を仕込もうおもうたんじゃがのう。みんな不器用なんかどうなんか……それに、ちいと色気がつくようになったら、うちのオバさんをきらいだしてのう。女いうもんは、いないげな（おかしな）もんじゃのう」

去年、もと軍港の町にいる姉の見舞いにいく前に、広島からのバスの途中で、朝日丸のところによう、ぼくはめんくらった。（姉は、近ごろ、よく寝ているらしい。顔の色も青白く、顔つきも死んだ母に似てきた）

だいいち、ほんの何年かのあいだに、近くに造船所ができ、広島に通勤するひとの家もたってまわりがすっかり変っており、朝日丸の家もかなり改造し、観光牧場の牛舎のような、でこでこペンキ塗りの、みょうな建物になっていた。

家のなかは、もっと様子が変っていて、赤、ピンク、グリーン、きいろ、と手品の旗のような派手な色のパンティやスリップ、ネグリジェなどが、そこいらじゅうにぶらさがり、散乱し、もっとめんくらったのは、そのあいだを、赤ん坊がぞろぞろ這いまわっていたのだ。

それも、ひとりやふたりの赤ん坊ではない。ピイピイ、きゅうきゅう、あっちこっちから赤ん坊が這ってきて、それを朝日丸の娘たちが追いかけ、ひっくりかえして、オムツをかえたり、抱いてミルクを飲ましたりしている。

しかも、見たところ、ほんの一、二ヵ月も誕生がちがわない赤ん坊ばかりなのだ。

ぼくがおどろいてると、朝日丸はわらった。

「ほんまに、よわっとるんじゃ。あの明子が、うちももう歳じゃけん、子供がほしい言うてせがむんで、タネをつけてやったら、ほかの娘も、みんな、うちも、うちも、言うで、できてしもうてのう。わしゃ、みんな娘のつもりで、嫁さんのつもりはなかったのに――。ほんま、わしゃ、よわっとるんじゃ」

「ぜんぶ……あの、女房になったのか?」

「ほうよ、十一人ぜんぶ。ひとりだけどかすいうわけにはいけんけんのう。まだ、子ができんのもおるがの。あんた、嫁さん、おるんか?」

「うーん、まあ……」

「わしゃ、あんたにすまんおもうてのう。わしが、あんたに疱瘡をうつしたけん、あれから、とうとう、あんたは頭に毛が生えんで……」

ぼくは若禿げで、兵隊のときの天然痘と栄養失調で薄くなった毛が、もとにもどらないうちに禿げてしまった。

朝日丸は、よわったと言いながら、ぼくが天然痘で頭が禿げ、そのため、嫁さんのきてがないのではないか、なんてよけいなことを心配している。

「この前より、景気がよさそうだな」

ぼくは、家のなかを見まわした。ステレオもあるし、食器棚、洋ダンスとぴかぴか新しいものばかりで、人数がおおいせいもあるだろうが、台所の土間には、レストランの料理場にあるみたいな（これは中古のようだったが）大きな冷蔵庫もあった。

「うん、ゼニは入るんじゃ。こら、こら……」

縞のパンツをはいた朝日丸は、台所の土間にこぼれて泣きだした赤ん坊を抱きあげてきた。縞のパンツからでている、行軍に強かったあの骨ぶとい馬方の足が、だいぶほそくなってるような気がする。

「原爆孤児の女の子や赤ん坊をひきとって育てた、と新聞やラジオにまででたのに、朝日丸は、その女の子を、ぜんぶ自分のメカケにして、ストリップ劇場にだしよるんよ。こんなことが、週刊誌にでも出てみんさい。わたしからきいて、あれを記事にした中塩さんは……」

元子は、キリキリ憤慨していて、ぼくも、ちょっと、ふにおちない気持になった。

「わかったよ。中塩とは、まだつき合ってるのかい？」

「あんなことをやって、つき合えるわけがないでしょ。だからよけい、朝日丸のことも、前だったら、ごめんね、ぐらいですんだかもしれないけど、今では、そうはいかないの」

元子は、方言のない言葉で言った。教室で英語をおしえるときは、こういう言葉でしゃべってるのかもしれない。

「あんなことって？」

「こんなことよ」

元子は、布団のなかで、パンツの上から、ぼくのペニスをつかんで、ふった。かなり乱暴な動作だった。

「いったい、どうする気なん？」

元子は、こちらをむいた。にらんでる目つきだ。去年、朝日丸のところにいったとき、朝日丸は、あの明子が、もう歳だから子供がほしいとせがんだ、と言った。元子と明子はおない歳だ。元子も、来年は三十になる。

そして、元子は、とつぜん、朝日丸が、赤ん坊たちがそろって赤いウンコをした、とひとりではしゃいでた、という話をはじめた。

今年になっても、朝日丸は、何人か赤ん坊ができたらしい。その赤ん坊たちが飲むミルクに、朝日丸は食紅かなにかをまぜ、赤ん坊たちが赤いウンコをした、と手をたたいておもしろがってたのだそうだ。

ぼくはおかしくって、涙がにじむほどわらい、すると、元子はよけい腹をたてた。

「しかし、朝日丸のことで、なんでそうおこるんだ。おまえ、朝日丸とも、なにかあったんか？」

元子は、にらむ目つきでもなくなり、布団のなかで距離をつくり、つくづく、ぼくの顔を見てため息をついた。

「わたし、近頃ときどき、あんたの奥さんの直子さんのことまで、かわいそうになるんよ」

元子のその言いかたも、ため息も、なんとも近親的で、ぼくと元子は、やはり近親相姦なんだろう。

自動巻時計の一日

1

やはり、なにかハッキリさせたいものが、あるんだろうか？　おれ自身にも、わからない。

しかし、米粒のなかから小石をつまみだすみたいなぐあいにはいかないことは、はじめから、わかってるような気がする。

ともかく、朝おきたときからのことを、バカみたいに、ならべていってみよう。それで、もしまちがって、なぜ、こんなことを書く気になったかわかれば、ヨロクみたいなもんだ。

朝が、なにかのはじめみたいに感じたことはない。いや、朝でもなんでも、おれの頭のなかで名前がついてるものは、はじめという言葉とは、カンケイないみたいな気がする。はじめという言葉をきくと、神さまという言葉が、つい、でてきてしまう。神さま、神さま……と口ではつぶやくが、この言葉は頭のなかには、はいってくれない。また、いわゆる、からだで感ずるということもない。だから、はじめ、とくると、神さまという音になり、その音がきえると、もう、おしまいだ。

そいつをおいかけ、むだだとわかっていながら、両手でつかみかかるような根性が、おれにあったら、今ごろになって、こんなものを書くこともなかっただろう。

となりの部屋に寝てるカカアの枕もとに時計がおいてあり、六時に目覚がなる。

（カカアとか、おれとか、これを読むようなことになったひとには、きっと、目ざわりだろう。だけど、おれは、げんに、そんな言いかたをしている）

たいてい、おれは、目覚がなりだすのを知っている。そして、損をしたとおもう。将棋の上手なひとが、ずっとさきまで手をよむみたいに、ほんとに、損か得かなんてことは考えられないけど、目がさめたとたんに、おれは損得のバランスをいじりだす。六時に、目覚時計がカカアの枕もとでなり、カカアが目をさまし、おれをおこすまで寝てれば、それだけ睡眠時間がながくて得なのに、とおもうわけだ。

目覚時計がなりおわっても、カカアがおきるけはいがないと、おれは、フスマごしに、「おい、鳴ったぞ」と声をかける。

カカアは、たいてい、「う……」とかなんとか、寝ぼけた声をだす。こっちの言葉にたいして、演技してるのかもしれないが、いつもそうではあるまい。相撲《すもう》でいう、立ち合い負けみたいな気分で、おれは、ふとんにもぐってる。

ふとんからはいだしたカカアは、たいてい、ふとんをポンポンたたく。寒いあいだは、幼稚園にいってる下の娘と寝てるからだ。そして、となりの四畳半にいき、電灯をつけ、服をきだす。

小学校二年の上の娘が、畳の上にペタンとすわり、服のボタンをはめてるのに気がついてから、カカアも、畳にすわって寝巻をぬぎ、服をきるのを、おれは意識しだした。やはり、女くさい動作のように見えたんだろうか?

服をきると、カカアは、おれが寝てる六畳とのあいだのフスマ戸をあける。おれは立ち合い負けをとりかえすみたいに、ふとんのなかでぐずぐずしている。

今は、三月のはじめで、いちばん寒いときはもうすぎたんだと、おそらく、日になんども自分にいってきかせるのだが、やっぱりさむい。もちろん、とくべつ寒い日や、わりとあったかいような日もあるけど、ふとんのなかと、外の、部屋の空気は、おおげさにいえば、異質な感じがする。朝、ふとんからでるときの、かなしい、いやな気持をかるくするためには、掛声でもかけて、はねおきるといいんだろうが、子供のときから、おれには、つまり、ハリキルくせがない。人生はみじかいかもしれないけど、毎日はうんざりするほどながい。今さら、ハリキッたって——いや、そんな言葉をブツクサつぶやいたところで、なんにもならない。

ズボンをはき、ふとんのよこの溲瓶《しびん》をとって、台所をとおり、裏のガラス戸をあける。溲瓶をつかいだしたころは、台所にいるカカアの鼻のさきに、溲瓶をつきだしたりしたこともあった。こっちは、ごきげんでやってるんだが、カカアは、おれのごきげんにつきあってくれたことはない。

これは、ちいさな例だけど、こんなふうに、ごきげんでも、不きげんでも、おたがいすれちがったり、感じなかったりすることに、おれたち夫婦はなれてしまってるようだ。

それでも、まだ、トライはしてみる（いっしょにすんでるんだから、どうしようもない）。

だけど、たいてい失敗し、失敗することにもなれてなんて調子のいい夫婦のあいだなら、クドクド書いてみることもあるまい。

裏の井戸端で溲瓶をあけ、ポンプをついて、二回ぐらい洗う。寒い朝は、ポンプが凍りついていて、むりをすると、どこかなかのほうが折れちまって、使えなくなる。なんどか、おれはポンプをぶっこわした。そんなとき、カカアは、へんな化物でも見るみたいな目で、おれをみる。

「どうして、やたらに力をいれるのよ？　凍ってるのはわかってるんでしょう。前にも、やったことじゃないの。あーあ、また、今日から、使えなくなったわ」カカアは、くどくどくりかえす。

おれには、カカアの言葉にたいする返事はできない。腹をたて、「つかえないとはなんだ。ポンプ屋に修理をたのめ」とどなったりする。

おれの溲瓶は女用で、ふちが欠けてるのを、知り合いの薬屋が、ただでくれた。この話をすると、たいてい、みんなおもしろがる。

「女用の溲瓶ってのがあるのかい？　どこがどうちがうんだ？」なんてききかえすやつがいれば、おれは得意になってしゃべるけど、前みたいには、おしゃべりの満足感がなくなった。

小説には、つまらない話を、おもしろおかしくしゃべり、みんなを笑わせ、あとで、つまり自己嫌悪におちいる人物（たいてい作者とおもわれる人物）がよくでてくる。

しかし、おれには、あんまりそんな経験はない。はずかしい、というような気持とも関係があるみたいだが、こっちのほうも、ひとにくらべて、程度がかるいようだ。なぜだろう、と考えてみたこともあるけど、生れつきなんだな、とおもっちまう。「生れつき」のようなどうしようもないことを、自分や、ひとに説明しようとするのには、やっぱり小説かなんかでないとだめかもしれない。

そんなことはともかく、溲瓶についてのおしゃべりなんかが、前ほど、自分でもおもしろくなくなったのは、やっと、おれが文学青年になりかかったためだろうか？　それとも、年をくってきて、ほかの大人なみに、つまらないおしゃべりがつまらなくなってきたのか？　だいいち、ひととおしゃべりをすることが、すくなくなっている。おしゃべりがたのしければ、ポツリ、ポツリ、字をならべていく、こんなしんきくさいことはやらないだろう。

溲瓶をあらうと、井戸端の棚において、風呂場にいき、歯をみがく。歯をみがくとき、よく、ゲーッとあがってくる。肝臓かどこかわるいんだろうが、これは、たいして気にしない。さむいあいだ、顔をあらうために、カカアがヤカンに湯をわかしてくれる。でかいヤカンだけど、なかにはいってる湯は、ほんのちょっぴりだ。だから、うんと水をたさなきゃいけない。二、三日、風呂にはいらないと、顔が、脂《あぶら》でねとつくみたいで、ときどき、石鹼をつかう。石鹼はつめたい。

顔と手がぬれたまま、風呂場をでる。そして、ほとんど毎朝、タオルをさがす。うちの風呂場には、たいてい、タオルはない。あっても、ぬれている。風呂場からでたところの板の間に、足ふきのぞうきんが、二、三枚おいてあり、めんどくさいときは、それで顔をふく。そのことで、カカアがなにかいったような記憶はない。

そして、便所にいく。朝、でかける前に、おれは、かならず（一年に、二、三回の例外はあるが）二回、便所にいく。カカアは、おれが便所にいくのを、にくんでるようだ。

「朝いそがしいときに、なんのために、二度もいくのよ」とおなじことを、しょっちゅうくりかえす。

これも、なんとこたえようが、返事にはならない。きげんがいいときは、ニヤニヤわらい、わるいときは、ほかのことで文句をいうぐらいだ。

便所でしゃがみこんでるあいだ、おれは古新聞をよむ。おなじ新聞の、おなじところを、なんどもよむことがある。そして、シャクにさわることが書いてあると、うれしい。どうして、こう、バカなんだろうと、シャクにさわることを、いったり、書いたりしたやつを、ケイベツすることができるからだ。しかし、これは、おれにだけしか通用しないルールのゲームで、相手を負かしたような気分になるだけだとわかってる。カカアはもちろん、おれが便所でよんだことについての意見にたいし「そうだ、そうだ」といってくれる者は、まず、なかろう。しかし、こんなことぐらいでは、他から疎外されたみたいな、みじめな気持にはならない。その前に、おれってユニークなんだな、とウヌボレちまう。

プリプリたのしみながら、便所からでてきて、カカアにそのことをしゃべると「きっと、おこるだろうとおもって、目につくように新聞を折っておいたの」とこたえたことがある。カカアの、こんなごきげん（ユーモア）は、めずらしい。十年、いっしょにくらしていて、はじめてかもしれない。

十年にいっぺんみたいなことを、なんでもない一日のことのうちに書くのは、スジちがいだろうけど、カンケイがない、とはいいきれない。それだけに、よけいやりきれない関係みたいな気もする。

便所をでても、おれは手はあらわない。しかし、一日のうちには、なんどか、手をあらう。てのひらが汗ばんでくるからだ。アメリカのミステリーなどをよむと、てのひらが、じとじとしているといえば、すごく緊張してるか、こわがってるか、それとも、まだちっちゃな女の子に暴行したりする変態性のじじいのてのひらあたりを想像するクセがあるようだ。

便所をでてから、パンツとズボンをはき、台所のとなりの板の間にすわる。

三年ほど前に、尿から糖がでて、三食とも米のメシをくってたのを、ぜんぶ、パンにかえた。しかし、朝食のパンだけは、どうも、うまく喉をとおらない。で、朝だけは「そばにしてくれ」とカカアにいった。

だから、はじめは、そばをくってたような気がする。しかし、今では、毎朝うどんだ。そばでなく、うどんをくわせるのには、きっと理由があるはずだ。だけど、どんな理由かは、おれはしらない。「なぜ、うどんなんだ?」ときいたこともあっただろう。そして、「おそばを買いにいったけど、なかったのよ」というような、現在、うどんばかりくわされてる理由とは、なんのカンケイもない返事を、カカアはしたんじゃないかとおもう。

毎朝、おれは、そばならいいのにな、と胸のなかでボヤキながら、うどんをする。おもいきって「そばにしてくれないか」といったら「あら、うどんが好きなんだとおもってたわ」とか「あたしのほうは、うどんだって、おそばだっておんなじだから……」とカカアがこたえるとは、ちょっとかんがえられない。十年も、いっしょにくらしてれば、それぐらいのことはわかる。うどんばかりくわせるのには、ちゃんとした理由があるのだ。そして、その理由が、こっちには、ぜったいに納得できないこともわかっている。だから、朝食のうどんについては、おれが、がまんしてるわけだ。カカアのほうにだって、だまって、がまんしてることはうんとあるだろう。

うどんがはいってるのは、菊の花みたいなもようがついた、茶っぽいドンブリだが、まるっきり気にいらない。おれが尊敬する職業の小説家の先生がたが、骨董とか、美術品とかについて書いたものをよむと、いつも、おれは頭にくる。作品とよばれるもの（ゲイジュツ作品なら、なおさら）をつくってる者には、ほかのひとの作品にたいしても、とくべつな感情があることはわかるけど、シャクにさわるんだから、しかたがない。そして、食器なんかに文句をいったりする者を軽蔑してるわけだけど、このうどん丼だけは、くそおもしろくない。かたちや色が、不快感をあたえるんだろうか？　それだけではなさそうだ。

うどんのなかには、揚げをはんぶんぐらいきったやつと、たまごがはいっている。おれが、うどんをたべてるあいだ、カカアは、弁当のサンドイッチをつくる。毎朝、おんなじだ。しかし、かんがえてみたら、毎日、おなじことがおおい。

用があるか、文句をいうときのほかは、おたがい、ほとんど口をきかない。そして、用と文句とが、よく、いっしょになる。たとえば、どこそこに電話してくれ、とカカアにたのむと、わりにきげんがいいときは、「そんな電話、こんどのおやすみの日だっていいじゃないの」とかなんとか、にげる返事をする。しかし、きげんがわるいと、ただ、だまってるだけだ。で、「かけるのか、かけないのか！　勤めさきから電話できるぐらいだったら、なにもおまえにたのんだりはしない」とおれはどなる。

おれの文句がしつこくなると、カカアは、たいてい、「別れましょう」という。当面の問題についてのコメントはない。

「別れるとか、別れないとかいう話をしてるんじゃない。山田のところに電話をかけてくれといってるだけだ」おれの言葉も、だいたい、きまってる。

しかし、ほんとは、カカアのほうが率直だとおもう。当面の問題なんて、それこそ問題じゃない。具体的な問題について、おたがい話し合う場をもち……なんてことは、他人どうしがやることだ。夫婦でありながら、他人でいるということは、たまに、そんな気分になることはあっても、おれや、うちのカカアみたいな、つまり精神の修養がたりないものには、とうていむりなはなしだろう。

カカアは、おれの用で電話をするのが、いやなのだ。それを、がまんして電話すれば、もちろん、気分はよくなかろう。逆に、カカアが電話をしてくれなければ、おれは腹がたつ。

「別れれば、おたがい、いやなおもいをしなくてすむわ」

「だけど、別れたあとは、どうなる？」

「さきのことより、今、たまらないのよ。あーあ、いっしょに暮らしてて、たった一ぺんだって、いいことはなかったわ」

ラジオやテレビのドラマで、日になんどもいうセリフを、おれたち夫婦も、いつも、くりかえしてる。

カカアは、夫婦でくらしていて、なにかいいことがあるみたいに、期待したことがあったんだろうか？　おれには、はじめから、そんな気持はなかったとおもう。いや、いいいとかわるいとかいうこととは、むすびつかないような気がする。

うどんをたべながら、おれはラジオをきいている。時間をたしかめるために、朝おきて台所にくると、カカアはラジオをかけるのだ。ざぶとんはしいてるけど、つめたい床の間にすわって、うどんをすすってるおれも、サンドイッチをつくるカカアも、ほとんど口はきかないが、ラジオは、そばでベラベラしゃべり、おれたちは他人のはなしをきいてる。

「明治の若者には、のびのびした愛国心がありました。もちろん、戦争中のような、狂信的な愛国心をもてというのではありませんが――」

しゃべってるのは、有名なフランス文学の先生だ。こういったはなしは、賛成でも不賛成でも、よくわかる。いっしょにくらしてる夫婦の言葉が通じないのに、他人のいうことだとわかるのは、どういうことだろう。

この先生は「人間、堕落すると、軍人か政治家になる」というようなことをいい、それを、きくか、読むかしたおれは（まだ、中学生だった）、おもしろいとおもった。

しかし、この言葉は、そのあとに、「そして、もっと堕落すると、大学教授になる」とつけくわえても、おなじことだ。

おれには、愛国心みたいなものはないらしい。心と名がつくものが、あるんだか、ないんだかわからないから、あたりまえだが――。若いジェネレーションのひとりだと自称している男が新聞にかいたものを、いつか、便所でよんだ。「貨物船の、なれない労働につかれきって、ギリシャの港にもどってきたぼくは、日本船の目にしみるような日の丸の旗をみて、ジーンと胸にこみあげてくるものを感じた」といった文章だったとおもう。そして、それが、ほんとにナマの愛国心みたいなことを、その男は書いていた。おれだって、そんなときは、ジーンともくるだろうし、涙がながれるかもしれない。だけど、そのことと、愛国心と、いったい、どういう関係があるんだろう？

フランス文学のもと教授のはなしがおわるのは六時三十分で、おしまいまできいてたら、もういっぺん、便所にいくのが、いそがしくなる。

ウドンをたべおわり、時間があれば、パンを一枚かじって、便所にいく。

時計をみながら、できるだけながいあいだ、おれは便所にいる。映画の広告なんかを、二度も、三度もよみかえして――。

六時三十五分には、どうしても便所をでなければいけない。玄関にいき、着がえをする。そのあいだに、カカアが台所からできたサンドイッチをもってきて、肩からぶらさげるバッグのなかにいれ、おれはオーバーをきて、帽子をかぶるんだが、よく、帽子が見あたらず、さがす。カカアに口をきいても、さしつかえないようなときなら（おたがいの気持が――）、「帽子、しらないか?」とたずねる。

「どこに、おいたのよ?」カカアが、いうことはおんなじだ。そして、おれの禿げ頭をみる。

「どこにおいたか知ってれば、ききやしない」とおれが言いかえすときは、ふたりとも、よほど、ごきげんのいいときだ。

2

もう、だいぶ前から、おれは、一日のことを、書いてみようとおもってた。そして、とつぜん、かたいような、やわらかいような、あったかいみたいで、つめたいものにふれ、びっくりして、目をさますところから書きはじめるつもりでいた。寝ているおれのおでこを、べったり押してくるものは、おれの皮膚には未知の感じで、反射的に、おれのからだはかたくなり、それが頭につたわって意識されたとき、いいようのない恐怖感が全身をつつむ――、ま、こういった調子だ。

言葉はすこしオーバーだけど、こんな経験はある。カカアが足の裏で、おれのおでこをおし、目がさめたのだ。足の裏が、じんわり、顔や頭にふれることは、あんまりないので、たしかに、手でおされたり、足のさきでけとばされたりする感じとはちがい、異様なものだった。

戦争中、高等学校にいってるときに、うんと混んだ市電のなかで、脇腹のあたりに、やはりストレンジな感じをうけ、それから、おれをつつんだあらゆるものが、ストレンジに感じられてくるような話を書こうとおもった。電車のなかで、となりに立っていたお腹《なか》のおおきな女の、腹のなかの子供がうごいたのだ。

(もしかしたら、おれ自身の経験ではなく、なにかの小説にでてきたことかもしれない)

つまり、朝、目をさましたときから、ショックと、おどろきと、不可知なものがつづき、手さぐりですすむその手に、今までさわったことのないものがふれてくるようなことを書く気だったのだ。しかし、それは、おれが読んでおもしろかった小説なんかが、そんなふうにできてたから、あんなのが書きたいなと考えたんだとおもいだした。

　どんなに、おれのまわりを見まわしても、見なれたものばかりだ。めちゃくちゃにかけだせば、なにかにぶつかるかもしれないが、おれの足は、きまったレールの上しか、うごいてくれない。あることについて、あることを考えても、たいてい、まるっきり逆のことも考えられる。

　おどろきがないからこそ、おどろきを書くんだ、というひともあるだろう。そんなひとは、おどろきにむかう方向があるからしあわせだ。神はわからなくても、信仰がある、というひととおんなじだろう。しかし、おれには、なにもない。ただ、朝おきてからのことが、時計の時間で区切られる時間にしたがって、つづいて（あるいは、つづかなかったり）いくだけだ。

　昼食のサンドイッチがはいったバッグを、肩からななめにぶらさげ、玄関のガラス戸をあけて、外にでる。そして、軒の下の自転車をだす。

　この自転車は、五、六年前に、ある男から、三千五百円で買った。その男の家は小岩で、大田区にちかい世田谷区のはずれにある、おれのところまで、東京の町なかをぬけて、もってきてくれた。色が黒い男だったが、うちについたときは、あかい顔をしていた。

今では、この自転車はちょっと目立つぐらいオンボロになってる。毎朝、うちから東横線の駅までのっていき、駅の前においておくんだけど、鍵をかけるのをわすれても、もっていく者はいない。しかし、そのあたりに駐車する車にじゃまっけにされ、夕方、電車をおり、駅をでてきたときには、たいてい、おいた場所がかわっている。

しかし、いっぺんだけ、かっぱらわれたかな、とおもった。去年の真夏のことで、友だちをおくって池上線の駅のほうにいき、そのかえりに、安バーによった。

カウンターでおしゃべりをしてるうちに、なにかのことでお化けの話になった。田舎でそだった者なら、たいていのやつが、自分の怪談を、ひとつやふたつもっている。だが、型にはまってない怪談は、まずない。だから、自分が経験したといっても、昔からある、ありふれた怪談とほとんどおんなじだ。気をもたせた、はなしのすすめかたなんかは、きまったレールしかないらしい（ほんとうは、怪談ばかりでなく、どんなストーリイでもといいたいんだけど）。

そして、怪談のさいごは「ユーレイってものはあるかどうかしらないが、人魂《ひとだま》は、たしかにある。げんに、わたしも――」ってことになる場合がおおい。その晩も、ユーレイばなしがタネぎれになると、人魂のことにおしゃべりがうつった。

そのとき、カウンターのなかでグラスをふいていた、まだ子供みたいな娘が（へたをすると、ローティーンかもしれない）、急に、口をだした。「あら、そんなの、バカみたい。あたし、星が、スーッとうごくのを見たわ」

おれは、てんでおもしろいことをきいたような気分になったが、ほかの者は、わらいもしなかった。そばにいた店の女の子なんかは、ご親切に、おしえてやってた。

「バカねえ。それは、流れ星って、ちょいちょいあることよ」

ともかく、いいかげんよっぱらい、午前二時ごろ、おれはバーをでた。そこは、マーケットのなかで、すこしはなれた銀行のよこに、自転車をおいといたんだが、いってみると、ない。マーケットの店は、みんな、トタンをうちつけた戸をしめていて、おれの自転車がどこかにまぎれこんでしまうようなことは考えられなかった。だいぶ遠くのほうまで、いったりきたりしてさがしたけど、自転車は見つからない。

おれは、銀行のよこに、しばらく立っていた。ななめ前のバーの二階の窓があいていて、ショートパンツひとつの若い男が、窓枠に腰かけ、ウクレレかなんかひいている。おれは、その男を、下からにらみ、こいつの仲間が、ちょっとどこかにいくのに、のっていってしまったんだとおもった。なぜだか、そう信じこんでしまったのだ。しかし、バーにひきかえして、たずねてみたりはしなかった。自分ひとりで、気まずいシーンにぶつかるのがいやだったんだろう。

おれは、東調布の警察署にいく決心をし、あるきだした（ちかくの交番にとどけることは、ぜんぜん頭にうかばなかった）。東調布警察署までは、かなりあり、家をでるときつっかけのサンダルをはいてたので、足がいたくなった。近道をするつもりで、ちいさな道にはいったのが、よけいいけなかったようだ。

東調布警察署につくと、すぐ足を見てみた。両足とも、親指のつけねの骨がでたところが、赤くすりむけてた。

「自転車がなくなった」とお巡りさんにいうと、「何町の何番地か」ときかれた。おれは、自分の家の番地をいった。しかし、どうもはなしがへんで、すこしたってから、自転車がなくなった場所の番地だとわかった。

「被害届をだすかね？」とお巡りさんはたずねた。

もうそのころは、おれも気がぬけていて「いや、べつに……」みたいなことをいい、タクシーをひろって、うちにかえった。

その晩は、うまくねむれなくて、五時半ごろおきると、八年ぐらい前に、七千円で買った、もうひとつの自転車にのって、銀行のところにいってみた。

五時半といっても、マーケットの通りは、まるっきりあかるかった。ちらばった新聞紙なんかが、わずかな風に、ゆらゆらうごいてるきりで、人間はだれもあるいていない。ただ、やたらにあかるいだけだ。寒いときだったら、人気のない通りを見て、心ぼそいような、おおげさにいえば、生をおびやかされるみたいな気持にもなったかもしれない。

いくら真夏でも、朝はやくには、だれもあるいてないことは、理屈ではわかってるんだが、あかるくて、しかも、けっこう暑いので、目で見たものと、頭のなかのロジックが、しっくりいかなかったんだろう。とつぜん、街だけのこって、人間がいなくなったみたいな——。これも、やっぱり借りもののイメージにちがいない。S・Fでは、おなじみのシーンだ。

あかるい光でみると、銀行のとなりに、ちいさな門があった。こんなところに、こんな門があることは、それまで、おれはしらなかった。門のなかをのぞきこむと、おれの自転車がある。

その日は、勤めがやすみだったので、朝メシがすむと、おれは、自転車をとりにいった。

れいの門はあいていて、二十メートルぐらいはいっていくと、銀行のかげに、家があった。かなり古い平屋だ。玄関のたたきも、玄関の間もひろく、つぎの六畳間で、ちいさな、まるいチャブ台にむかいあって、一目《ひとめ》で母娘《おやこ》とわかる（ほんとは、どんなカンケイだろうと、こっちにはカンケイない）女ふたりが、朝食をたべていた。

玄関のよこは縁側で、雨戸はあけてあり、その奥の八畳も見とおしだった。

チャブ台のふたりは、お茶碗をもち、ながい箸をうごかしていた。おふくろさんらしい女は夏のキモノで、娘は、プリント地のワンピースをきて、髪にクリップをつけている。

マーケットがちかく、ゴミゴミしたところだけど、銀行の建物のかげになってるせいか、嘘みたいにしずかだ。ぜんぶあけっぱなしてるため、大きな、ひとつの部屋みたいにみえる家のなかで、年齢のちがう女がふたり、箸をうごかしてる光景は、たしかに、おれにはめずらしかった。そして、おもしろいな、と自分にむかっていった。

胸のなかで、おもしろいな、とつぶやいたのは、おれにとっては、べつにおもしろくもない、とおもったからだろう。こういったことを、おもしろがって書く小説家が、日本にはうんといるのが、おれは、シャクにさわってたにちがいない。

自転車のことをいうと、母親らしい女が、箸をおいて、立ってきた。

女は、門のところまでついてきて、おれが自転車にのり、ペダルをふもうとすると、「あ、ちょっと……」とよびとめた。「自転車はそれだけ？　一台きりですか？」ガッカリしたみたいな口ぶりだった。

門から家にむかう、せまい通路の片側によせて、ほかにも、三、四台、自転車があった。

おれは、自転車にのって、うちにかえりながら、ニヤニヤわらったが、テレビ・カメラの前で演技してるような気持もした。

バーでの流れ星のこともそうだけど、これは、ひとにしゃべって、おもしろいはなしだとおもったからだ。

小説をかいてメシをくってる友人に、流れ星のはなしをしたら、「そのネタ、くれないか」といわれた。二、三日して、その友人に、用があって電話すると、「あれ、かいて、もう、原稿をおくったよ」と言った。

自転車の一件も、べつの友人がショート・ショートにし、これも、よんだ。酔っぱらって、バーをでたところで、いっしょに飲んでいたワイフをおっことし、あくる朝、さがしにいったら、バーのとなりの家のしとやかな老婆が「どの方でしょう?」といいながら、コモをかぶせた、四つ、五つの死体をみせたというはなしになっていた。

おれが、自転車にのって、勤めにでかけるのは、六時三十七、八分だから、今みたいな三月はじめには、ほとんど人通りはない。新聞配達とか牛乳屋とか、きまったひとにあうだけだ。

おれが出かける時間に、毎朝、うちの前をとおる女の子がいる。ときどき、タバコをふかしながらあるいてるが、タバコの煙がうしろにながれるのがハッキリ見えるくらい、いつもいそいでる（いつもいそいでる――とかくと、いつも、いそいで歩いてるということだけでなく、なにか、意味みたいなものがくわわりそうでいやだけど、あきらめよう。おれだって、出かけるとき、のんびり自転車のペダルをふんだりしたことはあるまい）。

肉がつきすぎ、ずでっとした感じの娘におもえたが、ある朝、ハイヒールをはいたところを見て、だまされてたような気持になった。

ゴムかビニールの、グニャグニャした人形の足の下からでている棒を、ちょっとひっぱると、急に、あちこち、ふくらむところはふくらみ、ひっこむところはひっこんで、カッコよくなったみたいな――。

しかし、ハイヒールの上にのせただけで、こんなにちがうものだろうか？　そのときは、からだにからみついたようなニット・ドレスをきていたので、よけい、からだの凹凸やカーブが目についたのかもしれない。胸のふくらみも、肩のあたりから、広い裾野をもって盛りあがっている。こんなのは、ほんもののオッパイだ。それよりも、ウエストのくびれかたが、みごとだった。すこし古いアメリカの通俗小説なら、砂時計みたい、というところだろう。

しかし、ローヒールの靴だと、どたどたになっちまう。もしかしたら、ハイヒールをはくときには、服もちがうのかもしれない。

そのうち、金曜日に、よくハイヒールをはくのに、おれは気がついた。勤めさきは、きっと駐留軍だ。朝、でかけるのがはやいこと、それに、うまくいえないが、G・Iと腕をくんであるいても不自然でない雰囲気がある。

駐留軍なら、たいてい、土曜、日曜はやすみだ。つまり、金曜日の夜から、週末《ウィークエンド》がはじまる。だれかとデイトでもするために、ハイヒールをはくんだろう、とおれは推理した。ところが、ある金曜日、おれがかえる時間に、ハイヒールをはいてもどってきてるのを見た。

しかし、駐留軍につとめてるのは、まちがいない。賭けたっていいと、自転車で、その娘をおいぬくとき、いつもおもう。だけど、賭ける相手はいない。カカアは、一度か二度、見かけたことがあるかもしれないが、おぼえてないだろうし、おぼえてても、フンと鼻をならすぐらいだ。

けっきょく、おれと、その女の子とは、なんのカンケイもない。ただ、おれが、スケベーな根性で、見てるだけだ。そういった意味で、相手とはカンケイがなくても、おれ自身にはカンケイがあるかもしれない。

猟犬をつれた、中年の夫婦にも、ときどき、あう。夫婦とも、革の服なんかをきて、犬と人間の朝の散歩をやってるらしい。亭主のほうが、ゴルフのクラブをふりまわしながら、あるいてることもある。

奥さんは、やせて、すらっと背がたかく、なかなか美人だ。このあたりの、りっぱな家にすむ、おそらく、子供のない夫婦だろう。ところが、実際は、五、六人も子供がいた——なんてことは、くりかえすが、おれにはカンケイがない。朝、すれちがうおれにとっては、このふたりは、ある夫婦のタイプなのだ。

桜並木の道をくだる。ここで、毎朝、きまった人物にあう。トップ・コートをきて、スラックスをはいた女だ。年は三十から三十五ぐらい。三十五すぎかもしれないし、まだ二十代《はたち》かもしれない。いつも、よこの道からでてくるのにぶつかるんだが、鼻の線がきつく、ふかく眼窩《ソケット》がひっこみ、その奥に目がある。よこから見ても、ならんだ目がふたつとも見えちまうおれなんかの顔とは系統のちがう顔だ。

ローヒールの靴をはいてるが、つまりスタイルがよく、あるき方もうまい。こんなあるき方は、いくらか、年をくってこないと、できないみたいだ。

いつか、タイトのスカートにハイヒールをはいてるのを見かけたことがある。駅の階段で、うしろからついていったんだが、ふくらはぎにかたそうな筋肉がつき、ギスギスした感じの脚にみえた。

一年ほど前のことだけど、この女と亭主らしい男が、腕をくんで、駅の前の通りをあるいていた。亭主らしい男の顔には、見おぼえがあった。前にたれさがったような、でかい鼻をした男で、おれが、横浜の港で、貨物検数員《カーゴチェッカー》というのをやってたとき、おなじ職場にいた。口をきいた記憶はないが、夜勤のとき、ぬけだして、ちかくの（といっても波止場からだから、かなりの距離はあったが）飲み屋にいくと、よく、この男がいた。

パイプタバコをつめるボールが、オレンジがかったいい色になったフレンチ・パイプをくわえ、飲み屋のかみさんと、いつも、ねちっこくやってたのを、おぼえてる。かみさんには亭主がいたが、夜、見かけたことはない。パイプをふかしながら、飲み屋のかみさんの着物の衿や裾のあいだに手をつっこむ。はじめはおれも気になったけど、あんまりひどいので、かえってはやくなれてしまった。この男が、また、ひとに見られることなんか、まるっきり平気だった。かみさんがいないときは、店の若い女の子をつかまえて、おなじようなことをやっていた。

そのころから、おれが毎朝あう、ローヒールにスラックスが似合う女とは、夫婦だったんだろう（もちろん、証拠はない）。

ローヒールの女は、外国商社かなんかに勤めてるようなタイプだ。仕事ができて、うんと給料をとってる女に、よくこんなのがいる。

ハイヒールをはくと、とたんにシャキンとなるれいの娘は、すこし肉がつきすぎ、こちらの女は、すこし、肉がたりないんだろう。

エカキさんがスケッチでもするみたいに、女でも、なんでも、目に見えたものを書けないものかとおもったりしたこともあるが、おれにはむりなようだ。

桜並木の道をくだると、駅のほうにあがる坂が、いくつかある。いちばん近道の坂を、前はいってたが、傾斜が急なのでやめた。そして、二ばん目に近道の坂をのぼってたけど、これもよした。今では、すこし遠まわりの坂をあがってるが、途中で、自転車をおり、おすようになった。坂というほどのものでもないのに、なさけないはなしだとおもうけど、どうしようもない。

近ごろ、急に、体力がなくなったような気がする。あとふた月で、満三十七になる年齢のせいだろうか？　一度、病院で、精密検査をうけたほうがいいんじゃないかとおもう。その結果、病気があることがわかったら……そこまでは、かんがえない。

3

駅のよこの、線路ぎわの柵によせて、自転車をおき、改札口にいく。改札口に駅員がたってると、ほんとにシャクにさわる。肩からさげたバッグのジッパーをあけ、定期をだして、見せなきゃいけない。寒い朝、改札口にたたされた駅員も、しゃくにさわってるにちがいない。定期券をつきだしても、たいてい、ソッポをむいてる。

さむいあいだは、プラットホームのベンチに腰をおろす者は、ほとんどいない。みんな、オーバーのポケットに手をつっこみ、おなじようなポーズで立っている。毎朝、見なれた顔ばかりだ。おしゃべりをしてる者もない。釣り道具をもったひとたちが、はなしをしてるぐらいで——。

電車がくると、毎朝かよってる連中は、たいてい、きまったドアからのる。うしろにのったり、前のほうにいったりということはない。これは、今のところにかよいだしてから、二、三年目にわかったことだが、ひとはともかく、自分が、いつも、おなじドアからのり、電車のなかのおなじところに立ったり、腰かけたりしているのに気がついた時は、みょうな気持だった。

自分自身でもあいまいな気持を、文字でかくことはできないが、なんだか、生きたまま腐ってきたような感じだ。

「生き腐れ」なんてあまったれた言葉だが、酔っぱらったりすると、よく、そんなことを、おれは言うらしい。むろん、酔っぱらって、元気のいいときだ。

電車のいちばんうしろの車輛。電車のすすむほうにむかって、右側の、まんなかのシートのまんなかあたりに、いつも腰をおろして、お修身の本でもよむみたいに、メガネをかけ、ジャパン・タイムズをよんでるおばちゃん。新聞をもつ手の角度まで、毎日、おんなじだ。ジャパン・タイムズもかわらない。

反対側のシートのドアのそばで、いつも、居眠りをしてる女。色がしろく、一重まぶたで、ふっくらした感じだ。幅のひろい、金の結婚指輪。右手の中指には、ルビーの指輪をはめている。この女が目をあけてるのを、おれは見たことがない。

外套なしで、はでなウールのシャツをきて、足をくみ、西部物《ウエスターン》のペーパー・バックをよんでる、アメリカ人の若い男。ミステリーをもってたこともないし、S・Fも見かけない。きまって、西部物《ウエスターン》だ。

いや、ほかのやつらのことは、どうだっていい。なぜ、おれは、さいごの車輛のまんなかのドアからばかりのるんだろう？　たまには、となりのドアからのってもよさそうなものだ。どうして、ジャパン・タイムズをよんでる、おっかない顔のおばちゃんのむかいに、きまって腰をおろすのか？

シートに腰かけると、おれは、肩からぶらさげたバッグを膝の上にのせ、翻訳をやってる原書と、うすっぺらな英和の字引、そして、キャップをかぶせた2Bの鉛筆をだす。

バッグの上で、原書をひらき、鉛筆のキャップをとり、わからない言葉や文章がでてくると、字引をひく。字引をひき、頭をひねっても、わからないものはわからない。そのときは、「？」をつけておく。

おれの勤めと、翻訳とは、なんの関係もない。仕事のあいだの時間を盗んで、翻訳をやってるのだ。時間を盗むというのは、そういった言いかただけではなく、げんに、ドロボーしてるみたいな気持でいるし、おれをつかってるほうでも、労働時間をドロボーされてるとおもってるにちがいない。翻訳は、おれの小遣いかせぎだ。

翻訳をしてる友人で、やはり、勤めてる男がいる。その男は、職場への、いき、かえりの電車のなかで翻訳をやってるらしい。「ザラ紙をちいさく切って、原書のあいだにはさんで、訳していくんだよ。けっこう、できるぜ」とその男はいった。

で、おれも、せめて、字引ぐらいはひこうとおもい、はじめた。朝の電車のなかで、字引をひく前は、なにをやってたのか？　本でもよんでたんだろう。ほんの一、二年前のことだが、よくおぼえていない。

今、訳してるのは、アメリカ人の作家がかいた本で、むこうでは、けっして長いものではなかろうが、しまいまで訳せば、原稿用紙七百枚ぐらいにはなる。

いわゆる主人公は、聖霊派の神学校を中途でやめ、太平洋戦争にいった男で、エレベーターなしの安アパートに部屋をかり、あまりパッとしないレストランのコックをやっている。

前の晩、あたらしくやとわれた給仕女《バスガール》(安レストランではウエイトレスとはいわない)と、ちかくのバーにより、結局、いっしょに、アパートにかえってきた。

目がさめると、都会にはめずらしく、風がいいにおいがする、あったかい日で、若いバスガールは、あかるい顔で、ベッドからおき、髪をなでつけ、コーヒーをいれて、店にでかけていく。

主人公のダン・ラークは、もう、いいかげんくたびれた年だが、ごく自然なことみたいに、いろんな女との関係がつづいている。

若さが radiate してるような、家出娘らしいバスガールが、なんだか、はりきって、ドアをしめ、でかけたあと、ダン・ラークは、ぼんやり、ベッドに寝ている。

昼食の用意をしに、店にいかなきゃいけないが、その時間も、のろのろ、だが、確実にすぎていく。ダンは、ベッドに寝そべったまま、建物のあいだからのぞいた青い空のちいさなきれっぱしをみつめている。

だまって店をサボれば、もう二度目だから、クビになるとわかってるけど、うごきたくない。いや、店にいきたくても、からだがいうことをきかないような気分になっている。

給料《ペイ》もわるくないし、それに、見習いの若いコックが、とても好意をもってくれるので、クビになりたくはないが、また、今までのくりかえしか、とダンはおもう。

（と、こうアウトラインをかいてくると、なんだか、日本の小説みたいだけど、原文の感じはうんとちがう。主人公の心境とか、部屋の雰囲気なんてことよりも、もっとどうにもならない、生の流れ――おもく澱んで、流れはよくないが――みたいなものが、しつっこく書いてあるのだ。主人公の心境とか、生活とかをかいた小説ではない）

階下の、表の入口からはいったところのちいさなホールにある電話のベルがなりだす。たぶん、店から自分のところにかかってきたんだろう、とダンはおもう。そして、縦にほそながくきれた空をみている。

　そのうち、階段を、二、三段いっぺんにかけあがってくる足音がきこえ、ノックをして、見習いの若いコックが、息をきらしながら、かけこみ、ダンをひっぱって、部屋をでる。

　ちかくの既製服工場の女工員たちがたべにくる、昼食の混んだ時間は、いつのまにかすぎている。若いコックは、暇をみて、店をぬけだし、よびにきたのだ。

（たとえ、店はちかくでも、こんなことは、アメリカでは、とてもめずらしいことだろう。若い見習いコックが、なぜ、ダンが好きで、心配してくれるのか、理屈がとおったみたいな説明はない。ただ、その事実は、つまり具体的に、くりかえし、かいてある）

若いコックにひっぱられ、ダン・ラークは、階段をおり、表の通りにでる。そして、すばらしい人混みだなんてことをつぶやきながら、通りをあるいていく。

　店の主人は、もう、ダンをクビにしたつもりでいる。

（これが、一昨日《おととい》から訳してきたところだ。今日、訳すところは、料理場の隅のストーブの前で、混んだ時間《ラッシュ》はすぎたが、きれめなくはいってくる客のために、料理をつくりながら、若い見習いコックが、ダンをクビにしないでくれ、と店の主人にたのむ

ところから、はじまる）

二重、三重に顎がくびれた店の主人は、クシャクシャにまるめたハンカチで、首のうしろの汗をふきながら「こっちはビジネスをやってるんだ。アテにならん者はつかえない」とくりかえす。

若い見習いコックは「でも、こんないいひとは、いませんよ」という。

すると、主人はききかえす。「Good ?　Good for what ?」

いい人間だって？　どこがいいんだ？　と、ふつうに訳しても、つうじるところだけど、そんな訳ではものたりない気持もする。この小説のぜんたいに関係がありそうな言葉だからだ。

料理が上手だから、good（いい）とか、よくはたらくから、いい男だとかいえば、レストランの主人でも、だれでも納得がいくだろう。

店の主人は、「Good for nothing」と言葉をつづける。「いいところなんかありゃせん」と訳さなきゃ、しかたがないようだ。

「だけど、ほんとに、いいひとなんです。わかりませんか？」若いコックはがんばる。

「それは、ダンが、きみの友だちだからだ。きみは、まだ若いから注意しとくが、いいところなんかありゃせんやつを、友だちだなんておもってると、あとで、とんでもないまちがいだった、とおもうようになるぞ」と店の主人は、若いコックにお説教する。

「しかし、ダンは、ジャスト・グッドです。ぼくには、よくわかってます」

「ジャスト・グッド（ただいい）なんてことは、神さまかなんかのはなしだ」

店の主人は、まるくふくらんだからだをまわし、つきあたりが洗面所になってる、せまい、みじかい廊下にはいっていく。

廊下の両側の壁にくっつきそうな店の主人の後姿を見おくりながら、ダン・ラークはかんがえる。

——そういえば、気分的にかもしれないが、自分には、ジャスト・グッド、ジャスト・ハッピイになりたいという気持があったようだ。金があるからハッピイ（しあわせ）とか、家族みんなが、なかがいいからハッピイというのではなく、ただしあわせになることを、ぼんやりおもってきた。ただしあわせというようなことはありえないんだろうか？

膝の上に、肩からかけるバッグをおき、原書をひらいて、字引をひっぱり、訳語をかきこむ。電車は、駅がくれればとまり、また、はしりだす。おれの目は、字引と本と鉛筆のさきと、乗客の顔と、窓の外に見えるものを、半々ぐらいにみてるようだ。

中学の一、二年のときだったとおもうが、列車の窓から外をみていて、おれとは、はなれた世界があるのを、ひょいと感じ、ショックみたいなものをうけたおぼえがある。

それまでは、世界は、すべて、自分につながってるような気がしてたようだ（世界と名がつくものは、かならず、中心があるみたいなことを、学校でおそわった。自我とか、神とか、社会とか——。おれの場合は、自分のことしか、頭にうかばない）。一生、おれが、手にとることも、見ることもできない、経験の可能性の外にあることでも、なにか、それをよぶ名詞があれば（普通名詞でも、固有名詞でも）、おれの頭のなかに、場所をもっていた。

しかし、電車の窓の外にあるものは、げんに、そこにあり（見え）ながら、おれにとっては名前がないことに、ふと気がつき、中学生のおれは、おかしな気持になった。

これは、逆に、そのころから、経験ということを意識しだしたのかもしれない。

今みたいに、たとえば、カカアがすることをみたり、いうことをきいたりするごとに、「カンケイない。カンケイない」とくりかえしてるような気持とも、ちがう。

東横線の電車をおり、南武線のプラットホームにでるところの改札口に、「おはようございます」という駅員がいる。

南武線でかよいだした日に、おれは、朝の挨拶をされ、背中がチリチリっとした。快、不快というようにわければ、あきらかに不快な感じだった。

肩にまるく肉がついた、背の高い男で、色がしろく、おだやかな顔をしている。おそらく、三十すぎだろう。「おはようございます」という言葉も、あまりハッキリせず、頭のさげかたもいいかげんみたいだけど（こんなタイプは、兵隊のとき、よくひっぱたかれてた）いやに、おれの神経にさわる。

みんな、しらん顔で、改札口をとおりぬけてるみたいだが、服をきて、下駄をはいた、もうかなりのじいさんが（職人かなんかだろう）、「おはよう」と挨拶をかえす。だいぶなれたけど、今でも、このシーンにぶつかると、からだがゾクゾクするのは、どういうわけだろう。

いつかの朝、すこしおくれて、この改札口をとおったら、ふたつならんだ、もうひとつの改札口に、キチンと帽子をかぶり、キチンと服をきた駅員がいて、やはり、「おはようございます」をやっていた。

言葉もハッキリし、声量もおおきいが、おれは、べつになんとも感じなかった。これは、芸になってたのだ。

かたっぽうのほうは、言葉も、頭のさげかたも、あいまいだけど、芸になってないから、ナマな感じをうける。

おそらく、調子のいいほうの駅員が、先輩で、色が白い、ノッポのやつは、まねをしたんだろうが、まねをする努力がたりなかったのか、生れつき不器用なのか、自分では意識しなくても、気持の抵抗があったのか、とにかく、芸になってない。

前に、ほかのコースで通勤してたときは、バスにものった。そのバスの車掌のひとりに、おでこで、きかんきそうな娘がいた。なかなか親切だし、シャキシャキしてるので、おれはすきだった。

その娘が、れいのバスガール調でなく、「発車オーライ」をやったことがある。

バスガールの数はおおいが、かんがえてみれば、上手、下手はあっても、みんな、おなじ口調だ。あんな声のだしかたが、エネルギーの点でも、つまり経済的で、能率的なのかもしれない。

なんでも、あたらしくて、かわったことが好きみたいな気分でいるおれは、そのバスガールの実験がおもしろかったけど、耳できいて、けっしていいものではなかった。

そのうち、この娘《こ》も、もとのバスガール調にもどった。やはり、うまくなかったのか（自分で、ひょっと気になり、はずかしくなったり）、もしかしたら、しかられたのかもしれない。

「芸はきらいだ」とおれは、よく、ひとにいう。「映画スターでも、小説書きでも、ナマな魅力のほうがいい。ナマな魅力なんて、長つづきするものではなく、また、ながくつづかないから、ナマの魅力がある。ご本人は、芸をおぼえなきゃ、これからさき、ながいあいだ食っていけないけど、おれには関係はない。どうせ、あとから、もっとかわった魅力をもった者がでてくるさ」映画会社のオッサンがいうのと、おなじようなことを、おれはしゃべったりする。

東横線のおなじ駅でのり、南武線にのりかえる小学校の女の子がふたりいる。おなじ私立の学校で、おなじ年ごろにみえたけど、ふたりとも、口もきかず、べつの車輛《ハコ》にのっていた。やはり、学年でもちがうと、おしゃべりもしないのか、とおもってたら、そのうち、腕をくんでるのをみた。しかし、おたがい、ものもいわず、べつな車輛《ハコ》にのる日もある。

かたっぽうは、おれのうちのちかくの、長い塀がある家の娘で、髪を左右におさげにし、そのさきは、腰のあたりまでさがってる。これまで、髪をながくするのには、そうとう、かかっただろう。赤ん坊のときから、のばしてるのかもしれない。

　こんな髪をみると、持続してものができない自分のことをおもう。子供のときには、ひとなみに、なにかをあつめたり、やろうとしたこともあるけど、それこそ、いつも三日坊主だった。小指の爪や、髪なんかをのばすこともかんがえるが、すぐ、切ってしまう。信仰ということなんかも、関係がありそうな気がする。

　もうひとりの女の子だが、いつか、南武線の改札口で定期券をだすとき、千円札をおとした。うしろをあるいてたおれが、千円札をひろい、わたしてやると、だまってうなずいただけで、札をうけとった。「ありがとう」みたいなことを、いわなかったのが、おれはうれしかったらしい。

　モジリアニの画にでてくるような（あんなに長くないけど）顔の女の子で、眉が黒く、目のかたちがはっきりしている。母親の顔も、これとそっくりじゃないかな、とおれはおもったりした。親の顔が想像できないみたいな顔もある。この女の子の顔は、あるタイプに見えたのかもしれない。

　南武線のプラットホームにおりると、部はちがうけど、おれとおなじ建物ではたらいてる女にあう。顔の造作がバランスのとれた女で、化粧が濃く、からだのうごかしかたがうまい。

プラットホームにたって、電車をまってるその女に、おれは「おはよう」と声をかけ、うしろをとおりぬけ、ホームの前のほうにいく。

この「おはよう」が、朝おきて、おれがはじめて口をきく言葉のことがおおい。

すこしきれいな女としゃべってる野郎をみると、よほど、かわった気分のときでないかぎり、おれはうらやましくおもう。この女が、ほかの男といるときも、おんなじように感じた。しかし、この女としゃべってみても、ひとをうらやましくおもったほど、たのしくはなかった。はなしかけられ、うるさかったこともある。今では、朝の挨拶だけで、ほとんど口をきかない。

南武線の電車でも、おなじ車輛《ハコ》の、おなじドアからのり、膝の上に、肩からぶらさげたバッグをのせ、原書をひらいて、字引をひきだす。

この線の電車には、ヒーターがとおってることはない。電灯もくらい。郊外のほうの工場にかよう工員が、きまって、スポーツ新聞をよんでいる。

おなじ車輛《ハコ》で、足をくみ、アメリカのタバコをふかしてる若い男がいる。髪の刈りかたから、服のきかたまで、二世のタイプだ。電車の事故かなんかのことで、はなしかけたことがある。すると、肩をちょっぴりあげるようにして、首をよこにまげ、返事はしなかった。「ニホン語、わからない」といったゼスチュアにも、見える動作だった。

　しかし、いつかの朝、勤めの関係の書類らしいものを、膝の上でめくってるのをみて、二世ではない、とおれはおもった。二世だっていろんな男はいるだろう。朝の通勤の電車のなかで、書類をしらべるやつがいても、ふしぎではない。だけど、やっぱり……これも、おれには関係のないことだ。

4

　今日、訳すところを、字引をひっぱっていく。

　若い見習いコックと、レストランの主人は、ダン・ラークのことで、言い合いをつづけている。レストランの主人は、まるめたハンカチで、首のうしろをふき、てのひらの汗をとり、おでこをおさえ、ダンが how no good（いかにロクでもないか）をくりかえす。若いコックは、how とか why とかいったことより、このひとは、ともかくいいひとだから、とがんばる。

　南武線の途中の駅で、スポーティなトップ・コートをきた女の子がのってきていた。白桃みたいな、すべすべした頬っぺたに、ピンクの色がさし、髪をポニイ・テイルにしている。この年ごろでないと、ぜったい見られない皮膚だ。

南武線の電車は、たいてい、ガラガラにすいてるけど、この娘が、シートに腰かけたのは見たことはない。いつも、トップ・コートのポケットに両手をつっこみ、ドアによりかかっている。

いつか、ひさしぶりに友人にあい、いっしょに、電車にのった。そのとき、友人が、「近ごろは、腰かけるのか」といった。前は、どんなに電車がすいてても、おれはシートにはすわらなかったそうだ。こっちは、そんなことはわすれていた。

この女の子は、手になにも持っていない。男なら、なんのふしぎもないことだが、女だと、ほんとにめずらしい。ハンドバッグか、買物籠か、学生なら、ノートかなんかをかならずもってる。

だから、この女の子が、学生なのか、お勤めにいってるのか、さっぱり見当がつかない。学生だという線が、まるっきり強いみたいにおもうこともあるし、また、つぎの日には、サラリー・ガールのデータらしいものも、うんとあるような気がする。

たいへんな決心をして、ある朝、「あんた、学生さん?」とたずねてみた。きかさえすれば、このミステリーは、いっぺんに解決するとおもったのだ。ところが、その女の子は、だまって、かけだすようにし、にげてしまった。それからは、おれとおなじ車輛《ハコ》にはのらないようにしてるらしい。これは、なにかの教訓みたいなものかもしれない。

おれが、頭のなかでこねくりまわしてることは、だれにも関係のないことなのだ。南武線からのりかえた小田急線の駅のむかいのプラットホームには、ぎっしり、人がたっている。おれがのる電車は、通勤の、つまり逆コースだから、混みかたは、問題にならない。

南武線の電車がとまるとき、たいてい、多摩川にかかった橋を、小田急線の電車がやってくる。階段をかけあがれば、この電車にとびのれるけど、これは、腰かけられない。つぎの電車はすわれるし、出勤時間にも、じゅうぶん間にあうが、いつも、かけだしてしまう。ドッグ・レースでは、犬の前に、オモチャのちいさな兎がおり、犬がすすめば自動的に、その兎も前にうごく。ドッグ・レースの犬とおんなじようなものかな、ともおもう。

小田急線にのると、いちばんうしろの車輛《ハコ》の、いちばんうしろのドアに背中をおっつけて、肩からさげたバッグから、訳す本と字引と鉛筆をだし、バッグを網棚にのせる。そして、字引を本にかさね、本をよんでいく。

口紅をつけ、りっぱな大人にみえるアメリカ人の女の子。日本流にいえば、中学生かもしれない。電車にのってるあいだじゅう、この女の子たちは、おしゃべりをしている。“And he said . . . ”“But, you know, she's . . . ”というような言葉が、耳にはいる。背がひくい、きまじめな目つきの、中年の女。手も、顔も、首のあたりも、濃い褐色の皮膚をしている。色がくろい、という感じではない。はじめから、褐色にできあがってるみたいだ。アメリカ映画にでてくる、くたびれた黒人の女中を、おれは連想したりした。服も、皮膚の色にあわせたように、黒かこげ茶みたいなのをきている。

いつかの朝、セーラー服の女学生が、この女に頭をさげた。学校の先生らしい。

男の乗客は、ほとんどだまりこんで、新聞か週刊誌をよんでるけど、女どうしは、たいていおしゃべりをしている。毎日、顔をあわせていて、よく、はなしのタネがつきないみたいだが、会話は、とぎれないで、つづく。

女の話題は、具体的なことが、おおいためかもしれない。洋服のこと、髪のセットのこと、職場での同僚のこと……具体的なことなら、一日たてば、一日分、しゃべる材料があるわけだ。

「だって、一ヤール二千円もするのよ。ちょっと、今は、手がでないわ」「あら、だけど、あれ、すてきよ。ほら、××さんが、先月つくったオーバー……」

男どうしの会話は、こんな調子には、いかないようだ。「どうも、酒はからだによくないよ」「しかし、すこしなら、いいじゃないですか……」「飲みだすと、すこしってわけにはいかないからね」「ほんとに……」そして、たいてい、いつもおなじことをくりかえしてる。

男の会話でも、ゴルフのクラブのふりまわしかたや、競輪選手についてのおしゃべりなら、つづくだろう。

小田急線の駅で顔をあわせ、いちばんうしろの車輛にのってくる男ふたりは、おれとおなじ駅でおりるまで、ずっと、はなしている。この二人は、男にはめずらしく具体的に、ある物について、しゃべってることがおおい。ほぼ、おなじくらいの年齢で、三十歳前後にみえるが、かたっぽうの、背がひくいほうは、結婚指輪をしている。ふたりとも、はでても、地味でもないネクタイをして、どういう散髪のしかたをするのかしらないが、髪がのびてることもないし、散髪のあとが目立つようなこともない。電話になれた者が、電話ではなすときのような声で、ふたりはしゃべる。

ふたりがはなしてることは、おれには、ほとんどわからない。スキーやカメラなんかの、つまり技術的なことをしゃべってるらしい。わからないまま、今朝は、耳をすまして、ふたりの会話の一部を、手帳にかきとってみた。

「やっぱり、フラッシュより、ストロボのほうがいいな」

「だけど、充電に、ちょっと時間がかかるから、まどろっこしくて、しょうがねえや」

「たまをとっかえるのも、けっこう、めんどうくさいぜ」

「しかし、ストロボとなると、ゼニの問題があるからな」

「ながい目でみりゃ、ストロボのほうが、やすくつくよ」

「プロならともかく、得になるほど、ストロボをつかうかい？」

「けっきょく、ゼニか……、安サラリーマンはつらいな」

「それはそうと、おれ、このあいだ、失敗しちゃってよ。夜、アベックを撮るのに、赤外線フラッシュをつかったのはいいけど、気をきかしたつもりで、赤外線フィルムをぶっこんどいたもんだから、スケちゃんのほうのくちびるが、まっ白けになってやんの」

だいたい、こんな調子だ。「失敗しちゃってよ」なんて映画にでてくるチンピラの言葉みたいだが、事実、こういった言いかたをしている。けっして、このふたりは、とくべつな人種ではない。おそらく大学をでた、ふつうのサラリーマンだ。小学生の男の子の会話なんか、もっとひどい。きいてるとそんなでもないけど、文字にかいたら、グレン隊の言葉だとおもわれるだろう。

近ごろ、大きな団地ができた駅から、夫婦がのってくる。亭主が新聞をひろげ、ワイフがのぞきこんでるが、バカみたいに、この夫婦は似ている（似てるはずだ、ほんとは兄妹だったということはない）。性質が似てるどうしが、夫婦になるということは、かんがえられないこともないが、顔つきから、背の高さまで、まるっきり、お似合いなのだ。そうおもえば、似ている夫婦がおおい。

飼犬は主人に似るというはなしをきいた。いや、犬は、まねをするなんて器用なことはできないから、飼ってる人間のほうが、犬に似てくるんだともいう。夫婦になり、いっしょにくらしてれば、似てくるのは、当然かもしれない。しかし、犬と飼主はともかく、夫婦が、だんだん似てくるというのは、残酷な方法で、どうにもならない変種をつくってるような気もする。おたがいが、似てきたことで、なにかおちつき、満足しあってるようだと、よけい残酷だ。

おれもカカアに似てきただろうか？　しかし、カカアのほうは、おれには似てきてないようだ。それだけ、おれは生きがいがあるのかもしれない。悪妻をもつと、哲学することができるそうだ。もっとも、悪妻という名でよばれるほど、おれのカカアは、なまやさしい存在ではなさそうだが――。

電車は、だんだん混んでくる。背はひくいが、がっしりした肩の、ごついからだをした男。黒メガネのつるに絆創膏をまき、よごれた軍手をはめて、さきがやぶれたゴム長をはいている。陽にやけた、顎がはった顔。屋外で仕事をしてないと、こんな色にはならない。ひたいがせまく、髪のはえぎわのほうに、うんと傾斜している。メガネのうしろのちいさな目。眉は、ほとんどない。口のはしがきれ、白っぽくなってる。風呂敷でつつんだ、おおきな弁当箱。片手で、新旧約がいっしょになった聖書をもち、よんでいる。わりにあたらしい聖書だ。

ぶつかったら、ガチンとはねかえりそうな胸、首、顔の表情。くそまじめで、がんこな男の顔だ。おそらく、土方かなんかをやってるんだろう。そして、休憩のときには、やはり、聖書をよんでるにちがいない。

この男の服装や、からだつきから察する職場では、聖書をよんだりするのは、めずらしいはずだ。仲間はずれになってるかもしれない。

これは、教会にいってもおなじだろう。日曜日に教会にいき、讃美歌をうたって、いい気分になる連中とは、ちがう人種だ。といっても、服装や職業、学校にいったか、いかないかというぐらいのちがいだが、バカみたいにハッキリ区別がつく。

酒とタバコをのまないことが、日本では、プロテスタントの教会の信者の資格みたいになっている。おれの家のちかくは、戦後とくに有名になった住宅地で、キリスト教の教会もおおい。並木のある道を、聖書と讃美歌をもってあるいてる人が、日曜日の風景みたいになっている。そのほとんどは、まだ学校にいってるか、結婚前の女の子だ。そして、結婚すると、たいてい、教会にこなくなる。この子たちには、おそらく、酒やタバコは関係があるまい。淫売をする必要もないだろうし、淫売を買うこともない。

しかし、混んだ電車のなかで、足をふんばり、聖書をよんでる、この男の場合はちがうだろう。だいいち、この男は汗くさい。酒やタバコをのまず、女の話をしないので、仕事の仲間たちから、きらわれてる以上に、汗くさいのを、教会のベンチにならんですわる信者たちに、いやがられてるのではないか——。

電車をおり、駅をでる。朝六時におきたときは、まだ、外はくらかったが、ここまでくると、もうちゃんとあかるい。おれは、損をしたような気分になり、シャクにさわる。

駅の前から、ゲートまで、あるいて五分。駐留軍の施設の入口のことを、たいてい、ゲートという。おれが勤めてるところには、べつに、門《ゲート》があるわけではない。太平洋戦争がおわるまでは、日本陸軍の施設があったところで、米軍がうつってきてからも、かなりながいあいだ、一メートル四方ぐらいの、コンクリートのでかい門柱がのこっていたそうだ。こんな門柱はじゃまになるだけで、なんの役にもたたないから、とっぱらえ、と提案した労務者がいたという。この提案（サジェッション）は、米軍の委員会にとりあげられ、門柱をなくしたことによって得をするぶんを、ドルで計算して、褒賞制度にもとづき、その何分の一かを、その男は、日本円でもらった、と日本人従業員のための米軍のＰＲ雑誌にかいてあった。

ゲートには、日本人の警備員《ガード》がたっている。このガードに、身分証明書《パス》をみせる。パスをわすれると、いれてくれない。

おれのパス番号は、ＣＺＯＤ八〇九八、一九五九年三月三十日の発行だ。姓名、職種、現住所、性別、生年月日、国籍、身長は五フィート四インチ、体重一七五ポンド、目の色は褐色、髪の色は黒。右手の親指の指紋に、整理番号の札をぶらさげた写真。これが、おれのすべてだ。

パスにかいてあることに合致する男が、人を殺せば、それは、おれ以外の何者でもなく、おれは人殺しになる。

ゲートから、服をきがえるロッカー・ルームまで七分。今は枯れてるが、ひろい芝生をよこぎっていく。ゲートの外とは、気温までちがうようだ。夏はすずしいけど、冬は、風とおしがよすぎて、さむい。両側に歩道がついた舗装路もあるが、すこしでも近道をするつもりで、芝生の上をあるく。

ロッカー・ルームで、オーバー、上着、ズボン、シャツ、ズボン下をぬぎ、靴もはきかえる。

こんど小学校三年になる娘を、二年ほど前のクリスマス・パーティにつれてきた。その日、うちにかえってから、娘が言った。「おつとめのパパ、なんだか、かわいそうみたい。だってさ、白い服に、白いズボンをはいちゃってさ」

5

おれの部屋は、研究所の建物の、二階のはじっこのほうだ。ドアをあけ、天井にはめこんだ蛍光灯をつけ、シェーキング・マシンのスイッチをいれる。ガタガタ、前後に、シェークする機械だ。事実、もうガタがきて、ひどい音をたてる。シェーキング・マシンには、尿のなかの十七ケトジェニック・ストロイドを定量するための、いろんな試薬をいれた、いわゆる検体がはいっている。

前の日からつづけてやってることで、一晩おいて、あくる日の朝、まず、十五分、シェークするのだ。

おれは、十七ケトジェニック・ストロイドと十七ケトストロイドの、つまり定量分析をやってるわけだけど、これが、どんなものかは、しらない。副腎からでるホルモンだということはきいた。もう何年も、おなじことをしてるが、ほんとに、なにもしらない。

半日、いや、一時間でも、本をよんで、勉強すれば、わかることだろう。なぜ、それをしないのか？　ひとは、ふしぎにおもうかもしれない。しかし、おれにとっては、べつにふしぎではない。ひとには説明できないけど、つまり、おれには、どうだっていいことなのだ。

床の上においたシェーキング・マシンは、そこいらじゅううごきまわり、よく、はさんだ棒がゆるんで、箱がジャンプしだす。だから、ガタガタいう音に注意してなきゃいけない。箱がとびださないように、輪ゴムの大きなやつをふたつ、はすかいにかけておく。これは、やりかたをタイプした紙にはなく、つまりおれが考えたことだ。自分のことなら、てんでナイーヴに自慢する癖があるおれだけど、こんなことはいばれない。

だれでも、シェーキング・マシンがうごいてまわらないように工夫し、箱をはさんだ棒がゆるまないことを考えるだろう。そんなことをおもいながら、おれは、せいぜい、輪ゴムをかけることぐらいしかしなかった。

将棋をするとき（コマのうごかしかたを、しってるだけだ）おれは、あそこに銀があったらなあ、なんてことをおもう。べつに、銀が、そこにいくアテがあるわけでもなく、つまり、勝負には関係のない想像をしてるのだ。なんでも、おれは、そんなふうのような気がする。

わからないことがあれば、わかるまでかんがえ、また、あるものが欲しかったり、ある状態になりたかったりすると、そのために、工夫し、努力するひとがいる。おれの、ごく身近にもいたし、今でもいるから、いやでも、おれとはちがうことを、おもいしらされ、ときには、うらやましくてたまらない。

はじめ、おれは、この研究所の化学部のガラス器具をあらう仕事をやっていた。そして、ふた月ほどしたとき、部長の、ジェファリスという中佐が、今みたいな仕事にまわしてくれ、給料も一・五倍ぐらいになった。

そのころは、現在のおれの部屋もにぎやかだった。おれのほかに、日本人の女が三人。G・Iは、おおいときは、七人ぐらい、いただろう。

日本人の女のうち、ふたりは薬剤師で、ひとりは、いやにスカしたやつだった。おれなんかとは、ほとんど、口をきいてもくれなかった。ソフィスティケーテッドという言葉が、近ごろでは、日本でもはやってるようだけど、この言葉のはしりみたいな女で、アメリカ人でも、中佐とか大佐とか、位のいい連中としかつきあわない。ま、そのていどのソフィスティケーテッドさだが、こんなのが、いちばん、お高くみえる。朝鮮戦争のあとで、中佐とか大佐とかいったって、ずいぶん若いやつがいた。この女は、アメリカにいった。かえってくる気はないらしい。

もうひとりの薬剤師の女は、背は、たいして高くないが、がっちりヴォリュームがあり、精力的で、やたらにファイトがあった。だから、薬剤師でもなく、学歴というものもない、ヤス子という、三人目の女の子は、いつも、嚙みつかれ、メソメソ泣いていた。

しかし、メソメソしてたからって、けっして負けてたわけではない。こんなタイプは、よくある。そのうち、われわれの部屋のボスだった薬剤師の資格をもってる兵隊をキャッチして、結婚してしまった。キャッチしたというのは、ただの言いかたではなく、どうみても、この女のほうが積極的だった。

新婚旅行からかえってきた、うちの部屋のボスは「ヤス子は、やっぱり処女だった」と、おれにはなした。こんなことをいうから、男は女にバカにされる。

おれといっしょに、ガラス器具をあらってた八っちゃんは、酒の好きなやつが酒が好きなように、女がすきだ。ヤス子とも寝たことがあるという。「あいつ、とんでもないタマだ」と言っていた。

いつだったか、だれかが、G・Iと日本人の女が、アクロバットみたいなポーズをしている、つまりY写真をもってきた。顔のほうはうつってない写真だが、それを見て、ヴォリュームがあり、精力的な薬剤師の女が「あ、これは、ヤス子よ」と、即座にいった。そして、相手のG・Iを、あれかしら、これかしら、とかんがえていた。

薬剤師の女は、反対に、いじめられるようになり、とうとう追いだされて、ほかの部屋にうつり、ヤス子も、赤ん坊ができると、やめた。ソフィスティケーテッドな薬剤師の女はアメリカにいき、日本人はおれひとりになったが、それ以後、日本人はいれていない。

日本人がまじると、どうも、仕事がいそがしくなるようだ。仕事のカタをつけなければ、気がすまないような者が日本人にはおおい。仕事を、きれいにすまし、セイセイした気分になりたいとおもうんだろう。しかし、つかってる連中にすれば、ひとつ仕事がおわったからといって、あそばせておいたんでは、そのまた上のやつらによくおもわれない。だから、かならず、仕事をこしらえてくる。

しかしもちろん、日本人と名がつくものがみんな、そんなふうだとはかぎらない。

げんに、おれみたいな人間もいる。

「いそがしい、というのは、ビッグ・シャット（えらいひと）のはなしで、われわれ、ピーヨン（ちんぴら）にはカンケイない」というのが、おれの口ぐせだけど、G・Iたちは、あたりまえのことだとおもってるらしい。

それでも、せっつかれたみたいで、いそがしい気分になることもあり、つい、仕事のスピードをあげちまう。そのため、G・Iたちまでいそがしくならなければ、やはり、おれは便利な日本人だ。

今の研究所の建物にひっこす前、おれとグッドウィンという兵隊が、さきに、こちらにきた。グッドウィンは、ごくふつうの兵隊だったけど、べつに、上のやつがいるわけでもないのに、朝八時には、ちゃんと顔をだし、ぼろ布《きれ》で、あちこちテーブルをふいてまわり、九時半になると、十五分のコーヒー休憩《ブレイク》をとり、十二時まで、テーブルをふく。昼メシをくって、一時に、またやってくると、三時のコーヒー休憩《ブレイク》に十五分やすむのをのぞいては、ノソノソ、五時まで、テーブルをふいている。おれがしたら、一時間ぐらいでできることだ。おれは、昼前に一時間、昼から一時間ほど、部屋の掃除をして、あとは、本をよんでいた。

グッドウィンは、日本人の女と結婚した。ハイスクールをでるとすぐ、兵隊になり、日本にきた男で、日本人のワイフのほうが、だいぶ年上だったようだ。

「ぼくのワイフは、ぼくといっしょに、食事はしない。そばについて、お給仕をしてくれる。それが、おまえも知ってるように、昔からの、日本の習慣だ」と、いつか、グッドウィンがいった。

そんな家庭が、今でも、日本にあるかもしれないけど、よほど芝居っ気のある女みたいに、そのとき、おれは感じた。アメリカ人と結婚した日本人の妻という役割《ロール》をたのしんでるんだろう。

あるとき、仏壇を買うから、ついてきてくれないか、とグッドウィンにたのまれ、かさばった仏壇を、ふたりでぶらさげ、おれは、やつの家にいった。日蓮さんの信者だという、着物をきたワイフは、仏壇をみると、グッドウィンにとびつき、おれの目の前で、キスをした。キモノと片カナでかいたほうがにあいそうなキスのしかただった。

そのほかにも、日本人の女と結婚したG・Iは、だいぶいる。研究所の仕事のためか、ほとんどの兵隊は、大学を出て、徴兵された連中で、クラシック音楽のレコードを買ってきて、きいてるようなのがおおい。しかし、そういった連中の奥さんになった日本人の女で、クラシック音楽が好きみたいなのは、まず、なかった。

シェーキング・マシンを、ガタガタやってるうちに、ホワイトヘッドが顔をだす。ホワイトヘッドは赤毛だ。子供の時には、名前と頭の髪の色のことで、からかわれたかもしれない。

紙をもっていくと、パッと火がつくような赤毛――なんてことが、ミステリーあたりにはかいてあるけど、それほどではない。色が白く、肩がまるくて、お尻も、まるくつきでている。ミシガン州の、あまりおおきくない町で、生れてそだったらしい。南部の連中みたいに、言葉に訛《なまり》はないが、口のなかでブツブツいう癖があり、ききとりにくい。

ホワイトヘッドは、ステンレスのストールに腰をおろし、やはり、ステンレスのテーブルに両肘をのせ、ため息をついた。

「なぜ、ため息なんかつくのか？」ときけば、なにか、モソモソ、こたえたかもしれない。

十五分にかけておいたセルフ・タイマーがなり、シェーキング・マシンをとめると、木の箱をはずし、なかにはいってる六〇ＣＣのガラス瓶をだして、遠心分離機にかける用意をする。

テディ（シオドール）・マーレイが、日曜版のニューヨーク・タイムズを一月《ひとつき》分かかえて、おれのとなりに腰をおろし、新聞をよみだした。テディは、大学の経済学部をでた男で、アメリカ人なら、ふつうの身長だ。グレイがかった褐色の髪。目も茶色っぽい。皮膚の色は、ホワイトヘッドほど白くはない。わりに度の強いメガネをかけている。テディは、ブルックリンでそだったという。大学をでてから半年ばかり、織維会社の宣伝課みたいなところにいたらしい。

いつものように、ナンセンスとか、嘘をつけとか、デタラメばかりだとかいいながら、新聞をよんでいる。いわゆる不平家といったタイプだが、都会人らしい演技をしてるところもあるようだ。

マーレイというのはアイルランド名前で、親父《おやじ》さんは、ちょっと見ただけで、アイルランド人だとわかるような男だそうだ。おふくろさんは、ニュージャージイ州の海岸にある、チェコスロヴァキア人の部落の出だという。今でも、英語とおなじくらいに、じいさんかひいじいさんの故郷の言葉がしゃべれるらしい。

テディ・マーレイは、ナショナリティを「何系か」きかれると、チェコスロヴァキア人だとこたえる。マーレイといえば、アイルランド系だとわかってるようなものだから、こんな返事をするのかもしれない。ケネディが大統領になったくらいだし、アイルランド人は、もう、アメリカでは下層階級とはいえなくなってるんだろう。しかし、チェコスロヴァキア人といえば、高級な人種とはおもってくれまい。それに、チェコスロヴァキアは共産圏だ。テディが、アイリッシュだといわず、自分はチェコスロヴァキア人だとこたえるのは、それだけの気持があるんだとおもう。

NCO（下士官）クラブで、テディと飲んでるときに、ナショナリティのはなしがでた。すると、おなじテーブルにいた、あまり、りっぱな顔つきではない大男が、自分もチェコスロヴァキア人だといい「チェックのほうか、スロヴァックか？」とテディにたずねた。テディが、なんとこたえたかは、おぼえてないが、その男とは、ちがっていた。

テディは、うんとドライなギムレットを飲んでたけど、れいの調子で、ぶつぶつ悪口をはじめ、チェコスロヴァキア語で、なにかいった。すると、その大男が「女や子供がいるところで、そんな言葉をつかうな」と注意した。おなじテーブルの連中は、急に、ジェントルマンになったみたいな顔で、テディをみつめた。テディは「それがどうした？　だいいち、チェコスロヴァキア語なんか、だれにもわからない。アイ・ドン・ケア」とつっかかった。チェコスロヴァキア系の大男は、「わかっても、わからなくても、こんど、きたない言葉をつかったら、ここから、ひっぱりだす」と、こわい顔をした。

テディとおれはクラブをでて、駅前のラーメン屋で、また、のんだ。テディは、そんなに酔っぱらってるようではなかった。

インという中国系のG・Iがいた。ほそながい顔に、ほそながい鼻をした、それこそ、中国の長者みたいな顔つきの男だった。マサチューセッツ工科大学をでた男で、今では、有名な研究所にいる。頭がよく、バスケットの選手もしていた。無口で、おとなしい男だったが、町のバーであったとき、「アメリカ人なら、だれでも大統領になれるなんて、うそっぱちだ」ときつい声でいっていた。「だいいち、四代つづけて、アメリカにすんでる者しか、大統領にはなれない。それに、たとえ、四代、アメリカにいたって、チャイニーズではだめだ。チャイニーズが大統領になるなんて、かんがえられない」

「しかし、日本の天皇になるよりは、うんと率がいいですよ」バーのマスターは、へんな、なぐさめかたをした。

インがアメリカにかえったあと、そのバーにいくと、女の子が「インさんは、ひとりで、よく泣いていた」といった。長者みたいにおっとりしたインが、バーで泣くなんて、おれには、ちょっと信じられなかった。

6

十五分、遠心分離機にかけたあと、だして、うわずみを六CC、ピペットでとり、五％の重亜硫酸ナトリウムが一・五CCはいったガラス管のなかにうつし、攪拌して、五分間おいておく。

ホワイトヘッドは、また、ため息をつき、口のなかで、ポピュラーソングをうなりながら、ストールから腰をあげ「キャテコール・アミン、くそっ！」といった。キャテコール・アミンの定量検査を、今日は、やるつもりなんだろう。

テディは、ニューヨーク・タイムズをよんでいる。午前中は、新聞をよむつもりらしい。あと一週間ほどで、本国《ステーツ》にかえり除隊するのだ。もう仕事をする気もないし、やってもいない。

五分たつと、蒸溜水を五CC、それに、塩酸を三・六CC加えて、ミックスし、セルフ・タイマーを十五分にかけ、そのあいだに、尿を八CC、ゴム栓ができるガラス管のなかにとり、氷酢酸二CCと塩酸三CCをいれ、攪拌しておく。ブッブッ、泡がでることもある。これは、十七ケトストロイドのほうだ。そして十七ケトジェニック・ストロイドのといっしょに、沸騰してるお湯のなかに十分いれ、あと、冷水でひやす。

お湯のなかにいれてるとき（ぜんぜん、とばないこともあるが）、調子のいい音をたてて、ゴム栓がとぶ。たまたま、これにぶつかったやつが、よく、「Just like July 4th」という。だれでも言うってことは、つまり、陳腐な冗談《ジョーク》だ。July 4th（七月四日）は独立祭。お祭りの花火みたいだな——日本語にしたって、ありふれた冗談にしかならない。

アメリカ人は冗談がすきだということは、子供のときからきかされていた。戦後、進駐してきたアメリカの兵隊たちとしゃべって、まったくそうだ、とおもったこともある。しかし、ジョークが通じないやつや、きらいなやつや、縁のないやつが、うんといるようにもおもいだした。気のきいたジョークをいう者は、ほんとにすくない。それでも、日本人とくらべれば、まだ冗談がすきみたいだ。

このくらべれば、というのが、やっぱり、ひっかかる。おふくろのはなしだと、物事を比較しないように、うちの親父《おやじ》は、おれを教育しようとしたらしい。比較のバランスでなりたってるみたいな、この世のなかで、たいへんな教育だったにちがいない。

朝おきたときから、ケチな損得の計算や、それこそ、比較ばかりやりながら、モヤモヤ、おれはおやじのことをおもう。ひとのことだと、いいかげんなキャッチ・フレーズみたいな無責任な名前をつけて安心していられるのに、おやじや、そして自分自身のことだと、モヤモヤしちまうのは、なぜだろう?

われわれの部屋の告示板に、新聞から切りぬいたマンガが画鋲でとめてある。ギョッとして、椅子からとびあがったハズ。ドアをあけ、ふりかえったワイフ。ドアの外には、キモノをきた、背のひくい日本人の女が、ちいさな女の子の手をひいてたってるマンガだ。「ジャパンにいたとき、ミチコっていうお知り合いがあって?」とワイフがハズにたずねている。

よそからきた連中などに、案内してるやつが、よく、このマンガをゆびさす。お客さんたちは、たいてい、お義理みたいにわらい、つぎの部屋にうつっていく。案内してるやつも、さいしょは、お義理にわらった組かもしれない。みんな大人の顔だ。日本人だって、アメリカ人だって(アメリカ人とか、日本人とか、おおざっぱないいかたをすれば)大人の顔は、たいしてかわらない。

十分間、沸騰した湯のなかにいれたやつをだして、水道の水でひやす。このころには、もっとさきでつかう試薬の用意なんかも、だいたいおわり、ほかにやることがなければ(ほんとは、いくらでもあるんだが)五分か十分ぐらいの時間があいてくる。

で、朝くるとき、電車のなかで字引をひっぱっておいた本をひろげ、原稿用紙をだして訳しだす。勤務時間中は、ほかのことはしちゃいけないと、なんども注意されたし、空巣にはいったような気持で、訳していく。

水道の水で冷やしたのに、二塩化エチレンをいれ、シェーキング・マシンに、十五分かける。なにかするたびに、万年筆のキャップをはめ、本をとじ、原稿用紙といっしょに、机の引き出しにしまい、またとりだして、訳す。

主人公のダン・ラークがいい人間か、よくないか（うちの娘なんかは、はっきり、いくない、という。もう何年かしたら、文字でかくときも、そんなふうになるだろう）見習いの若いコックと、レストランのおやじは、日本の小説などにはみられない、分量のある議論をしていたが、若いコックが、ダンをクビにするなら、自分もやめるとまで言いだし、ふとったおやじは、根まけしたようなかっこうで、トイレにいく。このレストランのおやじは、なにかといえば、トイレにはいり、ひとりごとをいう。「一九二八年……ちえっ！　一九四五年、うーん、かまうもんか！　一九三〇年……一九五九年……」と年号をならべ、そのあいだにswearがはいる。なぜ、年号をならべるかは、かいてない。

ダン・ラークは、ひとごとみたいに、若い見習いコックとレストランのおやじの議論をきいている。ひとごとみたいではなくて、ひとのことなのだ。

「こんど、だまってやすんだりしたら、文句なしに、クビだぞ」と、トイレからでてきたレストランのおやじはいう。

それをきいて、若いコックの顔が、パッとあかるくなる。黒っぽい目をかがやかし、議論していたときとはちがった色合い《シェード》の、いきいきした色が頬にさし、白いコック帽をとるとすこしちぢれた髪を、手でかきあげ、ダンのほうをふりむく。

ダンは、昨夜《ゆうべ》いっしょに寝た、まだ子供っぽいからだの給仕女《バスガール》が、べつのバスガールの女の子と、こんなおもしろいことはないような顔で、わらいながら、おしゃべりしているのを見ていたが、若いコックと目があい、みじかく（そっけなく）うなずく。

見習いのコックは、急に顔をあかくし、いそがしそうに、手をうごかしだす。

ウエイトレスも見習いのコックも、ダンとは、まるっきりべつな人間だということが、わかる。若さは、とくべつのものだといったことではあるまい。

ぐうたらで、嘘つきで、いいところなんかひとつもない無恥《シェームレス》な男に、それと、まるっきり正反対みたいな、はたらき者で、みんなから尊敬され、したわれてる男が、バカみたいにつくすストーリイは、アメリカあたりの小説では、ちょいちょいある。これが、男と女なら、日本でも、べつにめずらしくはない。また、友情とか、同性愛のようなのは、よくストーリイになっている。

しかし、この小説なんかは、友情や同性愛とは、どうみても、ちがう。他によくすることで、自分が満足するといったようなものでもない。つくしてやる相手がだらしがなく、裏切られるたびに、自分の良さかげん（how good）をたしかめてるみたいなのでないこともハッキリいえる。やはり、これは、愛をかいたものだろう。愛は、もともと、一方交通ではないのか？　神と人間とのあいだのように——。神からの愛はあっても、人間の側からはない。愛し、愛され……なんて、そんなに調子よくいくものとはちがう。

若いコックはダン・ラークを愛している。しかし、ダンには、それがわからない。もしわかったら、きっとはねのけようとし、にげていくだろう。いや、この小説のあとのほうで、ダンは、若いコックからにげていく。そして、若いコックは、もう、生きている理由はないとおもう。

高木さんが、部屋にはいってきた。高木さんは、東大理学部の化学科をでたひとで、routine（ごく、ふつうの英語だが、ぴったりの訳語がみつからない）にやってる検査以外のことをしている。年は五十以上だろう。長身で、みごとな白髪だ。若いときには、人目につく、きれいな青年だったにちがいない。高木さんは、毎日のように、おしゃべりにくる。しかし、仕事のはなしはしたことがない。おれにいってもわからないし、こっちが興味がないことをしっている。

高木さんは、いつも暇そうな顔をし、セカセカあるいたりはしない。「いそがしいってことは、きみ、罪悪だよ」というのが、口ぐせだが、こんな言いかたが好きなひとだ。「会社や大学にいるぼくの友だちなんかも、みんないそがしくてね。たずねていっても、ろくすっぽ、はなしもできない。おいそがしくて、けっこう、なんてことは、ありゃ、おせじでなくて、皮肉だよ。いそがしいと、ひとに親切にしてやることもできない。どうかんがえたって、罪悪だ。しかし、日本の国では、いそがしくないと、ま、出世はむりだな。金も、はいらない。ぼくみたいにね」そして、高木さんは、ごきげんなわらいかたをする。リハーサルをつんだセリフとポーズで、ちゃんと芸になってるから、きいてるほうも安心していられる。

高木さんは、戦争がすむまで、理研かどこかにいたらしい。「戦後、友だちといっしょに、インチキな会社をはじめてね。このぼくが、商売をやろうっていうんだから、ひどいはなしだよ。会社は、すぐポシャッちゃって、進駐軍労務者さ。きみ、ぼくたちは労務者だからね。しかし、進駐軍も（高木さんは、駐留軍という、占領がおわってからの言葉はつかわない）わるくないよ。アンビシャスなひとにはだめだが、ぼくみたいな、なまけ者の平和主義者には、ぴったりだ。えらいひとは、兵隊さんだろ。ドクター・スターンは……（おれにはわからないドイツ語を、高木さんはいった）では権威だけど、博士《ドクター》のボスは、大学をでたばかりの、セカンド・ルテナン（少尉）だからね。ぼくたちは、兵隊さんどころか、アメリカ人のシヴィリアンでもない。日本人の労務者だ。まちがっても、出世しない。出世しないとわかってりゃ、きみ、平和だよ。なごやかなもんだ。競争もしっとも、ひとの悪口をいって、足をひっぱるようなこともない。大学なんか、きみ、ひどいぜ。そのかわり、いつまでたっても、いちばん下っ端だ。金曜日の午後は、モップをもって、床みがきさ。軍隊ってとこは、人殺しのつぎには、掃除だからね。いや、人殺しより、掃除のほうがだいじかな」

ニューヨーク・タイムズの日曜版をよんでたテディ・マーレイが「くそっ！」とつぶやく。

高木さんは、うしろから新聞をのぞきこんで、たずねた。「なんだい？」

「この女の顔をみろ」

テディは、社交欄にでている女の写真を、指さきではじいた。れいのチーズケークって調子で、ニッコリ白い歯をみせた、どこかのお嬢さんの写真だ。婚約かなんかしたんだろう。

「その顔がどうした？　ちゃんと、目は二つある」高木さんは、ニヤニヤわらいだした。

「stupid……」テディは、すいこんだ息がなくなるまで、悪口の形容詞をならべた。日本語には、こんなにたくさんの悪口はない。

「いったい、低能でない女がいるとおもうのか？　もしいても、そんな女と結婚するかい？　低能だってことは、女の美徳だよ」高木さんはポーズをつくる。

「金持の、くそったれ娘が！」テディの悪口がつづく。

「うん、金持だってことは罪悪だ。金持の家に生れてきたのは、自分の責任じゃないっていうのもゴマカシだな。それに、金がなくなったからって、その罪は消えないしね」高木さんはいう。おなじことを、おれは、なんどもきいた。

高木さんの家は、いわゆるお金持で、お父さんは貴族院議員にもなったことがあるらしい。

「ま、贅沢をする気がなきゃ、あそんでくっていけたんだが、戦争にまけて、スッカラカン。今では、ごらんのとおり、進駐軍労務者さ。この年で、朝六時におきて、はたらきにこなきゃ、くっていけない。ほんとに、なさけないよ。ぼくは、はたらくのはきらいでね。ここに勤めだす前に、二年ばかり、失業してたけど、てんで、のんびりあそんでたよ。カミさんや、友だちが感心してね。いや、みんな働くのはきらいだ、なんてことをいってるけど、ウソっぱちだ。ほんのひと月でも、なにもしないでいてごらん、ソワソワしだす。はたらくのが好きで、その好きなことをやってれば、お金になるんだから、うまくできてるよ。お女郎屋にいって、金をもらってかえってくるようなもんだ。ところが、ぼくは、かなしいことに、根っから、はたらくことがきらいときてる。つらいおもいをして、わずかな金をかせぎ、それで、映画をみたり、パチンコをしたりしなきゃ、たのしくない」はたらくのが好きなやつらに、こんなことをいうときの高木さんは、まるっきりたのしそうだ。

翻訳をやってるおれに、高木さんは「ほう、かせいでるな」といった。訳してるときには、高木さんはおしゃべりはしない。

おれは、本と原稿用紙をしまい、立ちあがって、シェーキング・マシンをとめにいった。高木さんは、ぶらぶら、ついてくる。シェーキング・マシンにはさんだものを、とりだして、ゴム栓をはずし、ホールダーにいれ、秤の上にのっけて、バランスをとり、遠心分離機にかける。

おしゃべりをしなきゃ、わるいみたいな気持で、おれはいった。「愛って、みょうなもんですね」

「愛か……。愛といっても、エロースかね？　アガペーかね？」高木さんは、白いドクター・コートのポケットに両手をつっこんだ。「いや、たしかに、愛というコミュニケーションってより、方向とエネルギーをもった運動みたいなもんかな。ほんとに、愛はすばらしい。まったく、Love is a many splendor things だ」高木さんは、流行歌の文句をいった。「だって、きみ、敵でも愛せるんだからね。きみもしってるように、ぼくと、うちのワイフとは、ぜんぜん性格もちがう。はなしてても、おたがい、べつべつのことをしゃべってるみたいに、てんでつうじない。それどころか、顔をみただけで、シャクにさわる。そのワイフとだよ、いっしょに、なかよく——なかよくはどうかな——くらしてるっていうのは、きみ、ぼくがワイフを愛してるからだ。でなきゃ、夫婦ではいられないよ」

おれの頭のなかで、モヤモヤしていた愛は、高木さんのおしゃべりで、へんなふうになってしまった。

高木さんの奥さんは、小柄だが、とってもきれいなひとだ。渋谷で洋裁店をやっている。高木さんが大学生のとき、好きになって、学校をでるとすぐ、結婚したんだそうだ。家柄がちがうみたいなことで、だいぶむりをしたようなはなしもきいた。高木さんは、おぎょうぎがよく、下品ぶるけど、けっして、下品にはなれないひとだが、奥さんとくらべると、家柄のよくなかったのは、高木さんのほうだったみたいにみえる。

「で、やっぱり、愛の告白をしましたか？」おれは、くだらないことをたずねた。

「結婚の前に？」高木さんはわらった。「それが、アイ・ラブ・ユーって、いっちまったんだよ。しかし、男が女をつかまえるのは、いやたいてい、とっつかまるのは男のほうだが、愛といえるかな。種族維持、つまり自己保存のためのものだからね。他にむけられたもんでなくちゃ、愛とはいえない。愛を意識して、はじめて、自分とちがう他を意識することもある。だけど、男と女のあいだのアイ・ラブ・ユーは、もしかしたら、アイ・ラブ・ミイかもしれない。ま、そんなことはともかく、いっぺんきりだけど、ぼくは、ワイフに、アイ・ラブ・ユーって言った。その言葉が夫婦でいることを保証する契約かなんかみたいに、今でも、ワイフはおもってるんじゃないかな。現在のぼくが、愛としかいえないような愛をもってることを（高木さんはニヤッとわらった）ワイフは知らないし、しろうともせず、牝猫が牡猫をさそう鳴声みたいな言葉を、愛の証拠だとかんがえるんだからね。まったく、なさけないよ。愛の告白か……、ほら、信仰告白ってやつがあるだろ？　ぼくは、若いとき、ずっと教会にいっててね。バプティストの教会だけど、洗礼をうける前には、みんな信仰告白をやる。ぼくも、そろそろ、洗礼をうけるころになったんだが、あの信仰告白ってやつがいやでね。《これからは、キリスト者として、神のみちびきのままに、生きていきます》なんて、しらじらしいことをいうのをきくと、しゃくにさわってさ。おとなしい顔で、おこないの正しいやつほど、あつかましいな。それと逆に《まったく奇蹟です。新しい世界が、とつぜん、ひらけました》といった調子で、やたらに感激して、からだをふるわしたりしてるのも、鳥肌がたってきてね。信仰告白がいやなもんだから、とうとう、洗礼もうけなかった。だけど、ほんとに、十字架がせまってきたり、キリストの愛が身にしみたりしたら、からだもふるえるだろうし、ほかのひとに、そのことをしゃべりたくてしかたがないはずだ——と近ごろになって、おもいだしたよ。告白っていうと、なんだが、いやいや、むりに言わせられてるみたいだけど、じつは、まるっきり、その反対なんだ。流行歌の文句のとおりだよ。Now I shout it from the highest hill. highestか……。Even told to the golden daffodil.」高木さんは、節をつけて、シークレット・ラヴをうたいだした（若い連中に、流行歌をきかせるのが好きなのだ）。教会で讃美歌をうたう時も、おとくいだっただろう。

ニューヨーク・タイムズをよみながら、ぶつくさいっていたテディも、いっしょにうたってる。ビーカーをならべ、キャテコール・アミンの検査の用意をしてるホワイトヘッドもハミングをはじめた。高木さんがいうように、平和な風景だ。

遠心分離機からだしたのを、真空ポンプで、上のほうをとり、二塩化エチレンのところだけをのこし、これに、苛性ソーダーの粒を、二、三十ほうりこんで、また、シェーキング・マシンにかける。

7

ホワイトヘッドのガールフレンドの信子が、結婚許可をとるため書きこんでださなきゃいけない書類をもって、やってきた。ホワイトヘッドは、キャテコール・アミンの検査はそのままにして、タイプの前に、信子とならんで、腰をおろした。ホワイトヘッドはアメリカ人としては、背が高いほうではないが、横幅はあり、小柄でやせてる信子が、そばにならぶと、ほんとに、はんぶんぐらいにしか見えない。信子が日本字でかいてきたのを、ホワイトヘッドが、横文字にタイプするのだ。

「……中学校」と信子がいっている。

「チュウガッコ？　スペルは？　チュウ……chu？」ホワイトヘッドがききかえす。

半年ほど前、月曜日の朝、顔をあわすと、ホワイトヘッドが、土曜日の夜、新宿にいったときのことを、ニコニコしながら、しゃべった。「ジャパニーズ・バーにはいったら、ガールがきて《あんたアメリカ人？　兵隊さん？》ときいたけど、わざと日本語がわからないふりをして（ホワイトヘッドは、すこし日本語をしゃべれるのを、得意にしている）ノウ・ジャパニーズってこたえたら、ショガナイワネ、とガールがいった。そのガールといっしょに、ビールを飲んで、ダンスして、ビールを飲んで、ダンスして……。ダンスしながら、ガールが《わたし、ヴァージンよ》といった。それから、また、ビールを飲んで《わたし、ベッド・ダンスきらいよ》とガールがいうから《ベッド・ダンス？　なに？　わからない》といった。店がクローズになり、ぼくたち外にでて、タクシーにのって、そのガールのアパートにいった。あとで、《あなた、エッチね》とガールにいったら、びっくりしてた。ぼくが、ニホン語できるので――」

このはなしをきいたあくる日、ホワイトヘッドは、信子をつれてきて「マイ・ガール」と紹介した。もちろん、信子は、新宿のバーの女の子ではない。前からしってたらしいが、ホワイトヘッドが新宿にいったすぐあとで、なかよくなったようだ。

ホワイトヘッドが、今、タイプしているのとおなじ書類を、おれも、ここにつとめだすとき、かかされた。いや、どんな必要があるのか、二、三年ごとに、書いて、だしている。この書類を保管してるのは、M・Pのオフィスだそうだ。

嫁にいった姉妹もふくめて、家族ぜんぶの氏名・住所・職業とか、生れてから今までいたところの住所を、ぜんぶ（時間的なブランクなく）かきこめとか、これまでにやった職業を、みんな明記しろとか（失業期間をふくめて）すこぶるめんどくさい書類だ。そのほか、家族のなかに、なにかの結社、団体に属してる者があれば、それもかかなくてはいけない。また、日本の国に在住する友人五名の、姓名、職業、現住所をかけという欄もある。生れてから今までいたところのアドレスなんて、子供のときのことなんかおぼえていない者もいるだろう。親だって、あやふやだし、その親が死んでたりしたら、どうなるのか？　そして、いちばんさいごに「ここに書いてあることは、真実だと誓う。もし、虚偽の記載があれば、処罰されてもかまわない」というところに、サインして、ハンコをおさなきゃいけない。生れて三日目ぐらいの赤ん坊ならともかくも、だれだって、記憶があやふやなところはある。ぜんぶ真実だと誓える者が、いるだろうか？　そして、真実でなければ、処罰されてもかまわない——ってことになる。ホワイトヘッドは、しんぼうづよくききかえしながら、タイプしてるが、信子はきげんがわるい。タバコをプカプカやり、返事をしないこともある。

ホワイトヘッドは、除隊を六か月延期する許可願をだした。

「許可されるかしら？」と信子は、おれにきいた。

おれには、そんなことはわからない。そう返事すると、「あたし、あのひととの結婚、かんがえちゃうわ。だって結婚の許可は、もし、してくれても、時間がかかるでしょ。そのあいだに、あのひとが、本国にかえってしまったら、どうなるのよ？」

だれかが、このふたりの物語をかくとすれば、ミシガンの田舎にかえってからあとのことだろう。ふたりの結婚を許可する権限をもつ隊長さんなんかも、おなじように、かんがえるかもしれん。

シェーキング・マシンからだし、また、遠心分離機にかける。こんども、五分間。そのあいだに、洗い場の乾燥器のなかにいれておいた、試験管をだしにいく。

洗い場には、八っちゃんがいる。もとは、おれも、八っちゃんといっしょに、ガラス器具をあらっていた。今では、八っちゃんひとりだ。八っちゃんというのはアダ名で、熊さん、八っつあんというようなところから、だれかがつけたらしい。

八っちゃんは小柄で、色がくろく、ツルンとしたひげのない顔をして、若くみえるが、もう年は三十二、三だろう。八っちゃんは、毎晩のように、池袋にでて、ぶらついてる女を見てるらしい。そして、月に二、三度、女をひろって、泊りにいく。毎晩、たってるような女には手をださず、もっぱら素人をねらうんだが、たいてい半クロだな、と八っちゃんはいう。バーの女かなんかのことだろう。

このあいだは、まるっきり素人の女にあたったそうだ。亭主もあり、子供もひとりいる女で、喫茶店にはいり、すこしおしゃべりをして、旅館にいかないか、とさそうと、「どうしても、お金がいることがあって、へんな気をおこしかけたけど、やっぱり、やめるわ」と女はこたえたという。「じゃ、それでわかれたのか？」とおれはきいた。「いや、もちろん、旅館にいったよ。あとで、主人も子供もあるのに、こんなことをしちゃいけない。わるい男にでもひっかかったら、どうするのか、と説教をしてやった」八っちゃんはいった。「金は、はらった？」おれは、また、たずねた。「いやいや、旅館代は、こっちがだしたけどよ。金をくれって、いえないところは、やっぱり素人なんだな。うまいのにあたっちゃった」八っちゃんは、よろこんでいた。そして、巣鴨まで、女をおくっていったら、表にガラス戸がある、ちいさな店みたいな家にはいった。と八っちゃんはいった。

洗い場では、毒物の検査をやっている男がふたり、犬はとも食いをするか、ということを議論していた。

かたっぽうは、南極の昭和基地にカラフト犬をのこしてきたときの新聞記事に、犬は、ぜったいにとも食いはしないとかいてあった、とがんばる。「猫には、よく、自分がうんだ子猫をたべてしまうのがいるけど、犬には、そんなのはいないよ」

「ぼくだって、犬が、ほかの犬を食ってるところはみたことがないけど」もうひとりが、いいかえす。「犬の餌の肉の罐詰なんかには、犬の肉がはいってるんじゃないかな」

通信教育で大学をでたかたっぽうの男は、すこしキッとなった。「まさか！　もし、ほんとに、そんな罐詰をつくって、売ってるやつがいたら、犬よりもおとった人間だ」

新興宗教のパンフレットをよんでた八っちゃんが、よこから、口をだす。「人間だって、腹がへりゃ、人間の肉をくうんだから、犬もおんなじさ」

おれは部屋にかえり、遠心分離機にかけたやつを、濾紙でこした。

ホワイトヘッドは、タイプの前に腰をおろし、じっとしている。信子はいない。テディは新聞をよむのをやめ、ボールペンで手紙をかきだした。ギッチョのテディは左手で、紙をかかえこむようにして、かいている。文字は、ほとんどたてだ。

濾紙でこしたのを、十七ケトストロイドのほうは、二・五CC、十七ケトジェニック・ストロイドのは、四CCとって、試験管にいれ、沸騰した湯のなかにいれ、蒸発させる。これで、午前中の仕事は、だいたいおわった。

窓におろしたシェードを、すこしあげ、外をみる。きいろく枯れた芝生をよこぎって、二メートルぐらいの、いくらか青い芝生のベルトができている。地面の下に下水がとおってるところだ。芝生のむこうには、白い病院の建物がみえる。だれもあるいていない。軍隊色に塗ったバスが、ゆっくりはしってきて、研究所の本部の前でとまり、ポパイの漫画にでてくるオリーブみたいにやせて、ひょろながい女がおりた。

スタンダードをたてるのをわすれてた。一〇〇ml中に二マイクログラム、十七ケトステロイドがとけこんでるスタンダード溶液を〇・五CCとって、試験管にいれ、有機溶剤で抽出したほかの検体といっしょに、蒸溜鍋のなかにつっこむ。

スタンダードは量もすくないし、すこしおくれて、蒸溜をはじめても、べつにさしつかえはないけれども、ひとつでも、することがぬけたり、試薬をまちがえたりすると、はじめから、やりなおさなくちゃいけない。こういった仕事、いや、なにかをつくることをやってる人たちには、あたりまえのことだろうが、おれは、さいしょ、おもしろいな、と思ったりした。

まちがったり、へんになったりしたら、そこだけ、しなおすようなことばかり、おれはやってきた。これは、仕事や職業のせいというより、ほんとは、おれの性格にもよるかもしれない。

それはそれとして、おれは、物というものも感じた。おれがなくったって、ちゃんとある物だ。

実験室をでて、階段をおり、研究所の建物の裏にでる。夏冬かわらない、うすい木綿のホワイト（白いからホワイトだろう）をきてるだけなので、三月のはじめの空気は、まだ寒い。

だから、はしって、裏にある日本人従業員のロッカー・ルームにとびこむ。ロッカー・ルームのとなりはシャワーと便所だ。

時間は十一時十分。このごろ、研究所ぜんぶ（ということは、各部屋をのぞき、廊下、階段、本部の建物）の掃除をやってる連中が、ロッカー・ルームにモップをかける。掃除の最中は、おれも遠慮するけど、おわった直後で、まだ、コンクリートの床が濡れてても、尻《けつ》にタオルかなんかをしいて、床にすわりこみ、ロッカーによりかかり、おれはサンドイッチをかじり、のみこむ。

昼食のやすみは十二時からだ。やすみのあいだは、ま、なにをしてもかまわない。だから、十二時以後に、昼メシをたべたんでは損だ。中学生ぐらいまでは、こんなふうにかんがえる者もわりといるけど、大人になるにしたがって、やっぱり、すくなくなる。

仕事中にメシをくってるのを見つかれば、もちろん、うまくない。中学生が授業中に弁当をたべるのは、腹もへってるだろうが、仲間へのデモンストレーションと、スリルを味わう気持がおおいとおもう。しかし、おれには、そんなことはない。だれにも見られず、安全に、そして、湯か水でもあるところで、メシがくえれば、ほんとにありがたい。だったら、十二時以後に、弁当をたべれば文句はない。椅子に腰かけ、ゆっくり、水どころか、お茶だっていれることができる。

だけど、やすみの時間にメシをたべるのはあたりまえのことで、得にならない。朝おきたときからの損得を、おれはかんがえる。いや、それよりも、ドロボー根性みたいなものかもしれない。

こちらの研究所にうつってきたときには、ロッカー・ルームのとなりに、日本人のための部屋があり、そこで、はんぶんぐらいの従業員が弁当をたべていた。そのころ、おれは、十二時十分前におりていき、「いつも、はやいなあ」とみんなに言われてた。

その部屋で弁当をたべはじめるのは、せいぜい十分前くらいが限度だ。そのうち、おれは十二時二十分前ぐらいに、昼メシをたべるようになった。もちろん、その部屋はつかえない。二階の掃除道具をおいとく、せまい部屋だとか、実験室にほかの者がいない時は、引き出しのなかに弁当をいれて、たべたりした。十二時二十分前は十一時半になり、それから十一時二十分、十分、十一時と、だんだんくりあがって、十時半には、弁当の段取りをして、十時四十五分ころ、ロッカー・ルームにおりていくのが、ながいあいだつづいた。だけど、なぜ十時四十五分という時間になったんだろう？　掃除の連中が、ロッカー・ルームにモップをかける前に――？　だけど、そんなことは、理由にはなるまい。

そのうち、十時四十五分に、おれはあきてきたようだ。今では十時半から十一時半ぐらいのあいだにたべている。

掃除の連中は、駐留軍内の消防署を人員整理され、まわってきたひとたちで、みんな年をくっていた。このあたりの言葉をしゃべり、自転車やオートバイでかよってくる。競輪とか、プロ野球のことか、だれでもするおしゃべりのほかに、この連中は、よく、畑のはなしをする。

もともと自分のものか、借りてるのか、みんな、畑をもってるらしく、カミさんは畑仕事をしてるようだ。おれなんかがきいたってわからないはなしだけど、この連中が畑のことをしゃべる口調は、けっして、はずんだものではない。

サンドイッチをかじってるおれに、声をかけることもある。いうことは、いつも、おんなじだ。

「まだ、糖尿はなおらんのかね？」

「さあ……近ごろ、尿の検査をしてないから……なおってるかもしれない」おれも、おなじことを、こたえる。

「しかし、米のメシがくえんというのは、糖尿も、やっかいな病気だな」

掃除の連中は、スチームのほうに尻をむけてつったったまま、コンクリートの床にすわりこんだおれを見おろす。ときどき、おかしな動物でもみてるような目つきをすることもある。かわった人間というより、動物園の檻のなかにいるものをながめてる目つきだ。

そんなふうに見られても、おれは、べつにシャクにさわりもしないし、また、かなしくもうれしくも、得意な気持でもない。兵隊のとき、班長や古い兵隊も、こういった目つきをした。走るとすぐバテるし、小銃を分解すれば組立てることができず、学校出だというのに、学課の点数もわるく、字をかかせればへたで、おまけに漢字もしらない……へんにおもう理由は、いくらでも口にだしてならべることはできるだろうが、ただ、それだけではあるまい。へんてこなものが、どうしようもなくそこにいる、といった感じじゃないかとおもう。

カカアが、だまって、おれをみてるときの目つきも、そうだ。目をとじ、こんなものがいるはずがない、と自分にいいきかせ、目をあけると、まだ、消えないでいる。そんな気持だろう。

サンドイッチをのみこむと、実験室にあがっていく。

一月《ひとつき》まとめて送ってくるニューヨーク・タイムズの日曜版をよんでいたテディは、新聞をたたみ、いちばん下の引き出しにつっこんで、ディナー(昼食がディナーになっている)に出かけていく用意をはじめた。

赤毛のホワイトヘッドは、タイプがある机の前に、信子とならんで腰をおろし、結婚許可願に必要な書類を、まだ、一本指でタイプしている。

おれは、蒸溜鍋にちょっと目をやり、試薬の瓶をおろして、それに、訳してる本をたてかけ、お昼のやすみがはじまった気分で、原稿用紙を実験台の上におく。

8

若い見習いコックのおかげで、クビがつながったダン・ラークは、なまあったかい、湿気のおおい料理場で、ロースト・ビーフをつくる用意をしながら、第二次大戦のなかばごろ、聖霊派の神学校に在学中、陸軍にとられ、南太平洋にいったときのことをおもいだす。

輸送船の乗組員たちは、船室《キャビン》のベッドに寝て、ましなものをたべてるのに、自分たち陸軍《アーミィ》の兵隊は、船倉《ハッチ》にマットレスをしき、携帯口糧ばかりくわされてる――そんな不平が、おしゃべりのうちで、いちばん大きなパーセンテイジをしめている毎日がつづく。乗組員との、つまらないトラブル。乗組員とうまくやってるらしい班長《サージャン》。船長《キャプテン》からどなりつけられる若い大尉《キャプテン》。

まっくらな闇のなかで、ダン・ラークたちは、ゆれる縄梯子をつたわり、やはり、大きくゆれている上陸用舟艇にうつった。

明朝〇四・三〇時出発という、前ヨの命令だったが、朝の感じはまるでなかった。よく眠れなかったせいもあるだろう。二時をすぎ、すこし、ウトウトしたとき、ダンは、象《かたち》も意味もない夢をみて、夢精をした。便所にいき、パイプだけをひいてきたような、輸送部隊用のシャワーにはいる。夜中なので、もちろん、お湯はでない。石鹸はつかわず、からだの前のほうだけをこすりながら、ダンは、だれかが、便所で吐いてる音をきいていた。

あぶらがういてるようなコーヒー。乾燥卵のスクランブル・エッグ。

自分は兵隊にはむかない、とダンはおもっていた。だから、いじめられるだろう、という心配もあった。

ダンは、アリゾナ州北部のちいさな町でうまれた。父は金物屋で、町では、ゆたかな家庭だった。町のひとのだれもが、父のことを、いいひとだ、という。商売も教会も熱心だった。店のほうには鍵をかけても、自宅には鍵がない。そして、なにかあると、ダンの父は、神さまに報告した。祈るというより、神さまとはなすのが、なによりも好きらしい。ときには、祈りの言葉をつぶやきながら、テーブルの上においた手がふるえ、そして大きなからだがうごいてることもあった。

トラクターや、そのほか、大きな農業機械の売行きが、ダンの町のあたりでも、だんだんふえ、金物屋（といっても、田舎の、ちいさなデパートみたいなものらしい）の店は大きくなった。

ふえた店の利益のほとんどを、ダンの父は教会に献金した。ダンの父の献金の一部は、おなじ派の、今、たたかっている日本の教会にもおくられたはずだ。

自分は、生れてから今まで、人殺しの教育はうけていない。だから、人殺しが仕事《ジョッブ》の軍隊で、いい兵隊になれなくてもあたりまえさ——ダン・ラークは、仲間に、そんなことをしゃべったりした。

「だったら、こんなところに人殺しにこないで、戦争はいやだ、と刑務所にはいってりゃいいじゃないか……」と仲間はいう。「刑務所は、冬はさむいけど、日本兵《ジャップ》の弾丸《たま》にあたって死ぬこともないぜ」

ダンがハイスクールをでて、神学校にはいると、ダンの父は、とてもよろこんだ。そのうれしそうな顔をみて、やっぱり、神学校にきてよかった、とダンはおもった。日曜日の礼拝に水曜日の祈禱会。そして、毎日、食卓で聖書をよみ、お祈りもするが、ダンは、学校では、父のつかわない言葉を、しゃべっていた。きたない言葉が、けっこう上手だった。

冬の刑務所の、あったかいときのない監房のなかは、もちろん、いやだ。だけど、「はい、こちらは、戦争のための訓練キャンプ。それがきらいな者は、あっちの刑務所」といった調子で、右と左にゾロゾロわかれていくのだったら、自分は、きっと、刑務所のほうにはいってただろう、とダン・ラークはおもう。

しかし、これは、ただの空想で、現実の、どっちをえらぶか、ということとは関係がない。今までに、自分は、自分の意志で、なにかをえらんだことがあるだろうか？

訓練キャンプにはいったダンは、兵隊にむくか、むかないかは、からだをつかう運動が好きかどうか、ということにも関連がありそうな気がしてきた。アテンション

（気をつけ）ひとつでも、ポーズがきまらなければ、いい兵隊でない。

ハイスクールのプールで、歯をむきだし、くるしそうに顔をゆがめて、およいでいた男のことを、ダンはおもいだした。

「おればっかり、しぼりやがる」とその男は、コーチのわる口をいいながら、ダンなんかより、倍は泳ぎ、タイムもだんだん、よくなっていった。

その男は、志願して、ダンよりさきに、陸軍にはいり、訓練キャンプでは、ほかの班の助教をやり、胸をはって、大きな声をだし、はしりまわっていた。

ダンたちが、訓練キャンプをでたときも、その男はのこっていて、助教から班長になるということだった。

射撃が下手で障害物もうまくこせず、ぶざまな兵隊でもかまわない。敵でもなんでも、ひとを殺すことは、自分にはむかないから（昨夜、夕食のあと、大尉《キャプテン》の衿章をつけた、長老派の従軍牧師は、汝の敵さえも愛せるのがクリスチャンだけど、悪魔とは、とことんまでたたかわなければならない、といったが）、勇敢な兵隊でなくても、平気だ。いや、けっして勇敢にはなれないだろう。

しかし、オドオド、こわがってみえることはいやだった。ダンは、うんとちいさなときのほかは、ほとんどケンカはやったことがない。負けるとわかっていながら、つっかかっていく友人を、いつも、うらやましいとおもった。ダンは、わる口をいわれ、相手にけしかけられても、じっとしていた。

ジュニア・ハイスクールをおわる年、ガールフレンドの前で、下級生からおどかされ、みじめな目にあったときも、ダンは、手をふりあげることはできなかった。

そのときのことを、今でも、ダンは夢にみる。そして、なんどか、自分がしなかった英雄的な行為を空想した。

こわいのは、事実、こわいんだから、しかたがない。昨夜《ゆうべ》も、ろくすっぽ眠れなかった。十二時ごろまでは、おきてる者もいたみたいだが、そのあとは、みんな寝たようだ。となりのフレディは、もう十時すぎには、いびきをかいていた。そして、ほんのちょっと眠ったら、夢精した。

上陸用舟艇は、かぶりながら、すすんでいく。ハッチのなかは、夜なかまでむし暑かったが、くらい海上はさむかった。波のしずくが、首すじにはいり、ダンは、ブルッとからだをふるわせた。そのまま、ふるえはとまらず、ガクガクする膝を両手でおさえたが、だめだった。

こんども、ジュニア・ハイスクールのときとおんなじだろうか？　だれだって、おそろしそうなふりはしたくないとおもってるはずだ。ただ、それができるかどうかが……。しかし、こんどは、あのときとはちがう。からだがすくんでしまい、うごけなかったり、反対に、ふらふら、あるきだしたりしたら、死んでしまうだろう。

「神さま……」

ダン・ラークは、ふるえる膝の上でくんだ手にひたいをつけた。だが、神さま……とよびかけた声が、けっして、神のほうにはむいてないことを、ダンはしっていた。どこにも、だれにも、自分自身にもむいてない言葉だ。ただ、口のなかでつぶやき、その音を、自分の耳できく。気やすめみたいなものともちがう。こわがったふりを見せないですむならば、これからは……と、悪魔と取引《ディール》してる意識でもあれば、まだいい。

ほとんど、しゃべってる者もなかった。上陸用舟艇が、輸送船のそばをはなれてから、どれくらい時間がたっただろう？　しかし、それは、時計をみればわかることだ。あと何分、何時間、海の上をはしってるのか？　ともかく、そのあいだは、こうして、自分ひとりで、ふるえていられる。

舟尾のほうにいっていた小隊長の少尉がもどってきて、ほんのすこし白っぽくなりかけた空をバックに、ブーツをはいた足をふんばり、しゃべりだした。

「これから、われわれが上陸する島は、以前日本海軍の陸戦隊《マリン》がいて、海岸線に小規模の陣地を構築していたが、偵察機の報告によると、撤退し、現在は敵はいないという。また、P51戦闘機が海岸線の陣地にたいし、機銃掃射もおこなったが、ぜんぜん、応射はなかった。だから、おそらく、敵は、もう、おるまい。だが、日本兵《ジャップ》は、どこにもぐりこんでるかわからない。命がおしかったら、じゅうぶん注意するように——。ちょうど満潮時に、この舟艇は、島につく。上陸のとき、敵が撃ってこなければ、予定どおりに展開。なにか、ききたいことはないか？」

だれもこたえない。小隊長は各分隊長をよび、懐中電灯で、地図をてらし、最後の打ちあわせをはじめた。

ダンたち、訓練キャンプをでたばかりの新兵は、ハワイにおくられ、新しく編成する部隊のなかにはいったが、中隊で実戦の経験があるのは、前線からよびもどされた中隊長と、三、四人の下士官《サージャン》だけだった。ダンたちの班長も、そのひとりで、四本線のスタッフ・サージャンだが、太平洋戦争がはじまったとき、フィリピンにいた、いわばベテランだ。

そのころの同僚のうちには、大尉や少佐もいるらしい。ダンたちの班長は、生きのこってるうちでは、いちばん進級がおくれてる、ということだった。

輸送船にのり、ハッチのなかで、毎日をすごしだしてからは、甲板にでるのがたのしみのような男もいたが、ダンは、ハッチのペンキと埃のにおいに慣れると、まるっきり、からだをうごかすのがいやになった。

ときどき、甲板にだされ、体操をさせられるのも、おもしろくない。だから、ある日、「幼稚園や訓練キャンプじゃあるまいし、体操なんかどうでもいい」と班長がいったときには、うれしかった。だが、また、べつの日に、ほかの班の連中が、ゾロゾロたって、甲板にいくとき、ぼんやり、ハッチの壁によりかかってたら、班長から、けとばされそうになった。

「一日中、のらくらしてないで、新鮮な空気にあたってこい。おまえは人間か、船倉《ハッチ》のねずみか！」

どなりつけたときの班長の目は、それこそ殺人的《マーダラス》にひかっていた。その目をみて、ダン・ラークは、班長を自分とはつながりのない男だとおもい、なにか安心したような気持になった。

沸騰してる湯のなかにたてた試験管をだし、外側の水滴をふいて、有機溶剤が、ぜんぶ蒸発したかどうかしらべる。みんなとんでしまってれば、乾燥剤がはいったガラス器のなかにうつし、これで、午前中の仕事はおわりだ。蒸溜鍋をかけたヒーターのコードをはずし、おれは、また、スチールの腰掛《ストール》にもどり、翻訳をつづける。

上陸用舟艇がすすんでいってるという感じが、フッとなくなった。ダン・ラークは、膝をかかえた手に顔をおしつけ、じっとしていた。口からよだれがでて、手の甲にながれた。空の一角が、黒いペンキがはげたあとの、うすよごれた壁のように、白っぽい色にかわる。

バカみたいに長い時間が、それでも、たってしまったらしい。装具の点検。くりかえし、班員ぜんぶの名前を、班長はよんだ。上陸用舟艇のエンジンの音が、急におおきくなり、やがてガクッとショックを感じて、とまった。中腰になっていたダンは、前にのめり、かたい船床に膝をぶつけた。船首の扉がひらきはじめ、おおげさで、なにか猥雑な音をたてた。

順番どおりに、上陸用舟艇からとびだしていく。銃声はきこえず、前にたおした扉の上に、ダンがたったときには、うしろから、ドヤドヤおされた。

砂浜に腹ばいになり、班長のほうに目をやる。

右に散開した小隊のほうで、ライフル、つづいて、自動小銃の音がし、それから、火焔放射器が、砂と空のあいだに、赤と黒のベルトをえがいた。

班長の右手があがった。前進の合図だ。ダンは、はしりだした。靴の底が砂にめりこむ。黒っぽいもの（あとで海草だとわかったが）があるちょっと高いところにかけあがると、わずかな傾斜になっていて、ダンは足をすべらせ、あさい砂のくぼみに、ヘッド・スライディングの恰好でずりおちた。

たおれたままの姿勢で停止。だいぶ時間がたつ。そのうち、ひょいと、ダンが目をよこにむけると、左手のほうで、三、四人、つっ立ってしゃべっていた。将校たちだ。ダンは、まだちいさいころ、夜明けを待ちながら、大人のハンター連中が、焚火をかこんでいた光景をおもいだした。

やがて、班長が「集合」とどなった。ダンは、ふせていた砂のくぼみにある水に口をつけ、なめてみてから、体をおこした。水は、しおからかった。ダンは、自分がふるえていないのに気がついた。

点呼《ロールコール》をすると、ジョー・モントが返事をしなかった。班長は、きたない言葉をならべながら、モントをさがしにいった。モントは、さいしょ分隊が停止したところで、頭を砂につっこんでいた。歯をガチガチならしてるモントを、班長は、ひきずるようにしてつれてきた。

ダン・ラークは、すごく気分がよかった。上陸用舟艇をでてからは、恐怖を意識した記憶はない。自分は、あんがい、こういった場合には度胸《ガット》があるんだろうか？

すくなくとも、ジョー・モントよりは、平気だった。

みんながわらい、モントのこわばった顔の筋肉もうごいたが、笑い声はでなかった。「銃声がして、パッと赤いものがとんできたもんだから……」モントは、なんども、片手で口をおさえながらいった。

「いくじなし！　あれは、味方のくそっ火焔放射器だ。おまんこ日本兵《ジャップ》は、とっくの昔に、ちくしょう、にげたあとだ」班長の言葉には、れいによって、はんぶんぐらい、きたない悪口がまじっている。

敵はいない、ときいても、ダン・ラークのいい気分はかわらなかった。自分が臆病《チキン》でないことは、自分が知ってるんだから文句はない。

あかるくなりだすと、島は、恥しらずにあかるかった。白い砂と、海岸線にならんだわずかしかないヤシに似た木（たぶんヤシだろう）火焔放射器の焔で、まっ黒によごれた日本軍のトーチカと、漢字がかいてある米の袋をつみあげた塹壕と、ひくい灌木、グリーンというより青《ブルー》にちかい草、それが、そのままもりあがったような丘が、西北のはしにあるだけの、なさけない島だった。

これが南太平洋の島なのか？　まぶしすぎる空と、白い、ヤケくそな波がなければ、牧場にも農地にもならないアリゾナの荒野みたいだ――ダン・ラークは、胸のなかでつぶやく。

日本海軍の陸戦隊《マリン》がのこしていったトーチカのうしろから、灌木とブルーの草のあいだをとおって、島の奥にはいってる小道を、偵察にでた第二小隊の連中がかえってきた。

ライフルを持った者は、銃剣をふりまわし、みんな、赤や、きいろの、いかにも熱帯産らしい花を、鉄カブトや、服のボタンにつけている。陽気な顔だ。さっきから、偵察機がスピードをおとし、島の上を、低空でとんでいた。

第三小隊と第二小隊は輸送船にもどり、第一小隊も、ダンたちの分隊だけをのこし、上陸用舟艇にのった。

ほかの班の連中は、ダンたちをうらやましがった。第二小隊と偵察機からの報告では、日本兵《ジャップ》がかくれているということはありえないそうだ。

危険がなくて、冒険心を刺戟するピクニック。ダンも、けっして不満ではなかった。

ダンは機関銃の弾薬箱をぶらさげ、ピクニックに出発した。これは、分隊のなかで、いちばん能なしの仕事だ。

9

アリゾナにだって、これよりひどい道はある。だが、ダンはおくれだした。はじめは、一列になった分隊の、まんなかあたりだったのが、ひとり、またひとりおいこしていったのだ。いちばんうしろをあるいてた兵長《コーポラル》のグッドウィンも「途中で寝たりするなよ」とかたい目でみつめると、銃剣で、灌木の枝をきりながら、ダンのよこをとおりぬけていった。

島の西北のはしにある丘にのぼり、丘のむこう（の島）を偵察し、通信兵をこの丘におく場合の、周囲の地形を実際にたしかめるのが、目的ということだった。各人がもっている携帯口糧《レーション》は二日分。

道はひくくなり、逆に、両側の灌木は頭の上までおおい、丘も見えなくなった。白っぽい土なのに、しめりがでて、いやにヌルヌルする。ダンは、灌木の根に足をとられ、なんどかころんだ。

昨夜、寝なかったことを、ダンはおもった。そして、ほんの、ちょっと眠ったあいだに、夢精したことを――。金錆《かなさび》のにおいがするシャワーの水。金網をかぶせた船倉《ハッチ》のきいろい電灯。手をつけなかった、乾燥卵のスクランブル・エッグ。

グッドウィンが銃剣で灌木の枝をはらいのける音がきこえなくなった。

「ちくしょう！　ぶっころんで、ひとやすみするか！　みんなも、今ごろは、尻《けつ》をすえて、タバコでもふかしてるかもしれない」

灌木がきれ、空が見えた。そして、ちいさな沼があった。沼のむこうに、みんながかたまってた。沼の反対側にいく道はなく、ダンは、灌木の枝や根にぶらさがるようにして、沼の水ぎわをまわった。二度すべったが、だれもわらわない。

そばによると、褐色の皮膚の、はだかの男が、みんなにかこまれていた。肋骨がうきあがり、頭の髪はちぢれ、褐色のペニスの根もとに、ゴミみたいにくっついた毛も、こまかくちぢれている。

「なにをボヤボヤしてたんだ。おまえが死ぬのはかまわんが、機関銃の弾薬だけは、ちゃんとはこべよ」班長はどなった。

ダンは、弾薬箱をほうりだし、あおむけにひっくりかえると、口をあけて、息をした。

根性のわるい蔓や根のあいだに、からだをねじこみ、みんなよこになってたが、兵長《コーポラル》のグッドウィンと班長だけは、つったったまましゃべっている。

「しかし、こいつ、日本兵《ジャップ》のちくしょうかもしれんぜ」グッドウィンはいった。

「いや……くそったれ日本人は、ゲロがでそうな色をしてるけど、黒ん坊《ニガー》じゃない。こいつは、ニガーだ。みろ、あのヘアを……」

班長は、褐色の男の頭に顎をしゃくり、グッドウィンは、ペニスの根もとに目をやった。

「で、どうする、班長《サージ》？」

「どうもこうも、このおまんこなめ土人の言葉がわからんから、くそっ、どうしようもない。日本兵でも土人でも、まだ、この島にうんといるようだったら、はやいところ、こいつは、ぶっ殺したほうがいいが、たったひとりか二人ならば、ひっぱっていけば、情報部のナラバベッチどもがよろこぶかもしれん。それともおこるか……やつらの考えることはさっぱりわからん」

「だけど、ともかく、ひとりいたんだから、ほかにもいるとおもっていいんじゃないかな？」

「おふくろの小汚い尻《けつ》にでもキスしやがれ！　学校出の低能みたいな、ガッデメ、口のききようはよせ。この島には、こいつしかいないよ。そういうことがわかるから、おれのところに、いつも、こんな、汗ばかりかいて、おまんこに関係のない仕事ばかりまわってくるんだ。こいつは、ひっぱっていこう。このシケた面《つら》じゃ、ガタつくこともないだろうし、もし、ポンスカ、どまんこ弾丸《だま》でもとんできたら、そのとき、殺《や》っちまえばいい。ダンのくそったれがヘバッてるから、あいつの弾薬箱は、この土人にもたせろ。ダンのちくしょう、なめなめ神学生、まったく、なんの役にもたちゃしねえ。モントといっしょに、けとばして、かえしゃよかった。おーい、出発だ」

班長は、土人（褐色の、はだかの男）をつれて、ダンのところにくると、肩のあたりを、ブーツの底でこづいた。

「おきろ！　なまけ者。いいハウス・ボーイをつけてやるぜ、おまんこ説教師。弾薬箱は、こいつにはこばせろ。おまえは、うしろに、ぴったりくっついて、自動小銃をかまえてるんだ。にげだしかけたり、おかしなまねをはじめたら、すぐ、撃て。引金をひくだけじゃなく、ちゃんと殺すんだぞ」

ちいさな沼のところまでしか、道はなかった。第二小隊の連中も、このあたりで、ひきあげたらしい。

ダンは、班長にいわれたとおり、自動小銃《カービン》の銃口を、土人の褐色の背中におっつけるようにして、すすんでいった。

そのうち、前をあるいてる土人のちぢれた頭と、骨がつきだした肩が、不意に下にさがり、見えなくなった。ダンは、自動小銃《カービン》の引金に指をかけ、あわてて、追いつこうとした。だが、足もとには、蔓や木の根が、からまり、はしることはできなかった。すこし、下りになってたのだ。土人は弾薬箱を手からはなし、ふらふら、骸骨にちかいからだが前におよいだ。

「ストップ！　とまらないと……」

ダンは、金切声をあげたが、足が、下りの傾斜にかかると同時に、尻もちをついてしまった。

兵長《コーポラル》のグッドウィンの顔が、灌木のあいだからのぞいた。目の玉がうんと大きくなっている。グッドウィンはどなった。

「どうした？」

「こ、こいつが、弾薬箱を……おとした」

グッドウィンは、慎重なあるきかたで、ひきかえすと、ライフルの銃口で土人の胸をついた。

「ひろえ！　弾薬箱を……はやく！」

土人は、グッドウィンの言葉がわかったように、手足の各部分が、なにかバラバラな動作でうしろをむき、からだをたおし、弾薬箱に手をかけた。尻の下のほうに皺がより、そこだけ、白っぽい土埃みたいな色にかわってるのを、ダンは、尻もちをついたまま、よこからみていた。

そのときは、まだ、班の連中も、かたまっていたが、だんだん、ひとりひとりのあいだがあいてきた。とくに、ダンと土人のカップルは、遠くとりのこされた感じだった。

ダンは、自分のはく息、すう息が大きくなってるのに気がついていた。土人が弾薬箱をおとしたとき、あわてて、追いつこうとしたため、すっかり、エネルギーを消費してしまったのか――そんなこともおもった。昨夜《ゆうべ》は、ほとんど眠っていない。となりのフレディの寝息。夢精……天井から赤茶けたしずくをたらしてるシャワーのパイプ。便所でゲロをしている音。

木の根や、蔓に、靴がひっかかり、ダンは、なんどかころびそうになった。すこしずつ、土地があがっていってるようだ。目的地の丘のふもとにかかったんだろうか？海岸から見たときは、せいぜい、ちいさな灌木がはえた草原のようにおもえたが、ふとい幹はなくても、木の枝や蔓、根、などの執拗なからみかたは、ダンが見たことがないものだった。

自動小銃の銃口と土人の褐色の背中との距離が、三フィート、四フィート、五フィートとあいていく。

すこし、はなれてるほうが、不意にふりかえり、銃身をつかまれたり、はねあげられたりする危険がなくていい……。

五フィート、六フィート。あまりはなれると、にげられてしまう。いや、今、こいつが、灌木のなかにでも、はしりこんでいったら……。

六フィート、七フィート。

「もう、ちょっと……ゆっくり、あるけ」

ダンは、息をきらしながら、褐色の背中にむかっていった。

七フィート、八フィート……。

だが、しばらくいくうちに、それが、また、七フィートぐらいにちぢまっていた。

七フィート、六フィート……五フィート。土人のはだしの足がすすまなくなり、皮がやぶれそうに骨がとびだした褐色の肩が、前後に、痙攣でもおきたようにうごく。

ダンは、土人のよこにきた。

まわりが黒ずんだ、そのあたりの草みたいな色の土人の爪から、弾薬箱の革紐がすべる。土人は、さきにいった連中の軍靴の泥でよごれた木の根の上に尻をついた。

「立て！　弾薬箱をひろえ……」

ダンは自動小銃をかまえなおした。

土人は、おりまげた足のあいだに首をたれたまま、うごかない。

ダンは自動小銃のさきで、土人の肩をついた。ゴツン、とかたいものにさわった感じがし、ダンは、反射的に銃口をひっこめた。土人は、あたりの蔓草や木の一部分になったように、姿勢をかえなかった。

ダンも腰をおろした。尻がうまくおちつかず、とがったものにあたり、痛いが、とてもらくだった。自動小銃の銃身を、かたっぽうの膝の上におく。

そして、ま横から見た階段のステップみたいなアングルの土人の首の骨から目をはなさないまま、片手で水筒をとり、水をのんだ。

水が喉をとおったとたん、ダンは、なぜかどうにでもなれ、という気分になった。むこうがうごかないんなら、こっちだって、腰をおろしていりゃいい。ダンは水筒をしまい、携帯口糧《レーション》をだし、歯で包をかみやぶり、チョコレートをかじった。

土人の首の骨のアングルがかわり、顔が、すこし、よこにむいた。白眼が褐色にごった左の目で、ダンのほうをみてるようだった。ピンクの舌があらわれ、くちびるをなめる。

ダンは、たべかけのチョコレートをほおった。チョコレートは、土人のかさなった枯木みたいな足のさきにおちたが、それにむかってうごいた手のスピードは、信じられないほどだった。

土人はチョコレートを口のなかにつっこんだ。ダンは、ビスケットもなげてやった。ビスケットはかるく、ダンと土人のあいだにおちた。土人の褐色の背中が、グーンとのびたように感じ、ダンは腰をうかした。土人は、両手でビスケットをつかんだ。

ダンは立ちあがり、ビスケットを、二枚ばかりくわえて、のこりの携帯口糧《レーション》を、土人の背中ごしに、ほおった。

土人は、アッというまに、レーションをのみこんでしまった。アメリカの兵隊がたべるレーションをたべても、ただ、剝製のピューマみたいな歯がうごいただけで、土人の顔には、表情らしいものは、ぜんぜんない。

ダンは、嚙まないまま口のなかにのこってたビスケットをはきだし、自動小銃をかまえ、一歩前にでた。また、土人がなにかの植物のような恰好にもどったんでは、どうしようもない。

「立て！　弾薬箱をとって……ほら、そこの……」ダンは自動小銃の銃口をうごかした。

二人は、あるきだした。土地は、確実にたかくなっていくようだ。灌木や蔓草も、すこしずつだが、執拗さがなくなってきた。そのかわり、土がもろくなり、足もとがすべる。

頭の上に青空があらわれ、灌木の葉ごしにきれぎれにつづいていたが、今では、むやみにあかるい太陽がてりつけっぱなしだ。汗が、しつこくながれ、喉がかわいた。ダンは、水筒の水をのんだことを後悔した。

丘のいただきも、前をいく連中の姿も見えないが、今まであるいてきたブルーとみどりの地帯が目の下にみえた。沼があったところはわからない。

とつぜん、土人の腰がおち、あおむけにころがった。ダンは、一歩一歩、かぞえるように、距離をちぢめ、土人のよこをとおりぬけ、スロープの上にたった。

その時、異様なものが、ダンの目にとびこんできた。褐色の土人の皮膚ぜんぶを、白っぽいフィルム（膜）がおおっていたのだ。ダンは自動小銃をかまえた。引金にかけた指が、こまかくふるえている。それに気がついたとたん、ダンは、からだじゅうがふるえだした。からだのふるえは、意識にはねかえり、ダンは、正気をうしないそうな恐怖を感じた。

なぜ、不意に、こわくなったのか？　あとになって考えても、ダンにはわからなかった。

たて！　というようなことを、ダンは、くりかえし、さけんだかもしれない。そして、引金をひき、相手を撃った――とダンはおもった。

一瞬、あるいは分でかぞえるような時間がたった。土人は、太陽にむかって口をあけ、目をとじたまま、うごかない。ダンは、自分が引金をひかなかったことをしった。からだは、まだ、どうしようもなくふるえている。

汗は頭から、ひたいをつたわって、目にもながれこんだ。ダンは、ただ、じっと、つっ立っていた。

ながい時間だった。しかし、これも、そう感じただけで、たいしたことはなかったかもしれない。スロープの白っぽい土が鳴り、「どうした？」とどなりながら、だれかがはしってきた。だれか……いや、はじめから、班長がくることがわかってたような気もした。

呪縛《スペル》がとけたみたいに、からだのふるえがとまり、ダンの口がうごいた。

「こいつが、うごかないんだ」

「うごかない？」班長は、土人のほうに、ゆっくりちかづきながら、ききかえした。

「それで、おまえは、夢でもみてるように、くそぼんやり、つったってたのか？」

これも、あとでわかったことだけど、上から、班長は、双眼鏡でみていたのだ。

班長のごついブーツのさきが、土人のやせた脇腹にぶちあたる。土人は目をひらき（にごった白眼がみえたきりだった）両手で、けられたところをおさえるような動作をした。

その瞬間、ダンは、両方の耳を同時にぶんなぐられたみたいに感じた。いつのまにか、班長は、三、四フィート、とびさがり引金をひいていたのだ。ダンの耳は、その音を銃声としてはきかなかったが、目は、土人の胸からふきだす、中国の赤い絵具（朱）のような血をみていた。

「あの黒ん坊《ニガー》、おれの足をつかもうとしやがった」

班長はうなり、銃の台尻で、ダンをこづくようにして、あるきだした。ダンは、また、べつの呪縛《スペル》にかかったみたいに、足をすべらせながら、丘の傾斜をのぼっていった。頭では、なにもかんがえてはいなかったが、足は重かった。

ダンは、足をとめた。ぶらさげていた弾薬箱が下におちた。

班長はふりかえり「おい！」とどなった。そして、もどってくると、ダンのまん前にたった。ダンの視角に、班長の顔がはいる。班長の灰色の目はおこってたが、ダンには、ガラス玉みたいにみえた。

「おい！」

班長は、失神してるかどうかためすみたいに、ダンの肩をおした。肩にかけていた自動小銃のストラップが肱の関節のあたりまでずりおちる。

ダンが自動小銃を、すくいあげるようにしてかまえたのは、反射運動といわれるものかもしれない。だが、引金にかけた指には、目的のある力がくわわっていた。さっきしまいまでやらなかった行為のつづきに、相手がかわっただけで、自然にはいっていったみたいな恰好だが、こんどは、ぜんぜん、恐怖は感じていなかった。やはり、ずっとあとになって、考えたことだけど、あの瞬間、班長にたいし、憎悪といった意志的なものはなかったようだ。

「おい……」

班長の顔色がかわった。しかし、こんども、つぎの動作とのあいだに時間がはいりこんだ。

ダンの目の焦点がぼやけたのをみて、班長は、ダンの自動小銃をよこにはねあげると、胸をつきとばした。

自動小銃は、抵抗なく、ダンの手からはなれ、ダンは、ザラザラした土の傾斜にころがった。

班長は、ダンの上からのしかかるようにして、いった。「この畜生野郎《サラバベッチ》、おれを殺す気だったのか、え？　おれのほうが、おまえを殺してやる」

班長は、弾薬箱をつかみ、肩ごしにふりかえって言った。「おまえみたいな、おまんこなめ説教師に、くそっ、殺されてたまるか！」

それは、とつぜんやってきた。

さいしょ、ダン・ラークは、からだがうきあがるような気がした。

丘の斜面のザラザラした土の上にころがってるんだから、目は青い空を見てるはずだが、空というものをみつめてる感じはなかった。しかし、色の意識はあった。それも、やがてうすれてきた。

つきとばされてたおれたんだけど、どこがいたいというわけでもない。背中を土につけ、寝てるんだから、からだがらくなのは事実だ。

だが、これは、らくだとか、いい気分だとかいったものとは、まるっきりちがっていた。ぐんぐん、天にむかってあがっていくが、スピード感も、つまり空間感もない。

ダンの視界からは、空も土も、灌木も、戦闘服をきたダン・ラークというG・Iもきえていた。いや、ガールフレンドとふざけたり、神学校のクラスで講義をきいたり、得意になって、人殺したち（軍隊）のわる口を、訓練キャンプや輸送船のなかでしゃべったりした、ここに、こうして、南太平洋のちっぽけな島の丘の斜面にころがってるダン・ラークのかげみたいなものもない。

劇がおわれば、からっぽになる（あるいは、おなじ色やかたちの物でも、ガラクタにかわってしまう）ステージとはちがう、ほんとうの世界に、とつぜん、ダンは生れてきたようにおもった。

気がついたときには、人間面《づら》をしていた、ふんぎりのない肉のかたまり（とそれにともなった意識）の生れかたではなく、これは、なんと、フレッシュな、おどろきをもった誕生だろう。

生れたばかりの赤ん坊は空をみた。なんという青い、すばらしい色だろう。そよ風がささやきかける。それに、この土のにおい……。今まで、ダンがしっていた言葉では、いいあらわしようのない、また、比較するもののないにおいだ。

汗でよごれ、もしかしたら、たくさんのひとの血が、いっぱいついてるかもしれない肉体までかるかった。光が、からだじゅうをながれている。

ダンは、おわるおそれのないよろこびを感じた。たいへんなよろこびだ。

なにかに出会ったことは、もう、まちがいなかった。ひかりあるものに――。そして、その光につつまれ、だかれて、あたらしいよろこびの世界に生れかわったのだ。

これは、しかし、ダンが努力し、求めて、出会ったのではない。そこにあるものを

（そして、あるという言葉がつかえるのは、それだけだろう）ただ幼な子のように、すなおにうけいれた、というひとのはなしはきいてきた。しかし、このときのダンはちがう。

ひかりそのものが、ダンの頭もからだも手足も、かげもぶっとばし、めりこんできたのだ。

ダンは光とよろこびにひたされ、ほかになにもはいりこむ余地もなく、それでいっぱいになって、涙をながし、わらっていた。

10

テディが、午前中とおなじ場所に腰をおろし、いちばん下の引き出しから、日曜版のニューヨーク・タイムズをだして、その引き出しに足をかけ、新聞のページをめくりだした。

試薬の瓶がならんだ棚に、はずしておいていた腕時計をみると、一時七分だった。

おれは、原書と原稿用紙をしまい、原書をたてかけていた一*l*入の試薬の瓶ふたつを棚にもどし、ストールから腰をあげた。

首の骨がボキボキキッとなった。仕事がはじまる時間がくると、おれは、いつも、ホッとしたような気分になる。おなじことを、もう二年もやっている定量分析より、いいかげんな訳しかしていなくても、翻訳のほうが根をつめることは事実だ。しかし、翻訳をはじめたころは、こんなではなかった。あきっぽいことは、おれの性格の大きな特徴だが、小遣いかせぎでも、翻訳も仕事みたいな気がしだしてから、肩がこりだした。どうせ仕事なら、らくな仕事のほうがいい。

遠心分離機用の、さきがほそくなった試験管にＫＯＨの飽和溶液を一 *ml* いれ、四 *ml* の無水アルコールをくわえ、ほそいガラスの棒で、ＫＯＨをアルコールにとかす。この試験管は、さきがほそくなってるせいか、こわれやすい。だから、ガラス棒でかきまわすときは、いくらか注意しなくちゃいけない。遠心分離機にかけているとき、ピシッというような音がして割れ、ガラスのこまかな破片が、白い埃のようにとびちることもある。

近ごろずっと、この試験管の補給《サプライ》がなく、とくに、目盛りがついたやつは、洗い場でも、うばいあいみたいになっていた。このての試験管がすくなくなったときいて、使いもしないのに、何十本もかくしてもってるやつもいる。「ねえ、遠心分離試験管《セントリフュージ・チューブ》、ない？」テストをはじめてから、廊下をうろうろあるいてる連中。おれは、うろうろさがしてあるく連中のほうがすきだが、ひとがこまっても、自分がこまらないだけのぶんは、ちゃんと確保している。KOHが白く試験管の内部の壁にくっつきだすと、五分ぐらい遠心分離機にかけ、乾燥剤をいれたガラス器具のなかから、有機溶剤を蒸発させた試験管をだす。そして、M・ナイトロベンゼン（日本語の名前もあるだろうし、また、おなじ横文字でも、きっと、英語読みでない発音をしているとおもうが、おれはしらない）一・一％の溶液を、各試験管に〇・一*ml*ずついれ、よくふり、アルコールにとかしたKOHを、〇・二*ml*くわえ、くらいところに、三十分、いれておく。そのあいだに色がでて、つまり、その色の濃さを比色計でくらべ、計算して、尿のなかの十七ケトストロイド、十七ケトジェニック・ストロイドの量をだすわけだ。

この三十分はけっこういそがしい。つかったガラス器具を洗い場にはこんだり、乾燥したガラス器具をとってきたり、比色計で読んだあとのレポートをかく用意をしたり……。

廊下の、ずっとむこうから、ムーアがやってくる。ムーアは手をあげ、ふった。なにか言ったかもしれないが、声はきこえない。そして、両手をよこにのばすと、飛行機が翼をふるように、肩をうごかした。左手が廊下の壁につき、つづいて、右手のさきが、反対側の壁にふれる。おれは、まねしてみたが、肩どころか、からだをねじまげても、手は壁にはとどかなかった。ムーアは、おれよりも、背はひくいくらいなのに、このぶんだと、手だけは、五十センチはながいだろう。ムーアのまっ黒な顔がうごき、白い歯があらわれた。

黒人にも、いろんな黒さ（あるいは褐色さ）のていどがあるけど、ムーアは最高に黒いほうだ。

廊下のまんなかで立ちどまり、「どうだい？」とおれはいった。

「いそがしい。とっても、いそがしい」ムーアは、ひくい、よくひびく声でこたえた。この男は、歌がごじまんだ。ふつう、しゃべるときでも、声のだしかたに注意してるのかもしれない。

ムーアは、ひと月ばかり、おれたちの実験室にいたことがある。そして、おれは、ふだんやってる臨床検査《クリニカル・テスト》の方法をおしえた。ふだんやってるといっても、病院の検査室《ラボラトリー》とはちがうから、そんなに簡単なのはない。ムーアは、あんまりできのいい生徒ではなかった。

いつもニコニコしてる男で、女がいてもいなくても、けっして、わるい言葉はつかわない。黒人は、よく口髭をはやす。口髭は、頭の髪みたいにはちぢれてないからだろうか？　しかし、皮膚が黒いので、よくみないと、口髭があるかどうかわからない。

ムーアも、そうだった。だいぶたって、おれは、ムーアの鼻の下にあるチョロチョロした毛は、口髭のつもりらしいと気がついた。鼻の穴のま下はツルンとしていて、その両側に、だらしなく間隔をあけ、毛がながれてる。

さいしょの一日、二日はそうでもなかったが、ムーアはお経みたいなものをうなりだした。それが文字通り、朝から晩までで、廊下をあるくとき、便所のなかでもうなってる。ほんとに、だまってるのは、ピペットで試薬をすいあげてるときだけだ。

おれは、ナニワ節でもクラシックでも、なにも鳴ってないより、なにかきこえてるほうが好きなほうなので、音には、そうとうタフだけど、ムーアのお経は、だいぶ神経にさわった。ジャズにくわしい男にきいたら「あれが、ほんとのブルースだよ」といった。ほんとだか、嘘だか、その男は、えらく感心してたが、一時間ぐらいで、にげだした。

おれは、そいつをひと月、ぶっつづけにきかされたけど、だんだん、頭にこなくなった。おれも、いっしょに、うなりだしたからだ。

メロディも単調だが、文句のほうは、もっともっと単調だ。

Don't cry... cry, oh, no.. don't you cry, Don't cry. クライ……クライ……ドン・

クライ……。これが、朝八時から、昼の一時間をのぞいて（そのあいだだって、兵舎《バラック》でうなってるだろう）五時までつづく。

「いわば、あちらのエンヤコラ・ソングで……」なんていってるディスク・ジョッキーがいるが、二十分や三十分のレコードならともかく、毎日、八時間おつきあいするのには、自分もヨイトマケの綱をひっぱって、うなってなきゃ、おれみたいに、がまん強くない者にはむりだ。

しかし、テディやホワイトヘッドは、だいぶこたえたらしい。おれのよこにへばりついてるようなムーアに、テディは「ここはおれの席だ。むこうにいってくれ」とハッキリ言ったこともある。

どんな事情かしらないけど、ムーアは、ほかの部にうつされた。そのあとで、ちゃんと軍服をきてるのをみたら、一等特技下士官の腕章をつけていた。うちの部のNCOIC（先任下士官）よりも、階級は上だ。

ホワイトヘッドの姿は見えない。今日の午後は休《オフ》みなのか？

三十分にかけておいたセルフ・タイマーが鳴り、試験管をだして、七〇％のアルコールを、五mlずついれ、よくふって、比色計用のキュヴェットにうつす。

スタンダードに似た、赤っぽい、すんだ色なら、濃くても、うすくても、よく読めるんだが、尿のなかの検体以外のものがのこっていて、茶っぽいような色がつくと、いい結果がでない。

比色計で読んで、数字をかきとってるあいだは、あんまり、ほかのことは考えないようだ。二日酔や寝不足で調子がわるいときは、比色計で読むのが、おっくうになる。だが、明日にのばすわけにもいかず、ここで、おっぽりだしたら、またはじめからやりなおしなので、おでこをおさえながらするわけだ。それでも、まだ、翻訳よりはましだろう。

比色計で読むのがすむと、試験管をあらい、キュヴェットを硫酸につけ（これは、洗い場の八っちゃんにはたのまない）、出た結果を計算尺で計算し、ただスリップとよんでいる検査結果報告書にかきこむ。こいつが、どうしてもむだなような気がする。しかし、患者の一日の尿のなかにふくまれてる十七ケトストロイド、十七ケトジェニック・ストロイドの量だけをしりたがってる医者に、その量をかいて、しらせるのがむだならば、なにが、むだでないというのか？

ニューヨーク・タイムズの日曜版をよんでたテディが、ケケ……とわらいだした。この研究所につとめだしてから、なかがよくなったG・Iは、うんといるけど、テディとは、わりに気があったほうだ。

アメリカがえりの日本人などが、「こんな点でも、日本とアメリカとはちがう」なんてことを、よく言うが、テディは、その逆のくせがある。「年末になると、日本じゃ、酔っぱらいがおおくてどうしようもない」とおれがいったら、「ニューヨークだっておんなじだ。クリスマスのころは、地下鉄のなかはゲロだらけ」とこたえた。

また、「銀座あたりの高級なバーにくるやつは、たいてい社用族らしい」みたいなことを、おれがはなしたときも、「ニューヨークだっておなじだよ。スカしたクラブなんかで、たかいドリンクを注文してる連中は、みんな会社の金で飲んでるんだ」といってた。

この「ニューヨークだっておんなじだ」という言葉は、テディの口ぐせになってるが、本人は気がついてないらしい。

れいの安保さわぎのとき、テディは酔っぱらって、ほかのG・Iたちとスクラムをくみ、アンポ・ハンタイと、病院の廊下をどなってまわったが、はだしだったので、けつまずき、左足の小指を脱臼したといって、あくる日、靴下をぬいで、見せた。小指はグラグラになっていた。「痛いだろう?」ときいたら、ノウ、とテディは首をふった。

レポートをかいてるうちに、廊下がにぎやかになった。前から、その音はつづいてたようだけど、もう、まちがいない。

また、アイリーンとスモーキイが、洗い場で、けんかをはじめたのだ。アイリーンは、町会議員か市会議員にでもなったら似合いそうな（そして、パンパン屋のママにも、ピッタリの）薬大出の女。スモーキイは、やせて、色の青い、獣医大学を卒業した男だ。兵隊にたのんで、いつも、葉巻を買ってもらい、気取ってふかしてるので、スモーキイという、あだ名ができたらしい。しかし、いくら、気取ってても、タバコがきらいでは、一日中、葉巻はくわえていられまい。

スモーキイも、もう三十ぐらいだろうが、子供みたいに青白いなめらかな顔をし、ひょろひょろやせてチビだから、ほんとに、まだ子供みたいにおもってるG・Iもいて、「タバコをやめないと、育たないぞ、スモーキイ」なんていったりする。一見して、ママ・ボーイみたいな男だが、年上の女とつき合うのがすきなようだ。

アイリーンは三十六、七。だれが、どこでアイリーンという名前をつけたのか？ずっと前に、広島で、アイリーンをしってたという軍曹《サージャン》は、彼女とぱったり顔をあわせたとき、ペニーとよんだ。日本名だけでも、三つか四つあるらしく、怪物みたいにいう者もいるけど、女の伝説は、相手の男をマイナスすると、骨ものこらないみたいなのがおおく、おれなんかには、あまりおもしろくない。

アイリーンは、キャンプのなかの宿舎《ドミトリー》にいるが、週末《ウィークエンド》には、よく、スモーキイのところにとまるということだった。

スモーキイがかりてる部屋に、おれはいったことがある。四畳半の部屋に、大きな（あまり上等ではないけど）ダブルベッドと電気冷蔵庫があり、ほんとに、すわるところもなかった。そのダブルベッドをかかえて、スモーキイがあちこち、引越してまわるのを、洗い場の八っちゃんは、おもしろおかしく、はなしてくれた。八っちゃんとスモーキイは、わりになかがいい。二人とも、計算がこまかく、おたがい利用してる気もあるだろうが、やはり、これは友情のうちにいれてよさそうだ。

「スモーキイのはなしでは、アイリーンと寝てても、いっぺんもやってないっていうけど、ほんとうか？」と、八っちゃんにきいたやつがいた。

「まさか……。やってるさ」八っちゃんはこたえたが、まちがいないか、とその男が、バカみたいに念をおすと、「おれには、女といっしょに寝てて、なにもしない、っていうのは考えられんけど、スモーキイのやつはどうかな。スモーキイにはわからないとこがある」と八っちゃんは頭をふった。

スモーキイが借りてる離れは、戦後の粗末な建築だが、大家さんがいる主屋《おもや》のほうは、りっぱな家で、ひろい庭もあった。大家さんは、息子が運転するヨーロッパ製のはでな色の車で、しょっちゅう出かけてるという、手にいくつも指輪をはめた女だった。こんなタイプの女は、映画や小説では、べつにめずらしくはない。背も高く、堂々としていて、やせっこけてチビのスモーキイが「ムッター、ムッター」と、小犬みたいにまといついてるところは、ちょっとパセチックにも見えた。

大家さんには、息子のほかに娘がいて、その娘にも、おれはあった。テレビタレントだそうで、「明後日《あさって》から、××テレビにもでるのよ。それが、マゲ物なの。ぜんぜんユーウツ」みたいなことをしゃべっていた。そしたら、おふくろの大家さんが「あら、あなたみたいに、ちゃんと、お着物がきれるひとは、近ごろいないわよ」と、それこそテレビにでてくるママのような目で娘をみた。

娘は、うん、とうなずいて「近ごろの若いコったらすごいの。わたくしなんか、まねもできないわ。ほんとにかなわない。年をとるとだめね」と言った。

あとで、スモーキイに、その娘の年をきいたら、十九だということだった。目がおおきく、鼻のかたちがよくて、そこいらでザラにみかける顔とは、たしかにちがってるけど、年をとるとだめね、という言葉が皮肉に実感がある、くたびれた顔に、おれにはみえた。この娘の靴も、スモーキイはみがいてやってるそうだ。

「スモーキイは、蠅みたいだよ。すこし、くさりかかって、いたんでる肉が好きなんだ。鮮度のおちたやつがね」と八っちゃんはわらっていた。八っちゃんは、こんな言いかたがとくいだ。

若いG・Iのボーイフレンドができるまで、スモーキイを居候させていた、やはり薬大をでた女のことを、スモーキイは「茶筒をトントンたたいたようなからだだ」といった。肩や胸のあたりはうすっぺらだが、それが下のほうにいくにしたがって、がっしり、しっかり肉がつき腰から腿のあたりは、いやにたくましい感じの女だった。

去年、うちのオフィスに、ファッションモデル・タイプの、すらっときれいな、美人としかいえないような美人がいたが、八っちゃんはあんなのといっしょに寝たら、骨がささる、と軽蔑していた。もちろん、もしまちがって、そのタイピストがさそったら、八っちゃんは、大よろこびで、いっしょに寝ただろう。

「茶筒をトントンたたいたような」女は、要領がよく、アメリカ軍の金でやった実験をまとめて博士号をとった。この女には、露出趣味のようなところがあり、関係した男たちのことをわざとえげつなくしゃべるのが好きだったが、スモーキイとは、おなじベッドにねても、ぜんぜんしなかった、と言ってた。「スモーキイって、へんなコね。メンスのナプキンなんか、うれしがってとっかえたがるのに、いっぺんも、メイク・ラヴしないの。そりゃ、スモーキイには、わたしなんかより、アイリーンのほうがよっぽどむいてるわ。オッパイをしゃぶるだけなら、おおきいほうがいいしさ」

だから、おれは、スモーキイがアイリーンと寝てても、やってなかったとおもう。やっても、やらなくても、そんなことはどうだっていい。もっとも、どうでもいいことばかり、こうして書いてきてるんだが――。

スモーキイが、八っちゃんにあらわせて、乾燥させといたビーカーかなんかを、アイリーンがもっていってしまったらしい。この二人は、ガラス器具をとったり、とられたり、しょっちゅう、そんなことをやってる。だけど、近ごろは、けんかの度合が、すこしおおいようだ。

「そのくせ、いっしょに寝てるんだからな。いやんなるよ」八っちゃんもこぼしてた。アイリーンは、英語でキンキンやりだした。過去、どんな米兵たちと、アイリーンはつき合ってたかしらないが、太平洋で戦争をしてきたG・Iたちがいた終戦直後の野郎ばかりの職場でも、あんまりつかわなかったような、とんでもない英語を、アイリーンは口ばしることがあり、たいていのことは平気なおれも、あたりを見まわすような場合もあった。

スモーキイも、あまりうまくない英語で、言いかえしている。まいどのことで、みんな慣れっこになってるけど、おたがい、頭にきて、わめいてるうちに、相手のスキャンダルがでてくるので、週刊誌でもよむように、たのしんでるらしい。アイリーンとスモーキイのスキャンダルなんか、たいして興味はないだろうが、スキャンダルには、そのまた相手があるからだ。

「ママと坊やの親子げんかもいいけど、英語でやられるのは、かなわんな」といいながら、高木さんがはいってきた。「しかし、カッとなったら、英語がでるというのは、アイリーンも、スモーキイもたいしたもんだよ。あんなふうでないと、語学はうまくならない。アイリーンは、ベッドでも、夢中になると、英語をつかうかもしれんね」

高木さんは、今ごろ、自分でおもいついたみたいに、こんなことをしゃべってるけど、これは、もうカビがはえた、アイリーンの伝説だ。

去年の十二月、町の通りを八っちゃんとアイリーンがつれだってあるいてるのを、ちらっと見たので、あくる日の朝「昨夜《ゆうべ》、アイリーンと寝ただろ?」とおれはカマをかけた。

「あのとき、ほんとに英語をつかうかどうか、ためしてみたくてさ」八っちゃんは、めずらしく、テレくさそうにこたえた。「やっぱり、オール・イングリッシュだった。字幕なしのアメリカ映画みたいなもんだ。おれ、野郎のほうがいう英語もおしえてもらっちゃった。だけど、ノー・モア、サンキュー。十番相撲をとってるようなもんで、ええ、おつかれさんだよ」

テディが、よんでいたニューヨーク・タイムズの日曜版をたたきつけて、「うるさい！　だまれ！」と廊下にむかってどなったが、腰はあげなかった。

高木さんは、テニスのラケットをふるまね（あるいは手首の練習をしながら）いった。「まるで、長屋のけんかだね。中国では夫婦げんかがはじまると、おカミさんが表にでて、近所のひとたちに、自分の立場をうったえ、亭主のほうも、つまりP・Rをする、というはなしを、ぼくなんかが若いときには、よくきかされた。それだけ中国人は社会的だとか、言論をたっとぶとか、日本人にくらべて、奥さんの地位が高いとか、いろいろ解説もついてたようだ。しかし、近ごろは、ぜんぜん、そんなはなしはきかない。ふしぎなもんだね。中共になっても、夫婦げんかはかわらんとおもうけどなあ。それとも、最近、中国にいく日本人には、夫婦げんかなんか見るチャンスはないのかな」

高木さんは、むだなおしゃべりが好きなんだそうだ。むだでないはなしは、なるべくきりつめて、そのぶんだけ、むだに舌をうごかすのがたのしみだ、という。

ドアがあき、先任下士官《サージャン》が、ニヤニヤしながら、はいってくると、親指をうしろにそらして、廊下のほうをゆびさし、片目をつむった。サージャンは、おふくろさんが、1/2インデアンで、おやじさんは1/4インデアンだという。故郷《くに》のアーカンソーの田舎では、インデアンのうちにはいってるらしい。しかし、映画でみるインデアン（そのほとんどは、白人だそうだが）のようなところは、ぜんぜんなく、おれには、ふつうのアメリカ人にしかみえなかった。

インデアン殺し《キラー》といわれた保安官《シェリフ》と、サージャンのたくさんのいとこたちとのけんかのはなしは、なんどもきかされた。「日本では、アメリカの黒人問題のことが、よくニュースになってるようだが、殺したり、殺されたりのトラブルは、インデアンの場合のほうが、よっぽどおおい。インデアンにくらべたら、黒ん坊なんかおとなしいもんだ」とサージャンはいう。

サージャンは、鉛を厚く張った流しに片足をかけ、わらった。「アイリーンとスモーキイが、また、おっぱじめたもんだから、中尉《ルテナン》は、ソワソワ、部屋のなかをあるきまわってるよ。どうして、そんなにお偉方《ビッグ・シャット》がこわいのかな。とめてこい、って言いそうだったから、しらん顔をして、にげてきた。お偉方《ビッグ・シャット》が気になるんなら、中尉《ルテナン》は、自分で、あの二人のたのしいおしゃべりをとめにいきゃいいんだ」

中尉《ルテナン》は、いつも部屋にとじこもってる、口数のすくない黒人だ。気がちいさいくせに、ずうずうしい、と悪口をいう者もいるけど、ノウ、とハッキリことわればいいのに、日本人のわるいくせで、ニヤニヤ、あいまいな返事をし、いやな仕事をおっつけられたグチだろう。しかし、ケチで、あつかましいのも事実だった。

中尉《ルテナン》のオフィスには、オハイオ州立大学の生化学科を卒業したことを証明する、という卒業証書や、学士会の会員証、陸軍での技術将校の訓練コースをおえたというお免状などが、額にはまって、壁にぶらさがってる。自宅に、こんなのがかけてあるのは、見たことはあるけど、オフィスにかざっとくのは、いったい、どういう気なんだろう。

中尉《ルテナン》の奥さんは、色もあまり黒くなく、足がすらっとして、なかなかチャーミングだ。日本にきて、つづけて二人、赤ん坊をうみ、今も、お腹《なか》がおおきい。ほそいからだに見えるけど、いつかおれのそばの椅子に腰かけてるのを、上からみおろしたら、すごい厚みと、ヴォリュームのある胸だった。

スモーキイといっしょに仕事をしてるマカヴェッチが、しんぼうできなくなったのか、廊下にとびだして、スモーキイを部屋にひっぱりこんだ。

「あんな餓鬼《キッド》と、つまらない言いあい《アーギュメント》をしてる暇なんか、あたしには、ないわ。ああ、時間を無駄にしてしまった。忙しいのに……」

アイリーンは、英語でビジイ、ビジイ……となりながら廊下をあるいてる。

「アイリーンはいそがしい。いつも、いそがしい」サージャンは、また、わらった。

テディが顔をしかめる。「昨夜《ゆうべ》、九時ごろ、本をわすれたので、ここにとりにきたら、アイリーンの部屋に電灯がついていて、彼女、ドーナッツを食べながら、手紙をかいてた。そして、十二時まで仕事をしなきゃいけない、というんだ。そう、アイリーンはいそがしいよ」

サージャンが、まじめな表情になった。「一昨日、キムラに、二時間、時間外手当《オーバータイム》をつけたところが、アイリーンのやつ、さっそく、昨日、中尉《ルテナン》のところにどなりこんでね。あたしは、毎日、夜十一時か十二時ごろまではたらいてるのに、いっぺんだって、時間外手当《オーバータイム》はもらったことはない——と、れいの調子でたいへんなんだ。だから、あとで、おれは言ってやった。《アイリーン、だれでも、五時までに、その日の仕事をおわらせる義務がある。ほんとは、五時以降、命令もなく残ってることとは、禁じられてるんだ。もし、ほんとに、夜おそくまでやらなきゃ、仕事がたまっていくんなら、ドンドンためておけ。仕事がたまってこまるのは、中尉《ルテナン》か、偉いやつだ。おまえがこまる必要はない。たまりすぎて、どうにもならなきゃ、お偉い連中が、なんとか考える。そして、中尉《ルテナン》が、アイリーン、時間外勤務をしてくれ、とたのんでくれれば、まちがいなしに、そのぶんのペイはもらえるしさ、今日から、五時になったら、やりかけでもなんでも、おっぽらかしてかえってしまえ》ってね。それなのに、昨日も、夜、ウロウロしてたのか……」

サージャンは、おおげさに、あきれた表情をした。

「ビジイ、ビジイ。アイリーンは、いつもビジイ」テディはくりかえし、部屋をでていった。サージャンは、おれからレポートをうけとり、注文する薬品の名前と数をひかえて、オフィスにもどった。

「日本人は、勤勉すぎていけないんだよ。とくにアイリーンはね」高木さんは、午前中もきかした、おとくいのおしゃべりをはじめた。「なまけ者ばっかりだったら、戦争もおこらない。戦争って、しんどいもんだからさ。とうてい、なまけ者には戦争はできない。戦争に負け、こんな、あわれなことになったのも、みんな、日本人が勤勉すぎたせいだ。ねえ、きみ、こりゃ、どうしても、革命が必要だよ。なまけもの革命さ。人類の永遠の平和をねがうならば、みんな、すべからく、なまけ者になるべきだ。フルシチョフだって、ケネディだって、勤勉で、精力的で、まじめだからあぶない。ぼくは心配でたまらん。なまけ者革命をおこそう。だけど、ぼくなんかが、昼休みにテニスをしてるあいだ」高木さんはラケットをふるまねをした。「きみは、せっせと翻訳をやってたんだから、ほんとは、われわれの敵かな」高木さんはドアのほうにあるいていきながら、つづけた。「ま、こんなのん気なことがいってられるのも、稼いで、くわせてくれる奥さまや、勤勉なみなさんがたのおかげだろう」

高木さんは、ドアのところで立ちどまり、ふりかえった。「さっき、となりのアヤちゃんの部屋にいったらね。EDTAを、塩か砂糖みたいに、ごってり、山盛りにして秤《バランス》ではかってるんだよ。ほとんど毎日つかう試薬だから、五ガロン入りの蒸溜水のびんにいっぱい、一度につくっちまおうとかんがえたらしい。はかったEDTAを、五ガロン入りのガラス瓶の口からつっこみ、ジャージャー、蒸溜水をいれてたが、蒸溜水をだしっぱなしにしたまま机のところにいってね。ノートをみてたけど、《あ、ざんねん。失敗》って、もどってくると、あの大きなびんを、ヤッともちあげて、なかにはいってるのを、流し《シンク》にすててだした。ぼくは、年がいもなく、あわててさ、《おいおい、なにやってるんだ》ときいたんだよ。そしたら、《分量、まちがえたの。また、EDTAもらってこなきゃ》と、てんで育ちがいいっていうのか、生れつきナイーヴなのか、ほんとに、平気なんだよ。ぼくのおやじは、うんと金をもうけてたし、それに、なんでもはでなのがすきなうちだったから、ぼくも、ずいぶん無駄づかいはやったが、アヤちゃんが、気前よく、EDTAをすてちまうのを見たら、自分の物でもないのに、心臓がドキッとしてさ。戦後の貧乏ぐらしのせいかな。いや、もともと、ぼくには、貧乏人根性があるんだろう」

アヤちゃんというのは、去年、物理大学を出た娘《こ》だ。あだ名はチビ。まるっこく、やわらかそうに肉がついて、ちっちゃくみえるが、いつか、おれとならんだら、おれのほうが背がひくかった。ふっくらしてるので、ひくくみえたんだろう。アヤちゃんは、となりの部屋で水質検査をやっている。ＥＤＴＡ溶液はカルシウムの定量のときつかうのだ。二十五グラムで五百円ぐらいする、と高木さんはいった。

11

明日のテストの用意をする。遠心分離機にかけてるとき、沈澱管がわれた。今日は、もう、これで三度目だ。一本もわれない日が、忘れてしまってわからないくらい（おそらく二、三か月も）つづくこともある。三隣亡《さんりんぼう》という言葉があるけど、たしかに、ガラスをわったり、ケガしたり、あるいは、ひとから物をもらったり、おもいがけないひとに、何人かあったり、日によって、おなじことがかさなるような気がするのはおもしろい。おそらく、からだが疲れてるとか、気になることとかが原因だろう。運勢なんてものは、こんなことにちがいない。

だけど、もし偶然のかさなりでなければ、ガラス器具がかってにわれるのが、このおれと、いったい、どういうカンケイがあるのか？　おれの手、おれのからだからはなれ、遠心分離機のなかで、試験管がわれることまで、おれにつながりがあるのか？

催眠術になんかかかるもんか、と自信たっぷりだった、いくらかヒスぎみの、若い女の教員を、あるひとが、きれいに催眠術にかけるのを、おれは、学生のころ、みたことがある。そのひとは、そういったことが専門でもなく、たいして、関心もなさそうだった。

「すごいですね」とおれがいうと、そのひとは、「人間に催眠術をかけるのは、かんたんだよ。物はむつかしいけどね」とこたえた。

めずらしく、嘘やハッタリのないひとだったから、物に催眠術をかけたことも、事実、あったんだろう。しかし、物に催眠術をかけるというのは、どんなこと（意味）なのか？　物というものには、おれはどうもヨワイようだ。本をよんでも、物のことになると、よくわからない。

テディが「ヤキヤキヤキ……」といいながら、部屋にもどってきた。G・Iたちは、日本人どうしが、しゃべってるのを、ヤキヤキとか、ヤップリ、ヤップリとかいう。

「なんだ?」おれはたずねた。

「アイリーンとスモーキイが、まだ、やってるんだ」

「へえ、きこえないな」おれは首をまわした。

「アイリーンの部屋で、椅子をよせあい、膝をくっつけて、ロゲンカしてる。ヤキャキャキャキ……」

テディは腰をおろし、パイプにタバコをつめた。禁煙したり、葉巻をすいだしたり、それも、ふといのや、ほそいのや、黒っぽいのや……また、禁煙し、こんどは、はっかタバコをふかし、かみタバコを、ぐちゃぐちゃやってみたり……今は、パイプだ。パイプに火をつけながら、テディは「軍隊って、まったくどうしようもない」とぶつくさうなった。いつものことだ。

「そのいやな軍隊に、徴兵《ドラフト》じゃなく、志願してはいってきたんだからな」

テディは、よく、自分のこと、うちのこと、両親のことをはなす。日本にきてるG・Iは、たいてい故郷《くに》のことをしゃべるのが好きだけど、なかには、まるっきりだまってるのもいる。テディとおなじニューヨークそだちの、すごくふとったセーバーという軍曹《サージャン》をしってるけど、この男は、わりと話好きなのに、家族のことや、ニューヨークでの生活についてしゃべったのは、きいたことがない。本国におくるクリスマス・プレゼントの箱に、ニューヨークのアドレスとミセズ・ヴァージニア・セーバーという名前がかいてあったのを、見たぐらいだ。ミセズ・セーバーは、セーバー軍曹のおふくろさんなのかワイフなのかも、とうとう、わからなかった。

おなじ部屋で仕事をしながら、ひとことも口をきかないG・Iもいた。背はあまり高くないけど、ああいうのをコンパクトというのか、すごくがっしりした、かたいからだだった。なにかで、あわててはしってるとき、この男にぶつかったが、ただ、ぶつかっただけで、文字通り、おれのからだはふっとんでしまった。

この男のことをはなすと、「ああ、あのフットボール選手《プレーヤー》か」とG・Iたちはいう。フットボールしかやったことがない男だそうだ。フットボール以外のことをするのは、この研究所《ラボラトリー》がはじめてじゃないかな、とあるG・Iはわらってた。

テディといっしょに、NCO（下士官）クラブにいったとき、そのピートという名のフットボール選手《プレーヤー》にあった。ピートはバーのカウンターにいたが、かなり酔ってった。おれも、強いバーボン・ウイスキーがきいて、いい調子に酔っぱらい、ピートがおごってくれるというので、カウンターにならんだ。

ピートは、こっちが口をはさむひまがないくらい、しゃべりつづけた。ロレツもはっきりせず、それに、たぶん義歯《いれば》のせいで、言うことがわからない。フットボールをやってるとき、けとばされるか、なにかにぶつかるかして、前のほうの歯をおっちまったんだろう。

おれは、いいかげんうんざりしてきたが、ピートが研究所ではだれとも口をきいたことがないのを、ひょいとおもいだし、急に興味をもって、やつの口に耳をちかづけた。

ピートはおなじことをくりかえし、とつぜん、どんな関係かわからないひとの名前がとびこんできたりした。

「……殺された。うん、おまえは、たぶんわらうとおもうが……おれは、わらわないぜ。な、わらってないだろう? おれはわらわない。殺されたんだよ。バカみたいなもんだ。こんなふうにさ」ピートは、ごつい手でごついゲンコツをつくって、もう、いっぽうのてのひらにぶつけた。

「五フィートかな、いや六フィート……。おれは、殺されるのは、きらいなんだ。しゃくにさわる。おまえも、殺されたいか、え? この女、ラコストは……くそっ……いったい、どういうんだろう。うちにかえる途中だったのかな。うちにね。おまえの家はどこだ?……セタガヤ? そのセタガヤはシュンジュク? シブヤ? おれはしらない。かんべんしてくれ。おれのうちは……うーん、うちはない。ハハハ……、なにもない。だけど、殺されなくったって、いいだろ、え？　まだ、おまえ、子供……子供みたいなもんなんだよ。それが、どうして殺される？　どうして……おまえわらってる？　おまえ、恥かしくないのか？　おまえ……名前は？　え？　わからない。おれは、ササズモという日本人をしってる。うん、カレッジ・ボーイだ。ケイオー大学。フットボールの選手だよ。でかい……こんなにでかいやつだ。しかし、ふとっちゃいけない。殺されてもいけない。殺されたら……殺されたやつは死んじまって、ほかのやつは、泣いたり、おこったり、おまえみたいにわらったりする。だから、おれ、フォークス、いや……ロビショウド……うらん、だれでもかまわない、注意したんだ。殺すなよ。殺すんじゃないぞ。テイキリジ……テイキリジ。あいつらが、おれのいうことをきくとおもうか？　故郷《くに》でも、おんなじことがあった。そして、判事が……あの判事、なんて名前だったかな？　メリディス……マリアン……ホーバン……。やっぱり、これだ。バン！」

ピートは、また、大きなゲンコツをつくって、てのひらにたたきつけた。交通事故かなんかのはなしらしい。自動車事故で死ぬときも、殺される、という言いかたをする。しかし、したしいひとが死んだんでもなさそうだ。過去に、身近な者が、自動車事故で死んだことはあったかもしれないが、たぶん新聞で、交通事故の記事でもよんだんだろう。

「ブリッケンリッジ……あいつ、学校にかえるんだってさ。あいつが、学校に、ハハハ……。おまえ、元気か、こっちはオーケー、夏から学校にかえる……って手紙にかいてあった。うん、だから、殺されちゃだめだ。殺されちゃいけない。おれたちは、ガキのときから、あれをしちゃいけない、これをしちゃいけない、とうるさくいわれてきた。大人の言うことをきいて、あれも、これもしなかったら、子供は大きくならないよ。あれも、ノウ。これは、するな。ふん！　だけど、だれも、殺されちゃいけないとは注意しない。これが、いっとうだいじなことなのに。あれも、これも、あるもんか……。殺されるな。ベトナムでも、おれは、いってやった。殺されるなよ。ハリーにジューンに、マイクに……あのベトナム人のガール……。自殺したら、教会でしかられるだろ？　それだって、おんなじだとおもう。おれは、そうおもう。殺されるのは、いけないことなんだ。むこうからきて、こっちからいって、バン！　おまえ、殺されたことがあるか？　殺されるのを、みたことがあるか？　ない？　戦争は？　戦争にいった？　どこに？　チャイナか……。戦争にいったけど、戦争はなかったって？　ハハハ……いい男だ。うん、いい男だ。そうだろ？　ね、殺されちゃいけない。殺されちゃ損？　おまえ、おまえ……ぜんぜん、わかってないんだな。殺されるのは、いけないことなんだよ。損や得はカンケイない。Just that's not right (to) be killed. わかる？　殺されるのは損だなんて……おまえは、わるいやつだ。人殺しだよ。おれも殺した。だから、殺されちゃいけない。殺すのと、殺されるのと、どっちがいけないか、なんて、かってなおしゃべりをきいてると、ゲロがでる。いいか、わるいかの問題じゃないよ。殺されちゃだめだ。それを、おまえ、この女は……責任がないんだよ。責任なんて、でかい口をきくみたいだけど、ゲームをするときだって、責任はある。責任は、おまえ、原因ってことなんだよ。生きてて、人間だろ？　おれたちは、気がついたら、生きてて、人間だ。だから、おまえ、殺されないことは、おれたちの責任なんだよ。メイズも、クレーンも……。な、ぜったい、殺されちゃいけない。おまえも、殺されちゃいけない。おれは、みんなにいうんだが、みんなきいてないし、おまえみたいに笑うやつもいる。わかったか、え？」

そのあくる朝、ピートと研究所の部屋で顔をあわせたので、おれは「やあ」と声をかけたが、ピートは返事もせず、むこうにいってしまった。そのうち、ピートの姿がみえなくなったので、テディにきくと、病院の精神科にはいり、本国におくりかえされた、といった。

昨日、テディは、連邦政府の職員の資格試験みたいなものをうけに、座間の司令部にいった。「連邦政府の職員って、なんになる気だ?」とたずねたら、「国立公園につとめたいな」とテディはこたえた。まじめな顔だった。

だが、今日は、「やっぱり、大学にもどることにしよう」といってる。テディは、大学の経済学部をでた。経済学史の勉強がしたいそうだ。三、四日前は、「けっきょく、ニューヨークでつとめることになるさ」とわらっていた。大学をでて、軍隊にはいるまで、繊維関係の会社の宣伝課みたいなところにいたらしいが、もとの会社にもどる気はないという。

そのほか、学校の先生になるとか、貿易商社にいきたいとか、南部の大学にはいるとか、ヨーロッパにいくとか、三日おきぐらいに、プランがかわる。だが、日本にもどってくることはないだろう、と前からいってた。「日本は、あんまり、いろんなことがちがいすぎる。ヨーロッパなら、まだいいけど……」

大学にもどるとか、はいるとかいっても、そんなにカンタンにいくのか? 日本では、入学試験がたいへんだけど——と、いつか、おれがいったら、れいの調子で、ニューヨークだって、おんなじさ、とテディはこたえた。

「ニューヨークの市立大学《シティ・ユニヴァーシティ》は、とっても、はいるのがむつかしい。おれも試験をうけたけど、おっこっちまった。そのかわり、入学できたら、なんでもタダなんだ」

ともかく、テディは、軍隊をでたあとの、就職や、大学にはいることなどは、あんまり心配していない。これは、ほかのG・Iたちもおんなじだ。

だけど、テディはきっと、陸軍《アーミィ》にもどってくる、と先任下士官《サージャン》はいってる。「おれも、戦争中、年をごまかして、まだハイスクールにもいかないうちに海軍にはいり、もう、軍隊になんかくるもんかとおもって、復員したけど、故郷《くに》にかえっても、友だちがいないんだよ。前は、うんと友だちがいた。しかし、三年もはなれてたら、もう、だれも友だちがいない。さみしくなってね。たった半年、故郷《くに》にいただけで、陸軍《アーミィ》に志願しちまった。テディだっておんなじさ。かならず、軍隊にかえってくる。賭けてもいい」

賭けてもいい、という言葉は、日本語の首をやる、とおんなじで、やたらにつかわれる言いかただけど、サージャンは、ほんとに、賭けてもいいような口ぶりだった。おれも賭けてもいいとおもった。テディが、また、志願して、兵隊さんになるとはかんがえられなかったからだ。

ヴィールス部のカイル軍曹が、テディのところに、タバコをたかりにきた。カイル軍曹は、日本人の女と結婚することになっていたが、その女ににげられちまった。カイル軍曹が買ってやった花嫁支度をもって、文字通り消えてしまったのだ。まだ、十

五、六にしか見えない小娘だった。カイル軍曹は四十ぐらいらしいがおじいさんに見え、禿げるというより、頭ぜんたいの毛がぬけ、ピンク色の地肌がでている。いつも湯上りみたいな、ふやけた顔の軍曹《サージャン》だ。

カイル軍曹と結婚するという女の子にあったとき、おれは、いったい、どういう気なんだろう、とおもい、女の子にだいぶ同情した。

洗い場の八っちゃんのはなしだと、花嫁さんには男がいたという。「だったら、軍曹《サージャン》におしえてやりゃよかったじゃないか」おれは、こんどは、カイル軍曹に同情した。

「じょうだんじゃない」八っちゃんはわらってた。「おたくだって、それがわかってたら、注意してやったかい?」

カイル軍曹は、もう三度も、日本にきてるそうだ。朝鮮戦争のときは、食品検査部にいて、闇取引軍曹といえば、有名だったらしい。今では、闇取引のはなしはきかない。一日中、なんにもせず、下の者にも上役にも、けっこういい人間だとおもわれてる軍曹《サージャン》だ。きっと、ほんとに、いいひとなんだろう。

カイル軍曹のことを「今日中にしなくちゃいけないことは、かならず、明日以後にすることにしてる」軍曹《サージャン》だ、とだれかがいった。平和なときの理想的なサージャンだ。

パイプをすってるから、タバコはない、とテディはいったが、カイル軍曹は、のんびりはなしこんでる。

おれは、かえる支度をしておいて、むかいの部屋にいった。ここは、血清中の蛋白にむすびついたヨードの定量分析をやっている、いわゆるＰＢＩの部屋だ、われわれの生化学部におくられてくる検体のうちでは、これが、いちばん数がおおい。甲状腺の系統の病気にかかると、このＰＢＩがおかしな値になるらしい。もと、おれがやってた仕事だ。今は、浜がしている。

浜は、去年の春、ある有名大学の経済学部を卒業した。この研究所につとめながらで、卒業するまでに七年かかったという。その前に、やはりはたらいて、夜間の高校をでている。こんどは、昼間の学部だ。浜は背が高く、ととのった顔だちで、体格もいい。職場対抗の野球の試合などには、かならずひっぱりだされる。口数はすくないが、なにかの交渉などでしゃべらせれば、ちゃんとしたことをいう。駐留軍につとめてる日本人の男は、中性的で、はでな服装をして、女の子みたいな噂ばなしが好きなのがおおいけど、浜が、ひとの悪口をいったのはきいたことがない。どんな人間でも、ふつうの気持でいれば、わる口はとびだしてくるものだ。浜だっておんなじだろう。浜は、いったたから、ひとの前では、わる口はいうまい、と決心したにちがいない。

ん決心したことはやる男だ。決心したとおり、つらくても、やりとおすのが、浜にはたのしみなのかもしれない。そういった人間もいることを、おれは話にはきいていた。浜は、机の上をキチンとかたづけ、経済新聞をひろげていた。おれの顔をみると、ピースをすすめ、浜はいった。

「友だちに、この××の株を買うようにすすめたら、だいぶあがりましてね。よろこんでるだろうなあ。ぼくも買いたかったけど、度胸がなくてね。自分が買いもしないくせに、ひとにすすめるというのは、卑怯な態度かもしれない。だけど、これはうまくいきました。売る時期もおしえてあるんだけど、こうあがったんじゃ、また、しらべなおさないけないかな」浜はわらった。

大学を卒業する前、浜は、ちゃんとした日本の会社につとめようか、どうしようかと、だいぶ考えたらしい。就職試験も、いくつかうけてみたそうだ。「しかし、やめました」と浜はいった。「なにしろ、うんと年をくってて、女房も子供もいるんだし、安い初任給ではやっていけませんからね。こんなところで、なまじっかな月給をとってるのがいけないんです。それに、ぼくは、やっぱり、サラリーマンはむかないとおもう。じっくり考えて、自分で、なにかちいさな仕事をするつもりです」

事業をやるには、資本がいるんじゃないのか、とおれがたずねると――。

「ええ、女房の兄きが金はだしてくれるとはいってるけど、兄きには、今までも世話になってるんだし、どうしても、自分の資本がほしい。ただ、どうやって、その資本をつくるのかが、問題でね」

ともかく、大学を卒業し、ホッとしただろう、みたいなことをおれがいったとき、浜は、こんな返事をした。

「時間の余裕はできましたよ。小説なんかよんだことはなかったけど、最近は、新聞の小説をよむんです。おもしろいなあ。ぼくのしらないことが書いてあってね。いろいろ、勉強になります」

浜には、模範青年、というニックネームがついている。律義で、チョロチョロ要領がいい態度をしないところなど、このオールド・ファッションなあだ名は、ぴったりのような気がする。このあだ名をつけたのは、アイリーンだ。アイリーンは浜がきらいだった。

努力家で、親切で、誠実で、よく勉強もし、仕事はモリモリやり、スポーツも得意で、からだも顔つきも、人なみ以上の青年といえば、メロドラマでしかお目にかかれない人物みたいだが、事実、浜みたいな男がいる。しかし、メロドラマでは、こういった男は、ヒロインのおやじさんには好かれるが、ヒロイン自身には、たいていきらわれる。いろんな欠点はあっても、心がやさしく、すべてを犠牲にし、たとえ悪魔に身をうっても、自分を愛してくれるひとと、最後には、ヒロインはむすばれるのだ。わたしと結婚するためには、悪魔とでも取引きするか、とせまられ、模範青年は、スゴスゴ、ひきさがらなきゃいけない。

部屋にもどり、建物の裏に、ゴミ罐をあけにいく。それから蒸溜水をつくる装置をとめ、遠心分離機のコードをひきぬいて、机の引き出しから、訳した原稿と本と万年筆をだす。電灯のスイッチをひねったテディは、自分の席にもどってきて、まん前の棚に画鋲でとめてあるカレンダーの今日のところを、黒いクレヨン鉛筆で、丹念にぬりつぶした。これで、故郷《くに》にかえり、除隊する日が、また一日ちかくなったというわけだ。テディは、兵舎《バラック》のほうにもカレンダーをもっていて、寝る前に、赤いクレヨン鉛筆で×印をつけている。どこの軍隊や刑務所でも、おなじみのシーンだろう。

「Good night.」

「See you tomorrow.」

テディとわかれ、日本人従業員のロッカー・ルームがあるほうにいく。廊下で、サムライにあった。ポニイ・テイルがサムライのチョンマゲみたいだというので、G・Iたちがつけたあだ名だ。去年、薬科大学をでて、今は、動物医学部にいる。ちっちゃくて、おしゃべりで、G・Iたちには人気があった。

サムライは、三毛の子猫をだいていた。おれの前までくると、両手で、その猫をもちあげ「かわいいでしょう」といった。うん、どうしたんだ？　とおれがきくと、「明日、殺すの」とサムライはこたえ、頬ずりした。

前にうちにいた猫が、五匹、子猫をうんだことがある。その子猫を、親猫が、図体のおおきな野良猫がねらい、つぎつぎに殺してしまったが「死んだ子猫を、親猫が、うちの裏にくわえてきてたべてる」ととなりの肉屋の奥さんが文句をいってきた。

となりは肉屋さんだから、鶏を殺すことがある。鶏の首のところを、庖丁でザクッとやり、それをなん羽もいっしょに、足をゆわえて、ぶらさげてるのを、いつか、おれは見た。バタバタ、あばれると、それだけ、血がでるのがはやいんだそうだ。羽と血をコンクリートの床にまきちらし、白い膜のかぶさった目で、鶏がもがいてるのは、声がでないだけに、よけい残酷なような気がした。

その肉屋の奥さんが、おたくの親猫が子猫のはらわたをしゃぶってるのを見た時は、胸がムカムカして、ごはんも喉にとおらなかった。注意してくれ、といってきたのだ。

「へえ、そうですか……」とおれはこたえたが、死んだ子猫の血でもなめてたんだろう、とカカアにはなした。鶏をあんなことをしながら、なにが、ごはんも喉にとおらないだ、とおれはおもっていた。

そのあくる日は土曜で、二日酔で寝ていると、三つだった下の娘が「パパ、パパ、チコ（猫の名前）が、おかしな、きたないのくわえてる」と大きな声でさわぐので、すこしシャクにさわりながら、おれは、庭にでた。猫が口からぶらさげてるものに目の焦点があったとたん、おれは、足がすくんでしまった。血だらけの子猫の頭のほうをくわえていたのだ。子猫の背中の皮と足のほうはついていたけど、内臓は、はんぶんぐらいなくなっている。背中の皮と足だけが、だらんとさがってる恰好は、ほんとに、ひどいものだった。おれは、下の娘を、うちのなかにおいこみ、カカアをよんだ。うろたえた声をだしたらしく、カカアはとんできたが、猫を見て、にげていった。しかし、子猫の死骸を庭にうめたのは、カカアだった。おれは、二日酔のせいもあって、昼すぎまで、あげていた。こんな時には、弱虫のほうがあつかましい。

そのことを、研究所にきてはなすと、「子猫をころしたのは、オールド・マン（おやじ）かもしれんな」とあるG・Iがいった。

あとになって、おれは、子猫の死骸が（そして、それを親猫がくわえてたことも）三つだった下の娘の目には、ただ「きたないの」としか見えなかったことをよろこんだ。そのころ、ちょうど、ロス・マクドナルドの作品を訳してたので、ミステリーでハードボイルドといわれるもののことをかんがえたりした。

ついせんだって、やはり下の娘（今は、六つになっている）と近所の男の子が、庭に穴をほってるので、どうするのか、ときいたら、「子猫をうめるの」という。

どこかの男の子が、溝につっこんだとかで、毛がびっしょり濡れ、軒の下でうごけないでいたけど、うまれて間がないらしいその子猫は、まだ生きていた。

カカアがボロ布でつつんでやると、一日ぐらいで、その子猫はあるきだした。すると、うちで飼う、と下の娘がいう。「捨ててこい」とおれはどなったが、泣かれて、とうとう、飼うことになった。カカアが、反対したら、もちろん、捨てられていただろう。

12

ロッカー・ルームは、いつもとおんなじだ。これは、たぶん、このおれが、いつもとおんなじだからだろう。

あきっぽくて、根気がないのは、おれの性質の大きな特徴で（ちいさいとき、おふくろは、よく、意志がよわい、といった）、だから、勤め先や、寝泊りするところなどは、みんながあきれるほど、よくかわった。

そんなふうだと、やはりふらふらしてるやつらとしかつき合わず、それが、つまり友人になったわけだが、そういった友人のひとりが、わりと近所にすんでいる。その男に、三日、四日前にあったとき、「今のつとめは、もう五年になる」といってた。ガールフレンドもしょっちゅうかわってたけど、今の奥さんとは、六年はすんでいる。

「平和なもんだなあ。おたがい、バテてきたんだよ」とその男はわらっていた。

おれも、うごきまわるのは、自分でおどろくほどすくなくなったが、いいかげんなのはかわらない。いいかげんなやつが見ると、なんでもいいかげんにみえる。いいかげんに見えるから、いいかげんだ、という理屈もなりたつかもしれない。なさけないが、おれはいいかげんな男だ。偽悪的なポーズではなく、ほんとに、そうおもってる。おれなんかとちがい、いいかげんでない人たちが、ちゃんといるからだ。浜なんかも、そのひとりだろう。カカアも、欠点はうんとあり、おれの目からみれば、ずいぶんひんねじれた根性をもってるみたいだけど、けっしていいかげんじゃない。いいかげんでないひとはすくないが、くりかえすけど、この世のなかに生きている。

だけど、おれはいいかげんだから、どうしようもない。どうしようもない、なんてことを言ってないで、いいかげんでなくなる努力をすればいいんだけど、それはしない。もともと、いいかげんだから、できないんだろう。

ほんの一、二分の差だが、おなじ顔が、おなじ時間に、ロッカー・ルームにはいってくる。

「やあ、いつもはやいな」

「くるのがおそいから、せめて、かえるときぐらいはやくしないとね」

冗談もおんなじだ。

おれのうしろにロッカーがある男は、もう、キチンとネクタイをしめ、背広をきていた。そして、ロッカー・ルームのなかでグズグズしている。べつに、だれかをまってるわけではない。しばらくだまって立っていて、本部の建物にいき、ひとが碁かマージャンをするのを見てるのだ。この男は、碁もマージャンもしない。

「仕事がおわって、すぐ、うちにかえることは、とくべつの用がないかぎり、ありませんねえ。うちにいても、なにもすることはないし……」

まだ若そうにみえるけど、小学校五年と二年の男の子がいるそうだ。

腰にタオルをまき、「ごめんなさい」とシャワーからでてくる病理部の医者。この医者は、シャワーのなかで、旧制高校時代の寮歌をうなる。

三年前に結婚した、やせたからだじゅう、まっ黒な毛がはえた細菌部の男は、部屋をうつるとか、こんど引越したところはとか、そんなはなしばかりだ。つまり、そのはなしをきいている、きまった相手もある。

おれはタイムをはかってるようにおおいそぎで着がえをすまし（はやく出たって、さむいプラットホームで、電車がくるのをまってるだけなのに）ロッカー・ルームの外にでた。すると、泉のおばさんがおいかけてきて、おれと腕をくんだ。どこかのアメリカ人の奥さんにでも、お古をもらったのか、いやに毛がブカブカしたオーバーをきている。泉のおばさんは、日本人でも背がひくいほうだが、よくこんなちいさいのがあったもんだ。あ、子供のオーバーか……。

泉のおばさんは、黒人の白いのぐらい色が黒く、いやにつやのいいほっぺたをしている。よくふとってるが、おれと組んだ腕はかたい。年は三十から四十のあいだだろう。実験動物の飼育室ではたらいている。

泉のおばさんとおなじときに、おれは、この研究所にはいり、病院に身体検査をうけにいったときもいっしょだった。はだかでいるところに、泉のおばさんがはいってきて、すこしよわったのをおぼえてる。

はじめ、おれが洗い場で、ガラス器具をあらってるとき、一日おきぐらいに、泉のおばさんはおしゃべりにきた。

やはり、まだ洗い場にいたころ、金がいることがあって、八っちゃんに相談したら、月一割の利子で貸してくれた。そのあと、泉のおばさんとあい「あんたなら、だいじょうぶね」と肩をたたかれたけど、なんのことだかわからなかった。八っちゃんから借りたのは、もともと、泉のおばさんの金だった。「こんどからは、直接、あたしにいってよ」泉のおばさんは、おれの腕をにぎり、わらった。泉のおばさんはしゃべりにくるたびに、おれのからだにさわった。ひとりでくらしてるそうで、まだ、ヴァージンだという説もあった。熟れすぎた巴旦杏《はたんきょう》みたいな頰のあたりだけを見てると、いやにみずみずしく感じることもあり、おれはきみがわるかった。

いつだったか、とても、そうぞうしい月給日があった。八っちゃんなんかは、洗い場には、ぜんぜんいなくて、廊下をはしりまわり、研究所の一階から四階まで、エレベーターにのるのももどかしそうに、階段をあがったり、さがったり、あちこちの部屋に首をつっこんでいた。

仕事熱心なアイリーンも、顔をあかくして、あるきまわり、スモーキイは、おばちゃん連中のところで、泣き声をだしていた。

獣医部のおとなしい獣医さんまで、なにか興奮した声でしゃべっている。いったいなにごとなのかとおもいながら、こっちにはカンケイなさそうなので、おれはおもしろがって、みていた。

ふだん、あまり口をきいたことがないおれの部屋にまで、スモーキイはきて「Nさん、いないか？」ときいた。

Nさんは東京工大を出たひとで、四十ちかくだが、まだ独身だった。元海軍中将の息子だそうで、ひとがよく、つまりだらしなくて、酒をのむと、よけいだらしなくなる。

月給日なのに、Nさんが借金をはらわないので、スモーキイはさがしてるらしいけど、みんな、バタバタうごきまわってるのは、ぜんぶ、Nさんのせいだとはおもえない。

そのうち、高木さんが、れいによっておしゃべりにきたので、たずねると、「ほんとに、しらないのかい？　かんしん、かんしん」といった。

月給袋をとりにいくのは午前中の十時ごろだが、そのさわぎは、仕事がおわったあとまでつづき、研究所のよこの芝生に、帰り支度をした連中が、二人、三人かたまり、そのあいだを、八っちゃんなんかが、はしるように、いったりきたりしていた。

アイリーンは、大きな冷蔵庫（もちろん、仕事用のものだけど、このなかには、いつも、ジュースや牛乳、果物、ソーセージやハムなどを、うんといれていた）のよこの机に、うつぶして泣いてたようだった。アイリーンが泣くなんて、ほんとにめずらしい。

あくる日、高木さんは、ニヤニヤしながら、説明してくれた。「泉のおばさんが、急に、研究所をやめることになってね。それについても、おもしろいはなしがあるんだが……ともかく、今まで貸した金を、元金、利息そろえて、昨日の月給日にもどしてくれ、といいだしたらしい。すこし、むりなはなしのようだが、利息を割引きするから、なんて言ったんじゃないかな。それに、泉のおばさんは、あれで、お偉方《ビッグ・シャット》には、なかなか顔がきくので、みんな、そういったこともこわかったんだろう。借金した連中は、金はもどしたいが、ぜんぶかえしてしまったんでは、月給があといくらものこらないので、こまる。そこで、泉のおばさんから借りてた連中は、ほかの金貸しのところにたのみにいったってわけさ。うちの八っちゃんや、微生物部の松本のじいさんのところにね。ところが、八っちゃんや、松本のじいさんは、ひとに金を貸すどころじゃなかった。八っちゃんや松本のじいさんが、今まで貸してた金は、ほとんど、泉のおばさんのポケットからでてたんだよ。はっきりしたことは、ぼくもしらないが、月八分か七分ぐらいの利息で、泉のおばさんから金を借り、月一割で、ほかの連中にまわしてたってわけさ。八っちゃんや松本のじいさんにしてみれば、約束どおりの一割の利息をつけて、元金をかえしてもらい、緊急割引の利息で、泉のおばさんにもどせば、コミッションがグッとおおきくなる。しかし、八っちゃんなんかから借りた金は、もとは泉のおばさんのものだってことを、今ではしらない者はない。それに、ほとんど、泉のおばさんからも直接借りている。つまり、二重にかりてるわけさ。だから、八っちゃんや松本のじいさんをぬきにして、泉のおばさんに直接交渉して、利子をまけさせようとする者もでてきたり、それをきいて、八っちゃんたちがおこったり……まったく、てんやわんやでね。ほんとに、おもしろかった。金をかりてるうちで、ランキングをつければ、もちろん、NくんがNO1だ。金を貸しそうな者からは、かたっぱしから借りていた。八っちゃん、松本のじいさん、アイリーン、ヴィールス部の英坊に洋ちゃん、ぼくなんかはしらない病院の看護婦さん、サムライからも借りてるんだよ。ところが、傑作なのは、泉のおばさんだけは貸してないんだ。Nくんが借金した金のはんぶん、いや、へたをすると七、八〇%ぐらいが泉のおばさんのポッポからでてるのに、泉のおばさん自身は、一円も貸していない。きみ、けっして、デタラメじゃないよ。はずかしいはなしだが、そういうことをきいたので、泉のおばさんのところに、たしかめにいったんだ。ぼくも、ひまなんだなあ。泉のおばさんは、Nくんと顔をあわすたびに、金を貸してくれ、とせがまれたらしい。だけど、あんなあぶないひとには貸せませんよねえ、といってた。Nくんは、頭からことわられ、おまけに、ずいぶんひどいことをいわれても、ちっともおこらない。そして、また、ニコニコしながら、金を貸してくれ、という。生れつき、人間ができてるんだな。よくできた、りっぱな人物は、ぼくみたいに、わるびれたり、コソコソしたりするところがない。やっぱり、えらいひとの息子はちがう。きみもしってるだろうが、Nくんのお父さんは海軍中将で、それも戦争中に量産された——といっても、中将となると、やはりすくなかったが——海軍中将じゃなくて、戦前のれっきとした、しかも造船中将なんだ。造船には、大将はない。兵隊さんでえらかっただけでなく、日本の造船学の権威でね。ぼくも、学生時代、大学で講演をきいたことがあるけど、ほんとに、なんていうか、自分の学説、考えを、ちゃんともったひとみたいだった。その息子だから、やっぱり、われわれ俗人の子とはちがうんだな。だいいち、おっとりとして、ナイーヴで、ずうずうしく……。だけど、どうして、みんな、金を借りるんだろう？　Nくんみたいに、月給をつかってしまってないから借りるのはわかるよ。だけど、借金してる連中は、わりに金をためてるんだ。藤田さんだって、山下くんだって、銀行にそうとうな預金があるという。かりに、定期であずけたとして、年に五分五厘の利息だ。そうやって、コツコツ、ためてる者が、月に——年じゃないよ——一割の利息で金を借りるというのは、いったい、きみ、どういうことなんだい？ ぼくはケチだから、とうてい、そんなまねはできない。いや、ぼくの計算では、たいへんな損みたいだけど、あれだけがっちりしてる連中が、得にならないことをするわけがない。とすれば、ぼくの損得計算は、ユークリッドの幾何学のように、せいぜい中学ぐらいまでしか通用しない古典的なものかもしれない。ともかく、泉のおばさんのひと言で、この研究所ではたらいてる日本人のはんぶんぐらいが(元金に約束の利息をそえて、キチンと、借りたひとにかえした者はべつだけど)みんな期日をのばしてもらう泣きおとしや、利息を値切る相談や、一円も損をせず、しかも、あんまり文句がでないように金をかえす交渉などで、はしりまわってたというわけさ。借りて貸した連中になると、もっとややこしい。元金はもちろん、なるべく利子をうんととって、なるべくすくなく、なるべくやすい利息で泉のおばさんにもどしたい。なかには、日一割で借りて、二割の約束で、Nくんに金を貸した者もいるそうだ。アイリーンは、スモーキイにだいぶ借りてるらしい。そのスモーキイは、泉のおばさんや、そのほか、小うるさいばばあ連中にチョコチョコかりている。

おたくに全額もどしたら、ほかに借りてるひとたちには、ぜんぜんかえせない、と居なおっちまう者もいる。そうなれば、貸したほうであつまって協定しなくてはいけない。

　おもしろいのは、あちこちから、いちばんたくさん借りてるNくんが、いちばんこまったかというと、そうじゃないんだ。いや、Nくんがこまってくれなかったので、ほかの連中は大困りってわけでね。Nくんは、こういった非常時に、すごいヒットをやった。自分の月給袋は、労管の女の子から、はやばやともらい、その女の子に借りた金だけをかえして、そっくりポケットのなかにいれると、アイリーンのサラリーのほとんど全額、四万円をせしめ、消えちまった。正確にいえば、ヒット・エンド・ランだな。アイリーンは、そうでなくても、Nくんに貸した金はうんとあり、とれずにこりてたのに、もらった月給ぜんぶを、よく貸したもんだとおもうけど、なにかで、だれかに、金をみせるだけだから、二時までちょっと貸してくれ、なんてことで、Nくんはもっていってしまったらしい。これも、アイリーンから、直接きいたことだからまちがいないよ。しかし、二時になっても、三時、四時になっても、Nくんは消えっぱなし……。アイリーンに貸しがあるスモーキイは、れいの調子で、ギャアギャアさわぎ、金を借りてたおばさん連中のところを、グチってまわったというわけさ、Nくんが、アイリーンから四万円ふんだくるところを見てた者が何人かいてね、午後の二時までかしてくれたら、五分の利子、つまり二千円だす、とNくんがいったことは、だいたい、ほんとらしい。だけど、そのあとのはなしは、まちまちでね。デマというものの研究には、もってこいの材料だとおもうが、金をうけとると、じゃ、とNくんは手をふり、長い足でドンドンいっちまったって目撃談から《今夜おごるよ》というのや《今夜はつきあうぜ》《今までの義理はかえす》といったのまで、いろいろでね。《アイリーンが惚れた男は、アメリカ人でもニホン人でも、みんな、かなしいほどヒョロヒョロやせて背が高く、色が青いのばかりだった。そういったタイプが、ベッドの上ではタフなのを、アイリーンは豊富な経験から知ってるのか、それとも、初恋の、そして、たぶん、アイリーンがいっしょにお寝んねしなかった、ただ一人の相手が、そんな男性だったためか、ともかく、いたましくやせっこけ、もやしのようにほそくて、漂白剤が効きすぎたみたいなNくんにたいしては、だいぶお熱をあげていた。だから、これまでの義理は果す、といわれ、ボッとなったんだろう》と解説をする者もあって、いや、にぎやかなもんだ」高木さんは、さもたのしそうに、はなしてくれた。

泉のおばさんが、急に、研究所をやめるというので、こんなさわぎになったんだが、おばさんはやめず、今でもつとめている。

Nさんは、それからしばらくして、自己退職した。半年ほど前、ちょっとした用があって、朝はやく、新宿の西口をあるいてたら、Nさんにあった。もとから、服装はかまわないひとだったけど、まるっきり浮浪者のような恰好で、それに、道ばたにでも寝たのか、ズボンが泥だらけだった。どこかの会社の研究所の嘱託をしていて、徹夜で実験をやり、今かえるところだ、とNさんはいった。

先々週、小説をかいてメシをくってる友人につれられて、そういった仲間があつまる飲屋にいったとき、ごく簡単な装置で、ステレオやラジオの音がすばらしくよくなる方法を発明したという男のことが、はなしにでた。その友人は、モダン・ジャズではいくらか権威みたいなことになっており、レコードの解説なども、あちこちに書いているが、たいへんな発明だ、とほめていた。ほかにも、それを知ってるひとがいて、酒をのみながら、だいぶおしゃべりがはずんだ。だけど、その装置というのは、どこかにちいさい板きれか厚紙をはさむだけだそうで、おれには、とても本気にできなかった。そのうち、発明した男が、また変っていて、と友人がはなしだし、なんだか、おれの記憶にあるひとみたいな気がしていたら、Nさんのことだとわかった。

四階の実験動物飼育室の前をとおったとき、泉のおばさんに腕をつかまれ、むりやり、部屋のなかにひっぱりこまれたことがある。泉のおばさんは、猿の餌のバナナとオレンジをごちそうしてくれた。オレンジはカルフォルニア産で、とてもおいしかった。いいかげんおしゃべりをして、かえりかけると、ならんで腰かけてた泉のおばさんが、とつぜん、からだをおしつけてきた。おれの胸にはんぶんかくれた、熟れすぎた巴旦杏みたいな頬はおぼえてるが（それも、あとからの合成イメージかもしれない）ほかの記憶はない。たぶん、あわてて、にげだしたんだろう。

それからしばらくして、泉のおばさんが急にやめるといいだしたのは、病理部の部長のゴールドバーグ中佐と、実験動物飼育室でメイク・ラブしてるところを見られたためだという噂をきいた。

ゴールドバーグ中佐は（はなしにはきいてたけど、アメリカ軍のお医者さんには、ほんとに、ユダヤ人がおおい）からだの大きな、いつもニコニコしてるひとで、酒もタバコものまず、えらい博士だということだった。日本の孤児院なんかにも、よく寄付し、やはりドクターの、ちゃんとした、やさしい（そうにおれには見えた）奥さんに、女の子が二人いた。

すこし気むずかしい所長より、アメリカ人のあいだでも、日本人の仲間でも評判がよく、unusual なひとだというドクターもいた。めったにいない、りっぱなひとだ、とほめたのだ。

そのゴールドバーグ中佐が、だれも相手にしない金貸しの泉のおばさんと……とだいぶ噂になった。だから、おれの耳にもはいったのだ。こういった場合に、ほとんど、きたないことのほうを信用するわれわれの仲間だが、このときは、まさか、と本気にしない者のほうがおおかった。でも、おれは、なぜか、事実のようにおもえた。ただし、事実だろうと、なかろうと、おれにはなんの関係もない。いや、それからは、泉のおばさんの、熟れすぎた巴旦杏みたいな色の頬が気にならなくなったから、そういった意味では、すこし関係はあった。

ゴールドバーグ中佐がいいひとで、りっぱな学者だということも、おれにとっては、すこしもかわりはない。泉のおばさんとのことがほんとなら、ゴールドバーグ中佐自身には、それもなにか関係があったかもしれないし、なかったかもしれないが、おれにはカンケイないことだ。

今では、泉のおばさんにからだをさわられても、腕をくまれても、おれは、だいたい平気だ。しかし、いっしょに駅にいくのは、こまる。電車がプラットホームにはいってくると、泉のおばさんは、ひとをおしのけて、なかにとびこみ、おれの席までとってくれるからだ。

13

研究所の前の芝生をよこぎり、病院の建物のなかにはいる。門《ゲート》のほうからいえば、研究所は病院の裏にあるのだ。泉のおばさんの靴音がひびくので、おれは、よけい音をさせないようにあるいた。今は三月で、まだ寒いから、かえりは、病院の廊下をぬけていく。しかし、朝くるときは、たいてい、もっと寒いのに、病院の建物のなかはとおらない。寒いから、ということでは、一〇〇%の証明にはならないようだ。では、なぜ……?　朝くるときは、ずっと、外をあるいてきたので、そのまま、外の道や芝生を……。逆にかえるときには、朝から建物のなかにいたため、しぜん、屋根と壁のあるところを……。いくら、理由らしいものをならべたところで、本人がニヤニヤしてるんだからなんにもならない。なにをするのにも理由があるとおもってた時期には、おれも、今みたいではなく、理由のある行為をしてたんだろうか?

パジャマの上から、ダーク・ブルーのローブをきて、素足に、キャンバスのスリッパをはいた入院患者のG・Iが、はるかうしろのほうからくる、やせて、しわのおおい黒髪《ブルネット》の女のために、ドアをあけ、のんびり待っている。女に、ドアをあけてやるというのは、なかなかうまくいかないものだ。だいいち、このG・Iみたいに、ゆっくり待ってるということは、おれには、はずかしくてできない。一歩、おれのほうがさきにドアのところについたとき、あけてやるぐらいのことは、おれにもできるようになったが、逆に、すこしおくれてるとき、前にとびだして、ドアをあけるのも、はずかしい。日本人の男のなかにも、スモーキイみたいに、なかなかうまいのがいて、うらやましくなるけど、まねするのは、やはりおっくうで、だから、なるべく、ドアのあたりで女といっしょにならないように、だいぶ遠くのほうから、歩くスピードをかげんすることにしている。

仕事がおわってかえる時間だし、また、ここの食堂で食事をするアメリカ人には夕食の時間でもあるので、病院の廊下は、わりににぎやかだ。大尉の襟章をつけた、メキシコ系の看護婦が、すれちがうとき、片目をつむった。この女とは、いつのまにか、顔をあわせれば、冗談をいうようになった。名前はおぼえていない。

食堂のところにくる。まだティーン・エイジらしいWAC（女の兵隊さん）が四人、テーブルをかこんで、さかんにおしゃべりをしながら、たべていた。いつもの風景だ。黒人だけのグループ。テディは、もう、シヴィリアン・クロース（平服）に着がえ、皿をもって、ならんでいる。朝から晩までブルースをうなってるムーアが、たったひとり、廊下にちかいテーブルにいて、おれの顔をみると、手をふり、白い歯をみせた。なんだか、いやに黒い顔がひかってる。

食堂の前の告知板。火事の注意。行事の予定。孤児院への寄付の呼びかけ。司令部の劇場でハムレットをやるらしい。ジュードー・クラブの会員募集。今夜の映画。人の名前と日付の数字がタイプでうってある、なにかわからない紙。クラブのお知らせ——水曜日の晩はビンゴ、楽団《バンド》がかわったようだ。週末のスペシャル・ディナーのメニュー。十二日夜二〇・〇〇時から、NCOクラブで、××軍曹のサヨナラ・パーティ。

泉のおばさんとわかれ、おれは図書室にいった。図書係の久原純子さんは、ちょうど、オーバーをきていた。今日は五時までの勤務なんだろう。おれは、借りていたノンフィクションをかえし、純子さんといっしょに、図書室をでた。もちろん、G・Iたちのための図書室で、日本人は借りられないことになってるが、おれは、一度も文句をいわれたことはなかった。研究所にも病院にも、べつにりっぱな図書館があり、専門書がおいてある。ここは、つまり、エンターテインメントのための図書室だ。

純子さんのお父さんは、もとは技術屋で、会社の重役をしてるそうだ。三人兄妹のいちばん上のお兄さんは、お医者さんで、今は、ニューヨークの有名な病院のレジデント、つぎのお兄ちゃんは、イリノイ工科大学に留学してるという。純子さんは、K大の英文科を、去年卒業して、英語の会話の勉強のつもりで、つとめだしたらしい。そのうち、アメリカに留学することに、きまってるようだった。

「でも、わたしは、どこかの大学にはいって、マスター・コースをとるなんて、いやだな」と純子さんはいう。「兄きたちは、それぞれ、具体的なことをしてるから、言葉は不自由でも、どうにかやっていけるとおもうの。でも、わたしの場合は、どうしても、講義をきいて、本をよむってことになるでしょ。英語には、そんなに自信ないし、だいいち、マスター・コースなんてむりじゃないかしら。わたし、それより、はたらきたいの。どうせ、わたしなんかは、お嫁入り前に、アメリカ見物にいくていどなんだし、だったら、アメリカの女のひとや男のひとたちといっしょにはたらきたいわ。そのほうが、実生活をあじわえるんじゃない？　でも、わたし、なんにもできないから……食堂のお皿洗いかウエイトレスぐらいしか職はないかな。兄きたちとちがって、お勉強はきらいだけど、わたし、すごくヤジ馬根性的なファイトがあるのよ」

G・Iたちとはなしてる純子さんの英語は近ごろ、ずいぶんスムーズになった。ものおじしないで、ハキハキしゃべるほうだから、うんとうまくなるかもしれない。

パーマなしの髪を、純子さんは肩にながしてる。その髪が、すごく黒い。白人たちのなかにいるため、とくべつ、そう感じるのか……。目も鼻も口も、かたちよく、きちんと配置された秀才の顔だが、なにもかも、ちっちゃい。上からだと、よけい人形みたいにみえる頭、まっすぐたてた、ほそい首、いかにもうすい肩……。純子さんのことを十二ぐらいか、ときいたG・Iがいた。大学を卒業していて、おまえなんかより年は上だ、とおれはこたえたが、そのG・Iは、なかなか本気にしなかった。

十九世紀末に、アメリカのマサチューセッツ州でおこった殺人事件のことをしらべに、図書室によったとき、おれは、はじめて、純子さんの顔をみた。純子さんは、司令部の図書館に電話して、その事件のことをかいた本を、わざわざとりよせたり、とても親切にしてくれた。なぜ、そんなことを（つまらないことを、という顔だった）しらべるのか、とたずねるので、翻訳をやっていて、その事件がでてきたんだ、とこたえると、純子さんは、まあ、ホンヤク、と目をおおきくした。ナイーヴなおれは（とくに、ウヌボレることでは）、胸がふくらむような気がし、それから、純子さんとおしゃべりをするようになった。

純子さん自身の言葉によると、近ごろは、S・Fにイカれちまってるんだそうだ。

「サイエンス・フィクションなんて、せいぜい、小学生か中学の男の子がよむもんだ、とわたしもおもってたの。だいいち、科学空想小説っていう日本語がよくないわ。なんだか、幼稚っぽくてさ。それに、うちの図書館でも、S・Fを借りにくる兵隊たちは、そういっちゃなんだけど、年がわかくて、単純《シンプル》そうな、あんまりおりこうに見えないひとがおおいでしょ。わたし、てんでバカにしてたの。ところが、レイ・ブラッドベリイの短編集をよんで、びっくりしちゃった。ぜんぜんおセンチなんだけど、それがなんていうか、宇宙的なおセンチさなのね。恋人とわかれたとか、親しいお友だちが死んだとか、海をみてたら、なぜかしらないけど、しぜんに涙がでてきたとか、そういったのでない、もっとほかのおセンチさがあるの。つまり、おセンチの可能性を、S・Fっていうかたちをかり、イマジネーションを触角にして、さぐっていくというわけなのよ」

だれでも言ってることだけど、純子さんは、それを知ってるんだろうか？　それとも、ひとが書いたり、しゃべったりしたことを、自分がかんがえたことみたいにおもいこんでるのか？　最近は、あうたびに、おれはおなじことをきかされ、S・Fをよむことをすすめられている。ほんとに自分がおもいついたことでも、他人の受売りでも、純子さんの言葉には熱がある。年をとってくると、たいていさめてしまう、若いときだけの熱かもしれない。だけど、なんどおなじことをきかされても、おれは、べつにうんざりもしなかった。熱をもったしゃべりかたが、つまり、耳にこころよいんだろう。それは、純子さんそのものが好きなせいでもある。

「日本の小説っていえば」純子さんは、今日も元気がいい。「男と女のことばっかり。そりゃ、わたしだって、レンアイなんてことには関心があるわ。だけど、関心があってもなくても、レンアイをするときはするし、赤ちゃんをうむ行為をして、赤ちゃんをうんでいく。そのついでに、結婚したり……。だれでもやることだわ。それを、男女間の現代のモラルをするどく追求し、なんて、わらっちゃう。男と女のことが、なにがモラルなのよ。モラルっていうのは、学科でわけたら、哲学でとりあげることでしょ。生理学のお勉強に、モラルはカンケイないわ。それから、あいかわらず、いいひと、わるいひと。みんな、子供のとき、そんな紙芝居やテレビをみせられたもんだから、大人になっても、正義の味方――みたいなのが好きなのかしら？ 日本人って、いいこと、わるいことっていうのが好きね。真善美なんて言葉はふるくさいとおもうけど、みんな、それなんですもの。いいか、わるいかのつぎは、真実か真実でないか、事実とか真実とかっていうのは強いのよ。真実というものは、はたしてあるのか、ないのか、あるとすればひとつか、それとも、そんな普遍的なものでなく、特殊に、具体的に、個々にあるものなのか。しかし、はたして、そういった真実が真実といえるのか。それから、美ときちゃう。美っていうものも、わたし、哲学のうちにはいるんだとおもってたら、医学の方面にも関係があるらしいのね。美ということを研究するためには、老人医学かなんかやらなきゃいけないらしいわ。あとは、心理学的にいえばなんでもない、不安なような気持だとか、はずかしい気持なんかを、くどくど、ひねくりまわしてさ。わたしにも、不安なような気持のほうが、はっきり不安なときよりも、おちつかないみたいで、やりきれないような気持がした経験があるわ。それに、はずかしいときは、ほんとに目の前のものが、まっ黒にみえたり、まっ赤にみえたりし、生理的にも、おかしなふうになっちまうけど、まっ赤やまっ黒にみえるだけで、目の前が、ほんとに、まっ赤や、まっ黒になってしまうのとはちがうでしょ。いつか、カフカの《変身》をおもしろいとおっしゃったわね？　あの作品のいいところは、虫みたいな気持になったんじゃなくて、ほんとに虫になってしまったところだとおもうな。レンアイ小説だって、いろいろ、おもしろいのができるんじゃないかしら。たとえば、お人形に恋をするはなしはたくさんあるけど、みんな恋をしてる――たいてい男性ね――人間のことしかかいてないでしょう。こんどは、お人形のほうから見ていくの。そしたら、人間の恋、レンアイそのものについて考えることができるんじゃない？　湯島の天神様の境内をトーキョー・タワーにおきかえ、芸者さんをステュワーデスにしてみたって、つまんないわ。真善美なんてヒモは、ぜんぜんつかないこと……わたしたちの考えや、からだが、足もとからひっくりかえるみたいな、なにか、とんでもないギャグでもいいとおもうの。たとえば、未来からの侵略だと気がついたときには、戦争がはじまってて、しかも、現在は戦場にされてるだけで、過去と未来の大決戦なんてのもおもしろいわ。だけど、社会批評や文明批評はつまんない。それよか、ぜんぜんナンセンスな、意味のないギャグのほうがましね。でなかったら、直接、言葉で説明できない、真善美の上にある存在そのものについての比喩だとか……。日本の小説には、どうして、まるっきりナンセンスなものがないのかしら？　でも、そういった気持がないかっていうと、ほら、行きだおれで死んだ自分の死骸をひきとりにいった男が、抱かれてるおれはおれだが、抱いているおれは、いったいだれだろうっていう落語なんかあるでしょ」

はなしてるうちに病院の本館の正面玄関にきたが、運わるく、ラッパがなりだした。本館の前にたっている星条旗と日の丸の旗をおろす時間にぶつかったのだ。

入口のガラス戸の外に、院長や副院長など、えらい人たちが四人ばかり立っている。日の丸は日本人の警備員、星条旗は当番のＧ・Ｉがおろすんだが、そのむこう側に、正装したＧ・Ｉたちが、三十人ほどならんでいた。レコードのラッパの音が、スピーカーから調子よくながれる。ラッパがなってるあいだは、建物の外にいる者は、車をとめ、気ヲツケ《アテンション》の姿勢で、旗のほうをむいてなきゃいけない。

前から、国旗のあげおろしはあったけど、時間がくれば、日本人の警備員《ガード》と当番のG・Iが、さっさとおろすだけで、今みたいに、ラッパのレコードの音をながし、儀式のようなことはしなかった。こんどの院長になって、はじまったのだ。院長の名前はキングという。これなんか、いいギャグだろ、とおれは純子さんにいった。外にでるわけにはいかず、入口のホールの隅の柱に、ならんで、よりかかってたのだ。純子さんは顔をしかめた。「そういう、意味のおもしろさをねらったジョークはいやなのよ。意味のない――ノン意味《センス》のギャグでなきゃ、興味ないの。たとえば、院長の名前はフラッグさんだったとか……」

レコードの音がやみ、院長たちはなかにはいってきた。いれかわりに外にでる。われわれの、ななめ前を、黒いハイヒールをはいた、栗色の髪のWAC（女の兵隊さん）がバス・ストップのほうにあるいている。なかなかスタイルがよく、ヒップのふり方も、テレビや映画をみて、だいぶ練習したらしい。マーチをしながら、兵舎にかえっていくG・Iたちが、ちらちら、横目でみている。WACは軍服のときは、ハイヒールはいけないはずなんだが……。ちゃんと、意識したあるきかただ。そんなことを考えながら、ひょいと、よこをむくと、純子さんが、おれの顔をみあげていた。

純子さんは、ちいさなくちびるをうごかし、また、しゃべりだした。「わたし、昨夜《ゆうべ》、すごくみじかいショート・ショートをかんがえたの。だから、ロング・ロングって題にしようかしら。今まで、いさましいことをおしゃべりしてきたあとなので、はずかしいけど……。S・Fのマンネリズムの見本みたいなものよ。こんなの——

産科の病棟に、たったひとり男の患者がいた。ほかに病室がなかったからなんてことじゃなく、どうしても、産科でなきゃいけない患者なの。いい？　そこで行をかえて——

産科の病棟に、たったひとり女の患者がいた。これが、最後の女の患者だった。

どう？　わかる？　あら、ホンヤクをやってるのに、こんなかんたんなストーリイもわからないの？　はじめの男の患者は、男が妊娠するようになった。その男のひとをスタートに、それからあとは、男が妊娠するようになった。つまり第一号だったのよ。S・Fファンなら、すぐ、ピンとくるストーリイだわ。自分では、わりにイカすとおもってるの。でも、うちのパパや、あなたに赤ちゃんができ、お腹がおおきくなったら……」

純子さんは、とつぜん、真赤になった。首のうしろのほうまで、赤くなっている。まったく、みごとな赤くなりようだ。肌で感ずるように、そのイメージが目の前にうかんできたんだろう。純子さんのいいかたをすれば、まことに、女性的、非S・F的な反応のように、おれはおもったりした。

パスをみせて、門《ゲート》をでる。何年か前までは、アメリカの警察映画のシーンみたいに、警備員《ガード》が、いちいち、からだにさわって、しらべたものだった。門《ゲート》風景は、駐留軍《チュウグン》勤めの象徴のようなもんだな、といった男がいた。戦時中、勤労動員でいった海軍工廠の門でも、おなじだった。今でも、カバンなどをもってると、あけてみせろ、という。そして、ときどき、ほかの施設から、顔見知りでない警備員《ガード》がきて、しらべる。門《ゲート》のそばに警備員《ガード》小屋がある。外来者は、ここの窓口で臨時のパスをもらわなきゃいけない。窓口には、昼間は、通訳のおじさんがいるが、すごく融通がきかないという評判だ。顔だけでも（おれには、顔つきしかわからないけど）、マンガみたいに、そういったタイプにみえる。

いつだったか、この近くの団地にすんでる友人の奥さんがたずねてきて、プンプンおこっていた。友人も奥さんも出版社につとめてるが、なんどか別居し、今は、また、いっしょにいる。

「受付のあのおじさん、まったく失礼だわ。あなたとの関係は、なんてしつこいったらないの。お友だちだ、って言ったら、どういうお友だち、とこうなのよ。ほんとに、いやになっちゃった。面会の紙きれ一枚くれるのに、二十分もかかるんですもの。あたし、時計をみて時間をはかってたの」

友人の奥さんの腹をたてキラキラひかる茶っぽい目をみているうちに、オレはおかしくなった。

「あのおじさんには、それしかたのしみがないんだから、かんべんしてやれよ」

「わたし、そんなふうに、たのしまれたくないわ。だいたい、男って、たのしむことばかり考えてるんじゃないかしら。わたしたち女だって、男みたいにたのしみたいわ。でも、まだ、たのしむような余裕はないのが、現実なのよ。それを、自分かってに、ひとの迷惑もかんがえずにたのしまれたんじゃかなわないわ」友人の奥さんは本気になって、腹をたてていた。

門《ゲート》をでて、左にまがったところに、いつもの大工さんが立って、ガリ版ですった紙を、わたしていた。この大工さんは、病院の営繕《メイントナンス》につとめているひとで、年は五十すぎだろう。背がひくく、ちいさな目をしている。施設のなかでは、組合活動は禁じられてるから、門《ゲート》を一歩でた公道でビラをくばってるわけだ。たいてい、朝一時間ぐらいはやくきて、出勤してくる者に組合のビラをわたしている。からだがほそく、背もひくくて、目がちいさい。おとなしい顔つきで、われわれの部屋の棚をなおしにきたときにおしゃべりをしたが、はなしかたもおだやかだった。こんなことをいってたように、おれは記憶している。「司令部の日本人の労務担当のウィリアムズ中佐は、交渉のときなんか、とてもずるいって、評判がわるい人だが、個人的には、そりゃいいひとでね。あたしは、お宅の修理にもいったことがあるんだけど、こっちが、つい忘れちまって、約束をすっぽかすようなことがあっても、むこうは、ちゃんと約束をまもってる。ああいうのがバカ正直っていうんでしょう。たとえ、十円玉が道におちてても、クルマにのって、交番までとどけるようなひとなんです。ところが、交渉のときになると、嘘なんかも、平気でつく。あれだけ正直なひとなんだから、自分でいいかげんなことを言ってりゃ、わかるはずです。お宅でのことを、あたしゃ知ってるから、ふしぎね。奥さんもいいひとなんですよ。だいいちいばらないし、お金にはきれいだし……。うんと給料をとってても、ケチケチしたのはいます。それが交渉のときは……、自分個人のことなら譲歩もするし、損をしたってかまわないが、軍のため、アメリカの国のため、アメリカの納税者のためってんで、ハリキッちゃうんでしょう。自分は、みんなから信頼され、この仕事をまかせられてる、だから、つまり、ベストをつくさなきゃいけない、ってわけらしい。日本の調達庁のお役人にも、そういったひとがいます。東大かどこかでたのかしらないけど、まだ若いのに頭がよくて、しゃべることはうまいし、てんでずるいんです。ところが、個人的にあってみると、なかなか、その……りっぱな考えをもったひとで、きいてみると、選挙の時は、あたしたちとおんなじように、革新に投票している。映画や芝居の役者ならいいですよ。たとえば、悪役をもらったら、せいぜい、わるいやつにみせるように、努力するってのは、あたりまえのことでしょう。だけど、あたしたちは、役者じゃねえんだからね。そこんところが、あたしには、よくわからない。いや、うちの組合にも、そういったことで、わからないひとがいるんですよ。だから、あたしみたいな者には、せいぜいビラくばりぐらいしかできません」

研究所が、こちらに引越してきたときから、この大工さんは、門《ゲート》をでたところで、ビラをくばっている。冬の朝、ひとより一時間はやくきて、道につったってるのは、おれなんかには、まちがってもできないことだ。毎日ではないけど、月のうちはんぶんぐらい、この大工さんから、ビラをもらうこともある。病院と研究所のなかでは、この大工さんひとりだけが、組合の仕事をやってるみたいに、おれには見えたりした。それにしても、どうして、こんなに、おなじようなはなしばかりきかせられるんだろう?

それとはべつに、あのときの大工さんのしゃべりかたを、おれはおぼえてる。東京の下町で生れたとかで、近ごろは寄席ぐらいでしかきけない言葉だった。きっと、おしゃべりも、じょうずなんだろう。

門《ゲート》から百五十メートルばかりいくと、ななめに、コンクリートの道路が横ぎっている。このあたりには、米軍の施設があちこちにあるので、そのかえりの軍人や軍属の車が、今ごろの時間はおおい。それに、砂利トラックも、よく見かけた。この道のことを、土地のひとたちは、行幸道路とよんでいる。昔、年に一度、陸軍士官学校の卒業式のいきかえりに、天皇陛下が、この道をとおったのだ。今では、ぜんぜんつかってないH駅の南側のプラットホームから、陸軍士官学校のあいだの、当時にしては広い、しかも舗装した道だった。だけど、ほんとに、陛下の車がとおるところだけ舗装してあり、H駅をでたところなんかは、その道路からわかれて、H町にはいる道は、今でもせせっこましい、土の道だ。べつにふりむかなくても、陛下の目には、それがみえただろう。ゴマかしてます、ということを見せつけてるようなもんだ。うまくだまされるのが、ひとの上にたつひと、兄きぶんや上役や帝王のエチケットかもしれないけど、これじゃ、うまくどころか、頭からだまされてるつもりでないと腹がたつにちがいない。もっとも、おれには、ぜんぜん縁のないことだ。その縁のないことばかり気になって、ほんとに、自分自身に関係した、だいじなことはかんがえられないというのは、なさけない。

門《ゲート》からきた道と行幸道路との交叉点には、もとは停止信号はなかった。ここに、H駅行のバス停がある。二年ほど前まで、おれは、このバスにのっていた。そのころのことだが、かえりのバスを待っていると、小学校の女の子が二人（大きくも、ちいさくもみえなかった）行幸道路を横ぎろうとし、H駅の反対のほうからやってきた、うしろに荷台がついた小型車にはねられた。いやにスピードをだしてるな、とおもったのをおぼえてる。つづいて、急ブレーキをかけるかん高い音がして……車が女の子たちをはねたところは、おれはみていない。おそらく、目をつむってしまったんだろう。二人の女の子は、まっすぐ上をむき、道路にあおむけになっていた。両手を、きちんとのばし、気をつけの姿勢のまま、ころがってるようだった。道路の方向にたいして、平行にねていたから、そんなふうに見えたのかもしれない。表情がわかるほどではなかったが、はねた車のほかは、おれがいちばん近くで、あきらかに、おれに関係のあることだった。しかし、おれは、つっ立ったきり、足をうごかせなかった。

もう十年前ぐらいになるけど、おれは、福井のちかくのある町にいった。その町の名前はわすれたが、日本でも、いちばん古い天守閣の跡がのこってるということだった。なんのために、そんな町をうろついてたのかも、おぼえていない。しかし、見物にいったんではないことは、たしかだ。ともかく、その町の通りを、レールみたいな、長い鉄の棒（たぶん、レールだろう）を十人ばかりでかついであるいてた。そのひとたちのよこをとおり、いきすぎたとき、ヨイショと、肩からおろすかけ声がし、と同時に、悲鳴がきこえた。悲鳴という言葉は適当ではないかもしれない。きこえたとたんに、たいへんなことがおき、この声をだした者は、もうたすからない、とわかるような悲鳴だった。あとで、しったことだけど、レール（だろう）をかついでたなかに、ひとり、肩がちがってた者がいて、一、二の三で、ほかの者が、肩からほおったとき、つまり、レールがその男の肩か首にぶつかり、即死したらしい。

そのひとたちを、とおりこすか、こさないかというときにおこったわけだが、おれはふりかえりもせず（ふりかえることもできず）あるきつづけた。たしか、下駄をはいてたとおもう。おれがあるいていくほうからは、子供や、若い男、若い女などが、どんどんはしってきた。それから、すこし年をとった男、おかみさん、じいさん、ばあさん、みんなはしってた。おれは、一町か二町いって、ふりかえった。道路のわきに人がむらがり、もちろん、悲鳴をあげた者は見えなかった。そのとき、おれは、みんな、なんて残酷なんだろう、とおもった。ひどいめにあったひとを、はしって、見物にいくなんて……。おれ以外の者は、みんな、おれとは反対に、血をみにかけていった。事故なんかがおきたとき、おれひとり現場からにげだし、逆に、ほかのひとたちは、現場にかけつけた、という経験は、子供のときから、なんどかしている。子供のころは、にげだす自分がはずかしかった（友だちのてまえもあっただろう）。しかし、大人になってからは、おれだけは血にうえたヤジ馬根性がないんだな、とウヌボレたりした。

殺人の動機も、じゅうぶんすぎるほどあり、またチャンスももっていた（逆に、殺人がおこなわれたときのアリバイもはっきりしない）男が、てっきり自分を犯人だとおもいこむ（イージイなてをつかえば、一時的な記憶喪失とか……）。しかしいろいろ、しらべていくうちに、真犯人のところにたどりつく。だが、まだ、相手が真犯人だという確信はない。感づかれたとおもった相手は、その男を殺そうとする。その前に、相手をやっつけるチャンスはあったが、とうとう、相手を殺すことができず、逆にころされてしまう。だけど、それで、その男は、自分が犯人ではなかったことを知る。どうしても、ひとは殺せない、つまり、殺人にたいしてはインポテンツだとわかったからだ——というようなストーリイを、おれは、いつか尊敬する小説家のKさんにはなした。推理小説という名前のものがはやりだしたころだったとおもう。

Kさんは、腕をくんできいてたが、どうしても、ひとが殺せない人間ってあるものなのかなあ、といった。そして、女と寝るようなもので、なれてくると、なれるもんだろう、とKさんは言いたした。Kさんは、頭だけで考えてしゃべるひとではないし、おれには、実感のある言葉のようにおもえ、すぐ、そんな気がした（Kさんが好きだからにちがいない）。

おれは、おそらく、自分の手で、人間を殺したことはあるまい。おれみたいな弱虫にとって、すごく運がよかったと考えている。しかし、人殺しを、自分とはちがった、とくべつの人間だと考えたりするのは、やはりまちがいのようだ。牛や豚は殺したことがないけど、牛や豚は、いつも食ってる。牛や豚と人間はいっしょにはならない、ということを、われわれは、ちいさいときからおそわってきた、だけど、それは、われわれが人間だから、という説明のほかは、いったいどこがちがうのか、おれには、どうしてもわからない。

なんだか、おぎょうぎよく寝てるみたいな二人の女の子を見てるだけで、おれは、ただ、つっ立っていた。目の前でおこった自動車事故のショックで、筋肉も脳も、ぼんやり動きがマヒしてしまったのとはちがう。いろんなことを、みじかいあいだに考えたのをおぼえている。助けにいかなきゃいけない。おれがいちばんそばだ。しかし、おれがいって、助けることができるのか？　ともかく、こういったときは、とびだしていくのがあたりまえだろう。だけど、だきあげたとき、おれの腕のなかで、肉がくずれ、白い骨がでたりしたら……。ここからは、血はみえないが……。

そんなことを、からだはうごかさず、おもってるうちに、よこの菓子屋から、堂城さんがとびだし、すこし、おくれて、福田のおやじがついていった。二人とも、おれとおなじバスにのるひとたちだ。菓子屋で、アンパンでも買ってたんだろう。

堂城さんが、てまえのほうの女の子のそばに膝をつき、だきあげたときは、福田のおやじは、まだ、はんぶんぐらいのところをはしってた。二人は、女の子たちをかかえ、バックしてきた小型車の荷台にあがった。小型車は左にハンドルをきり、病院のほうにはしりだした。おれは、やがてきたバスにのった。

堂城さんは研究所の細菌部にいるひとで、そのころは、おなじ電車、バスでかよっていたから、毎日、顔をあわせてたが、強引にわりこんで電車の席をとったり、新しく職場にはいった者にたかって飲むという評判もある、顔つきからあつかましそうな男だった。

福田のおやじは、左手に、大きな指輪をしていた。色が黒く、やせていて、目だけがおおきい。力をつかうような仕事はやったことがなさそうなからだつきだ。しかし、だったら、なにをしてたんだろう？

堂城さんと福田のおやじは、戦争末期に、おなじ太平洋の島にいたらしい。H駅で、朝、バスをまってるときに、そんなはなしがでて、わかったのだ。おれも、そばにいた。堂城さんは、その島のなかのあちこちの地名をならべてたが、福田のおやじは、自分がいた場所の名前しかしらなかった。

福田のおやじは、海軍の召集兵で二等水兵。堂城さんは陸軍伍長だったという。おれがつきあってきた連中には、いいかげんなのがおおいから、たとえば、本人が中尉といえば伍長、伍長といえば、上等兵ぐらいに割引きしたほうが、まちがいないようだ。しかし、福田のおやじの二等水兵は、これ以下はないんだし、堂城さんの陸軍伍長も、おれは、ほんとだとおもう。そんな感じがあったのだ。

中支の湖北省と湖南省のさかいあたりで終戦になったおれは、その後、アメーバ赤痢にかかって、部隊をはなれ、翌年の春ごろ、武昌にたどりついた。武昌の病院には、おれがどこからきたかしってる者もなさそうだったので、おれは、二等兵の一つ星の襟章をちぎり、ゴミ捨場に、もっと位が上の襟章をさがしにいった。ゴミ捨場には、軍服や背嚢などもすててあった。さがしてるうちに、伍長の襟章がついた、わりにい い、破れてない軍服がでてきた。で、おれは、今までの軍服をぬいで、それを着た。しかし、鏡にうつったおれの顔は、どうヒイキ目にみても、伍長の襟章には似合わなかったので、おれは、また、ゴミ捨場にいき、上等兵の襟章がついたのをさがして、伍長の服はぬいで、すてた。上等兵の服のほうが、だいぶボロだった。

そして、鏡をみたとき、おやじの顔とそっくりなのに、すこしびっくりしたことも記憶にある。頰がこけ、髭がながくなってたためだろう。おやじはやせてたほうだが、おれは子供のときからふとっていた。また、鏡というものをみたのも、ひさしぶりのことだったにちがいない。

福田のおやじは、太平洋のその島で、米軍の捕虜になったという。「あのおやじ、モタモタしてるからだ。うちの班の兵隊だったら、ブチ殺してやる」堂城さんは、福田のおやじがいないと、いつも、そのことのわる口をいった。おそらく、何十ぺんもきかされただろう。軽蔑してるだけでなく、堂城さんはおこっていた。

堂城さんと福田のおやじが事故にあった女の子二人をだきかかえて、車でいってしまったあと、バスにのり、吊革をにぎったら、手がふるえてきた。そのころになり、手がふるえだしたなんて、みっともないはなしだ。

14

バスの停留所から、O駅の前まで、今では、道の両側に、ほとんど空地はない。洋服屋、パン屋、八百屋、ペンキの材料店、食料品屋……窓に金網をはり、いやにこまかく部屋をくぎった家。ずっとしめきったままだったが、半月ほど前から、××税務事務所という札がぶらさがっている。はげたペンキのあとなんかからみて、もとは、米兵相手のパンパン屋だろう。

O駅は、私鉄の二つの線がいっしょになるところで、最近つくりなおしたプラットホームは、嘔もひろく、長い。しかし、駅の建物は小屋ていどだ。便所のにおいもひどい。

かえりの電車をまっているプラットホームは、朝おりたときとは、まるでちがってみえる。しかし、プラットホームをあるいてる人間は、方向が逆になってるだけで、たいしてかわりはあるまい。着てる物はおんなじだし、朝はおこったような顔だが、かえりはニコニコしてるということもない。

七、八年前の冬の寒い夕方、おれは銭湯にいった。風がふいていて、道をあるいてるひとも、みんなさむそうだった。銭湯をでて、ぶらぶら、かえってきてたおれは、道をあるいてる人たちを、けっして寒そうには見ていないことに気がつき、おおげさにいえば、ショックみたいなものを感じた。

　女の子の背中に、ぴったりくっついて、ホームにたっているアメリカ人の高校生。寒いせいばかりではあるまい。夏でも、これとおなじように、たてにかさなり、電車をまっている。女の子のほうが、頭ひとつ背がひくいので、すこし前かがみになった男の子のからだに、すっぽりはまりこんでるみたいな恰好だ。この二人がしゃべってた記憶はない。着てるものの色も、はなし声もにぎやかな、ほかのアメリカ人の高校生のグループ。病院の本部ではたらいてるらしい、古くなったアグファカラー映画の画面みたいな化粧をした、ブロンドのおばちゃん。おばちゃんといっても、おれと、おなじ年ぐらいかもしれない。一目見て二世とわかるような二世の男たちが、いつものように新聞をもって、いつもの場所にたっている。司令部につとめてる二世たちは、蝶ネクタイなんかをしめ、いやにキチンとした服装だ。顔の色は褐色にちかく、たいてい頑丈そうなからだつきで、顔の凹凸がすくない。チャンバラ映画にでてくるお殿様みたいな顔つきの日系米人は、あまりないようだ。

　一年ほど前から見かけるようになった海軍士官。司令部で、連絡将校なんかをやってるんだろう。階級はわからない。ぎょうぎょうしい帽子、軍装だ。色が青く、ひょろ長くて、動作がにぶそうな男だが、電車の席をとるのがうまい。

左側のプラットホームに小田原線の電車がはいる。この電車は、あまり混んでないし、また降りる乗客もたくさんいるので、ホームで待ってる何人か、何十人かは、とくべつの日や夏の海水浴シーズンをのぞいては、腰かけることができた。泉のおばさんや、この海軍士官が席がとれなかったということは、ほとんどあるまい。逆に、乗客がおりないうちから、ダッシュしたつもりでも、腰をおろせない者もいる。たとえば、おれなんかそうだ。この電車は、すぐドアがしまり、うごきだす。だが、プラットホームのはしから五百メートルぐらいのところでストップし、左側のホームに江の島線の電車がはいると、のろのろバックして、前に連結し、いっしょになる。車内に立ってる者がチラホラいるときはいいけど、おれひとりのときなどは（たびたび、そういうことがあるんだが）、どうもカッコわるく、おれみたいな男でもテレくさい。だから、窓の外をみるか、本をよむかするんだけど、かえりの電車では、活字が、うまく目にはいらない。また電車が一時停止するところが、陸橋の下で窓のすぐ外には、コンクリートの壁があるだけだ。江の島線の電車がおくれたときなど、五分も十分もまたされることがある。肩からさげたバッグから、本をだし、いいかげんに頁をめくり、またバッグにしまい、コンクリートの壁にかいてある意味のわからない数字を、なんどもよみなおし……だけど、いつものことなので、そんなには腹がたたない。電車がバックして、ガチャン、と江の島線の電車とくっつき、反対側の左のドアがあく。このドアからはいってくる者は、みんな、おれとおなじように立つわけだ。江の島線からくる電車は混んでいて、おれなんかは、まちがっても席はとれない。それでも、二、三人は、たいてい、腰をおろす。その二、三人は、ほとんどおなじ顔だ。

しかし、小田原線のほうはダッシュしなくても、席があいてることがあり、つい、ダッシュしてしまう。

二度目に電車がうごきだすと、おれは、外を見ていたドアによりかかり、車輛《ハコ》のなかをながめる。電車がはしりはじめると、なぜか席をとりそこねた間のわるさがなくなるのだ。

翻訳をはじめたころ、訳文をなおしてくれた、戦前から翻訳者としては有名なNさんが「じっと、ながめる、というのはよくないな。ながめるとは、遠くのほうか、それとも、いくらかぼんやり見てる状態のことだよ。じっとならばみつめるか、見るでいいじゃないか……」といった。もっともな意見のようだったので、おれは、つくづくながめたり、じっとながめたりするのは、訳文ではやらないことにした。だけど、おれ自身は、そういうことが、よくあるようだ。

　たとえば、この場合でも、おれの目は、じっと視線をうごかさず、そんなに遠くにないもの（たいてい人間だが）をみている。しかし、見られたものと、見ているおれのあいだには、近づけない距離や、透明だがこせない壁があるみたいで……。いや、なぜ、そんなにみつめてるんだか、自分でわからないといったほうが、ほんとかもしれない。それとも、目の焦点を、どこかに固定し、それをつっぱりのようにして、頭のなかのモヤモヤしたものにさわってるのか？　いやいや、ただ、酔っぱらいみたいに、なにかに目をすえ、ぼんやりしてるんだろう。

　週刊誌をやりとりしてる男たち。レース編をしながら、しゃべってる女。お菓子みたいに、きれいにドレス・アップした女の子。そのとなりにいる女は、目がおおきく、足のそろえかたがうまい。日本人の女では、こんなに声がひくいのもめずらしい。いつだったか「うちの男たちは、みんな大きなことばかりしゃべるのが好きなの」とこの女がいってた。父親や兄弟のことらしい。たのしそうな口ぶりだったが、となりの女の子は、お菓子の表情のまま、前をむいて、腰をおろしていた。わらった顔も、見たことがない。しかし、なにかのパーティで、見かけたとき、ケーキのデコレーションのいちごみたいな口がほころんでいた。この二人は、レース編もビーズ編もせず、週刊誌もよまない。

中世の貴婦人のように、ウェーヴのない髪をうしろでまいた女。日本にも、こんなヘア・スタイルはあった。象牙みたいに、つめたく、なめらかで、不透明な肌をしている。これでも、きれば血がでる人だろうか？　顔のはんぶんぐらいが目にみえるほど、大きな目。われわれのようにひくくもなく、白人みたいに長すぎも、高すぎもしない鼻。たとえ貧民窟で生れても、この鼻は東洋の貴婦人の鼻だ。いつも、シンプルな色の服をきてるが、黒の系統がおおい。ビジネスライクな服装だけど、シックさをねらってるにちがいない。しかし《お勤めにきてくるものにシックだなんてバカみたい。シックでも、ドレッシイでもスポーティでもない、これは秘書のユニホームよ》ぐらいのことは、スカしていいそうな女だ。バストが百パーセント、自分のものかどうかしらないけど、ほそいウエストはごまかせないし、ヒップや足のほうは、もうしぶんない。年は三十五、六。もしかしたら四十すぎかもしれない。こんな女は、ばばあになるまでは、年をくうほど、きれいになる。美しくみせる芸ができてこないと、こんなぐあいにはいかないらしい。となりの恰幅のいいシビリアンがはなしかけるのを、ときどき、うなずき、ひくい声で、なにかこたえている。この女が日本語をつかったのはきいたことがないが、けっして、日系米人ではあるまい。また、日本人以外の東洋人でもなかろう。とすれば、日本人ってことになる。それこそ賭けたっていい。しかし、くどいようだけど、この女が日本人だろうとホッテントットだろうと、また、おれが、暇つぶしに想像したような女だろうとなかろうと、おれにはカンケイない。賭けをして負ければ、金をはらうが、ほんとはどんな女かなんてこととは、べつなはなしだ。

むりにつめこんで腰をおろしてるので、一列に、二人や三人は、ピアノの黒鍵みたいにうきあがった恰好の者がいた。食品検査室の村山が八っちゃんと泉のおばさんのあいだでせりだし、ごつい洋書をよんでいる。村山は、電車のなかでは、かならず洋書をよむ。仕事に関係した本もあるが、シェークスピア、サッカレー、モーム、ヘミングウェイ……たいてい日本で有名な作家の本をひろげている。いわゆるポケットブックをもってることはない。かならず、ハードカバーの、ちゃんとした本だ。だから、かなり部厚いのがおおいが、長くて四、五日、せいぜい、三日ぐらいで、村山が電車のなかでよむ本はかわる。スタインベックがノーベル賞をもらうことにきまったという記事が新聞にでた日に、村山は、《スタインベックの原書をもってないか？　できれば、なるべくあたらしい、まだ訳がでてないのをかしてくれ》といった。スタインベックの作品のうち、どれが日本では訳がでてないか、なんてことは、おれはしらないし、ほかの好きな作家の本でも、航空便でとりよせたことはない。そうこたえると、《じゃ、なんでもいい》と村山がたのむので、あくる日、Cannery Rowを、食品検査室にもっていってやった。村山は、おれがさしだしたポケットブックのCannery Rowをみて「なんだ、ペーパーバックの本か」と顔をしかめた。貸したくもないのを、わざわざ、うちからもってきたのに、こんな口のききようをされ、おれは、もちろん腹がたった。しかし、いつものことなので、そんなに、カッカ頭にきたわけではない。で、おれは、村山の目を、まともに見あげた(やつのほうが、おれよりも、だいぶ背が高い)。そして、ハードカバーの本なんかもってない、とこたえた。

「しかたがない」村山は顔をしかめたまま、いった。

「しかたがなくて、借りてもらわなくて、けっこうだ」

おれは本をひっこめようとしたが、村山はその手をつかんだ。

「なんだ、おこったのか……へえ!」

村山は、いつまでたっても、この本をかえさない。ときどき、催促したが、明日もってくる、みたいなことをいいながら、もう半年もたつ。おそらく、本はもどってこないだろう。

村山は、ほとんど終戦直後から、研究所につとめてるらしい。おれが洗い場ではたらきだしたはじめは、よく文句をいわれた。食品検査室は、われわれの化学部ではなく、獣医部に属してるけど、やってることは、有機化学の定量分析だから、おなじ器具をつかい、洗い場もいっしょになっている。

食品検査室には、検査した食品ののこりがある。うまくて、数や量のすくないものは、もちろん、われわれにはくれないが、毎日、おくってくるミルクなどは、たいてい、飲みきれないで、すててしまう。それを、村山は「ミルクがあるから、とりにきたまえ」ともっていかせた。さいしょは、おれも、ありがたがってもらいにいってたが、すてるほどあまってることがわかり、それにミルクをのみすぎると下痢しだしたので、ある日、ことわった。

村山は、すこしポカンとしたような顔で、おれをみていたが「今まで、毎日、ミルクをのんでおきながら、きみは、恩しらずだ。これからは、ぜったいにやらないからな」といった。

だが、三、四日すると、村山は、ミルクをとりにこい、とよびにきた。今までと、べつにかわった口調でもない。で、おれは、ミルクはけっこうです、とくりかえした。村山は、顎をひき、眉をよせて、おれを見おろした。「けっこうとは、なんかね、きみ。ミルクをとりにくるのは、洗い場にいるきみの義務だ。給料《ペイ》をもらってる以上、やることはやりたまえ」

おれは、だいぶおこって、いいかえした。

「おたくの部屋まで、検査がすんだミルクの残りをとりにいくのが、われわれの義務だとはおもえない。しかし、おたくのボスから、うちのボスにはなしがあり、うちのボスから、おたくのところのミルクを片づけるようにいわれたら、とりにいく」

村山は「よし、そうしてやる」とプンプンおこりながら、かえっていった。やがて、洗い場をでていった八っちゃんが、大きな金属製のお盆にミルクのカートンをうんとのせ、部屋にもどってきた（そのころ、おれは、八っちゃんといっしょに、洗い場の仕事をしていた）。

村山さんにたのまれてね、と八っちゃんはいいながら、血液や尿、便、レバー・ペースト（肝臓内の毒物検査――たいてい麻薬――をするときは、きりとった肝臓をすりつぶし、煮て、ペースト状にする。白みがかった茶っぽい色から、においまで、肉屋の店さきにぶらさがったレバー・ペーストとまったくおなじなので、八っちゃんは、こんな名前をつけた）などをすてる流しに、チョコレートのカートンだけはべつにし、ミルクのカートンをたおしていった。

検査するチーズのカケラをいれて、乾燥させるための、昔のメンソレータムの容器の蓋みたいなものがある。チーズの水分をはかるときにつかうのだ。まるっきり水分がなくなったチーズは、この底にくっついて、なかなかとれない。とくに、ぬれてるときは、きれいにおちたかどうかわかりにくい。かわくと、うすい膜のように、まだチーズがこびりついていることも、ちょいちょいあった。そのたびに、村山は文句をいってきた。「こんなものがあったんじゃ、まるっきり、検査《テスト》の結果がくるってしまう」

まるっきりかどうかはしらないが、結果がちがうことは事実だろう。しかし、いそがしいときに、二度も三度も、洗いなおすのは、うんざりだ。二日酔かなんかで、きげんのわるいとき、おれは「うるさいな」とどなった。

村山は長い顔をよけい長くし、将校にいいつけにいった。カッとなって、どなったんだが、村山は背も高く、骨組もがっしりしてるけど、けっして、ぶんなぐってきたりしないことも、おれにはわかっていた。

おれが、洗い場をやめたのは、もう何年も前のことだが、やがて、ちょいちょい、村山のかげ口をきくようになり、そのうち、みんなが、わるく言いだした。しかし、村山は平気で、自分の部でもないのに、化学部の連中が旅行なんかにでかけるときは、かならず、ついていった。

去年の二月ごろ、駅前の飲屋で、おれと病理部の古川がのんでるところに、村山がはいってきて、ほかの客をどかし、ならんで腰をかけ、われわれのおしゃべりに、いちいち、口をはさみだした。

かき酢をたべながら、おれは古川に、広島県の海岸の町でみかけた、かきを割る女たちのことをしゃべった。「かきがとれるのは寒いころでね。それを、娘さんやおばさんたちが、みじかい木の柄がついた貝ほりみたいなもので、かきの殻をコンコンコンとわるんだが、その手がまっ赤なんだ。ゴム手袋をしてる女もいるけど、ほとんど、しもやけやあかぎれではれあがってるんだよ。たいてい吹きっさらしのところで、水ものだし、ほんとにつめたそうで……」

すると、村山はわらいだした。「きみは、まったくはなしがうまいからなあ。しもやけで赤くなった手で、コンコンコン……なんてところは泣かせるよ。しかし、きみ、かきがとれるのは、夏だぜ。まちがえちゃいけない」

おれは、いくらかムキになって言いかえした。「冗談じゃない。どういう根拠があって、そんなこというんだ？」

「根拠？ きみ、かきは、夏とれるんだ。きみがしらないだけさ」

「かきは冬のものときまっている。September から December で er がつく月に、oyster はたべるという言葉があるくらいだ」

「しかし、うちでは、年中食ってるぜ」

「そりゃ、近ごろは、冷凍技術がすすんでるからだよ」

「じゃ、うちでたべてるのは、みんな冷凍ものだと、きみはいうのか？」

ばからしい（あるいはルール違反の）質問だとわかってるけど、おれには返事ができず、ますます頭にきた。

「だいいち、きみ、September は冬かい？　古川くん、どうおもう？」村山は古川をふりかえった。「こよみの上ではどうかしらないけど、九月中は、きみだって、シャツ一枚で通勤してくるだろ。十二月は冬のうちにはいるかもしれないが、寒くなるのは、十二月のなかばすぎだ。年内は、ずっとあったかいこともある」

　弱虫のくせで、酒をのむと、おれも強くなる。しかし、まともに村山の顔はみれず、よこをむいて、おれはいった。「あんたは、よく今まで、ひっぱたかれなかったね」

　村山が、腕力をふるいそうになったことはないけど、けんかをうられれば、だまってないかもしれない。村山はたちあがり、おれは緊張したが、「たかが、かきぐらいのことで、なんだ」とおこりながら、金をはらい、店をでていった。

うちにもどって、そのはなしをすると、「まだ、映画のチンピラ趣味がぬけないの」とカカアはおれを軽蔑した。

しゃくにさわりながら、おれはつぶやいた。「しかし、世の中には、まるっきり感じのわるい人間っているもんだな。だれにでもきらわれてるし……。村山の奥さんは、自分のハズのことを、どうおもってるんだろう？ 子供たちは……子供は、はんぶんおやじ自身みたいなもんだから、もっと複雑だ」

村山は、毎年、クリスマスのパーティに、奥さんと息子たちをつれてきた。奥さんは和服で、小学校にいってる息子二人は、おぎょうぎよくならんで、椅子に腰をおろしていた。村山の奥さんは色が白く、おとなしいが、ととのった顔だちだ。着てるものも、パーティ用のはでなものでなく、ハウスワイフのおちついた雰囲気があった。

「そのひと、感じがわるいって、あんたほど感じがわるいかしら？」カカアは、べつに皮肉な口調でもなく、つづけた。「あんた以上に、感じがわるい亭主なんて想像できないわ」

「そりゃ、うちにかえれば、デレデレやさしいかもしれないさ、しかし、研究所では、みんなにきらわれている。どんなにいやなやつでもすこしはいいところがあるもんだけど、村山は、ほんのちょっぴりもない。つとめで、みんなにきらわれてるのは、かまわないよ。だいいち、きらいだとか、好きだとか、口にだしていう者はいない。とっ組みあいのけんかなんか、十年にいっぺんだって、職場ではおこらない。その……まるっきりえんりょして、一日をすごしてるんだ。しかし、うちにかえれば、ちがうからな。しかも、その感じがわるい相手が、ハズやおやじってことになると……。もし、奥さんや子供に感じがわるいのがわからなければ、こりゃ、インガ物の悲劇だ」

「うちには、さいわい、そんな悲劇はないみたいだけど、もっとうんざりする毎日がつづいてるわ。村山ってひとは、みんなからきらわれてるのに、よその部、あんたの部の旅行にまで、わりこんでくるといったわね？　あんたは、よその部どころか、自分の部の旅行にでも、いったことがあって？　たったの一ぺんもないわ。そのひとは、自分の部がちがうのに、いっしょにつれていってくれ、という人でしょ。あんたは、自分の部なのに、あたりまえのことみたいにことわっている。旅行にいったひとたちが、あんたのことを、どういってるとおもう？　あんたより、そのひとのほうが感じがわるいなんて考えるかしら？　旅行でもなんでもいいわ。一晩でも二晩でも、あんたがかえってこなかったら、どんなにセイセイするか……。そうまでいわれても、毎日、きちんとかえってくるなんて、あんたはまったく鈍感で、自分かってだわ」

15

つぎの駅で、卵をもったじいさんがのってきた。よく見かけるじいさんだ。肩から、タマゴをいっぱいいれた籠をぶらさげ、手にも竹籠をもっている。卵は、そのまま、じかに、つみあげてあるのだ。割れたのはみたことがないけど、われることだってあるだろう。このじいさんは、片腕が、ほとんど根もとからない。それに、からだも、けっして、がんじょうそうではなかった。

ほそい金色のつるがついた縁なしのメガネをかけ、蝶ネクタイをして、そうとうな年なのに、まっ黒な髪を、ひからせている男。こげ茶のスーツに、鰐皮みたいに見えるけど、鰐皮ではないかもしれない靴。大きな腕時計の側も金だし、ベルトも金色だ。やはり金色のシガレットケースをあけ、小指に、大きな宝石の指輪をはめた手で、タバコをぬく。日本人は、これぐらいの年になると、たいてい表情はひっこむものだけど、このおやじは、毎日、生意気そうな面《つら》をしている。部下や同僚にきらわれてることは、まず、まちがいあるまいが、このおやじの奥さんも……。

急行だから、つぎのつぎの駅で、おれはおりる。ここは遊園地があるところで、のりかえた電車のなかは、だいぶようすがちがう。遊園地にいく大人がおおいのは、さいしょ、すこし意外だった。電車のなかでは、子供たちより、遊園地がえりのおとなどものほうがめだつ。たいてい酔っぱらってる男がいて、大きな声をだしている。

どうせ、つぎでおりるので、窓ぎわにいくと、Sがたっていた。今日は、ベルグソンの「時間と自由」の文庫本をよんでいる。Sは、村山とちがって、しまいまで目をとおすようだ。電車のなかで、新聞や週刊誌や技術書や、自動車の免許をとるための本なんか以外のものを読んでる男はすくない。

おれはSとおしゃべりをはじめ、Sはいった。「時間ってものに興味がでてきましてね。時間、というような題の絵はあるけど、時間をあらわそうとしただけで、時間そのものが絵のなかにはいってきてるわけではない。時間がない空間なんて、ほんとの空間じゃありませんよ。たとえ、キャンバスのなかの空間でもね」

Sは、三、四年前に美術大学をでた男だ。研究所では、顕微鏡をのぞきこんだり、ちいさな虫などを拡大鏡でみながら、それをコピイする仕事をやっている。ふつうの顕微鏡では見えないもののカラー撮影もできるというのに、まどろっこしい仕事だとおもったが、この職業は、世界じゅう、どこにいっても、あるらしい。写真では、効果的でないこともあるんだろう。なんどかの人員整理で、研究所の日本人従業員は、はんぶんぐらいになったが、Sたちの仲間のえかきさんは、ぜんぜんへってない。アメリカ本国でやると、うんと高くつくからですよ、とSはいった。日本画科を卒業したひとたちのほうがおおいそうだ。

Sの仲間は十八、九人いる。本部の建物の二階の、白い壁にかこまれたほそながい部屋に、二列に机をならべて、顕微鏡をのぞきこみ、手をうごかしてるわけだけど、仕事中は、席をたつ者も、はなしをする者もない。

Sからかりた本をかえしに、十二時五分前に、この部屋にはいっていったが、八時に仕事をはじめたときと、ちっともかわらない空気だった。前の廊下は、食堂にいくものが、しゃべりながらあるいており、うしろの芝生では、もう、キャッチボールをはじめてる者もいた。

午前に十五分、午後十五分のコーヒー休み《ブレイク》以外は、トイレにもいかないそうだ。ダニやバイキンのひげ一本でもかきおとしたんでは、イミないんだから、よほどつかれる仕事だろう、とおれはおもう。それに、一日じゅう、顕微鏡をのぞきこんでるのは、たいへんだ。おれも、たまに、顕微鏡をつかうことがあるが、十分もみてたら、目がチラチラし、なにがなんだかわからなくなる。ときどき、背のびもしたくなるだろうに……。

「なんだって、あんなに根をつめてやるんだ？」

いつだったかすこしあきれてたずねると、Sのほうが、よけいあきれたような表情で、おれの顔をみた。

「冗談じゃない。監視されてるからですよ。十二時一分前に席をたっても、黒金女史は少佐《メージャー》にいいつけるんです。黒金女史の机が、いちばんうしろにあるのが、いけないんだ。向いあってれば、こっちにも、相手の様子がわかり、つまり目をごまかすこともできます。アメリカのオフィスやなんかは、みんな、そうなのかなあ。うしろから監視されてるというのは、まったく不安な気持でね。たえず見られてるのに、こちらは見えないでしょう。まるで、ドレイか囚人ですよ」

電話機がのっている黒金女史の大きなデスクは、ひとつだけはなれて、二列にならんだ、Sたちの仲間の机のうしろにある。黒金女史は、背中をまっすぐにたてて、机にかがみこんだSたちの後姿を、一日中、みつめてるらしい。Sのはなしをきき、おれは、黒金女史の目がまばたきするのを見たことがないような気がした。

黒金女史は、ごつい縁のメガネをかけた、インテリ面《づら》の女だ。しずかな、おちついた口のききかたをする。

去年の秋、十七ケトストロイドと十七ケトジェニック・ストロイドの検査のため、黒金女史の尿が大きな褐色の瓶にはいり、おなじ構内にある米軍の病院の検査室からまわってきた。おれは、瓶のなかで、二十四時間分の尿を、ミックスしておいて、ガラスのシリンダーにうつし、量をしらべた。黒金女史の尿は、二〇〇〇CCまでの目盛りがあるシリンダーの、ほとんど上まできた。そして、シリンダーの円周にかこまれた、琥珀色の尿の表面に、黒い、みじかい毛が一本うかんでいた。

尿についてきた書類をみると、黒金女史は、B病棟に入院していた。病名はかいてない。おなじ構内にある病院だから、日本人従業員でも、たとえば事故などのときは、応急手当ぐらいはしてくれるが、日本人が入院したというのはきいたことがない。

そう、アイリーンにはなすと「少佐《メージャー》がむりしたのよ。あの女は、部長《チーフ》がかわるたびに、いっしょに寝るんだから……。だれでも、しってるわ。あんた、ほんとに、はじめてきいたの?」といった。

国鉄線にのりかえる。色があせかけたグリーンのオーバーをきた女が、大きな革のバッグを膝の上にのせ、毛糸の編棒をうごかしている。毎日、見かける女だ。忠臣蔵の討入の太鼓の模様みたいに、眉をかいている。血の気がないのに脂がおおい顔だ。頬骨が高く、口がおおきい。この女は、ときどき、新聞の株式欄をよんでいる。立川か府中あたりの米軍につとめてるんだろう。そして、亭主はアメリカ人にちがいない。

これも、賭けたっていい。九九％、あたる自信がある。おれは、こういったことを当てるのはうまい。

もっとも、おれとおなじように、つまらないことに、へんな自信をもってる人間は、あんがい、おおいのかな？　そして、当《あて》っこのコンクールでもやったら、おれは、ビリのほうになるかもしれない。

しかし、アメリカ人の亭主をもってるような顔をしてる女に、ほんとにアメリカ人の亭主がいたなんて、つまらないはなしだ。いじわるな面《つら》をしたやつが、やっぱりいじわるだというのも、くだらない。バカ面《づら》をしたやつは、たいていバカだが、りこうそうな顔をした人間は……くそっ、みんなバカだ。

おなじようなダスター・コートをきた、若い男が三人、夏およぎにいったときのことをはなしている。真夜中に、どこかの浜辺でオート三輪をとめ、およいでいたら、くさった西瓜がうかんでて、××子がびっくりし、みんなでわらった、とひとりがいうと、おかしくてたまらないように、三人ともわらった。

ほら貝をさかさにしたみたいな髪をした女の子が、お尻のかたちがとびだしたタイトスカートに、いやに踵の高い、スリッパみたいなものをはき、ドアのそばに立っている。場末のバーかキャバレーに出勤するところだろう。昼間は、工場か店ではたらいているのかもしれない。

体格のいい、暑っくるしそうな感じの女をまんなかに、四、五人の男が、おたがい、先生、先生とよびあってる。財布とピースの箱をかさねて片手にもった女と、そのつれらしい、競輪新聞にしるしをつけてる男。

ガラス窓のおおい建物の前に、大きな噴水がある工場のそばの駅で、若い女の子がたくさんのってきた。言葉になまりがある娘《こ》がおおい。笑い声が、波のように、車内のあちこちにうつり、高くなる。わらいどおしの娘《こ》もいた。

乗りかえる駅がきたので、電車をおりる。階段をあがり、長い通路をあるいて（二つの駅がひとつになったのだ）私鉄の線のホームにいく。このホームは高いところにあるので、木の塀ごしに、外をみおろす。ゴミではんぶんうずまったような池がある空地。空地をうしろに、赤い提灯をぶらさげた、やきとりの屋台が二つ。道をへだてて、京城料理と看板をだした店。となりのHOMURANというネオンはパチンコ屋だ。角の飲屋の前に、エプロンをした女がたってる。道はくらい。

電車がホームにはいってきた。ちかくの駅が始発なんだろう。すいていて、腰かけることができた。足をなげだし、うしろによりかかる。首の骨が鳴った。車内の者が見てるのを意識して、リンゴをふんだくったり、投げたりしているK大の学生の一団。

それを見て、おおげさに顔をしかめている、いささかショウ・オフの女子学生。ダイヤの婚約指輪をしている。

ほっぺたを赤くし、通路のほうにお尻をむけて眠ってる坊や。買物袋をかかえた、ほそいおかあさん。横書きの本から、ときどき、目をあげて、学生たちをみている若い男。

週刊誌の車内広告。エリート・テスト一〇〇題か……。

電車がとまり、ドアがあき、すこし降りて、たくさん乗ってくる。ドアがしまる。おれのおりる駅だ。混んだ階段。階段の壁にならんだ、デパートや月賦専門店の広告。構内の売店。改札口。

自転車はよこにむきをかえ、駅の柵にたてかけてあった。くるときとは逆に、坂をくだる。坂をおりきった角にガラス屋があり、そのとなりで、いっしょに同人雑誌をはじめた男が画材店（えのぐ屋）をやっていた。おれは、こっちのほうにうつってきたときは失業中で（カカアとくらすようになり、おれは失業できるようになった。それまでは、一年も二年も失業してる余裕なんかなかった）、毎日ほとんど半日ぐらい、この店でうろうろしていただろう。そして、近所の酒屋で焼酎を、となりの八百屋で紅しょうがを買って、よく飲んだ。金持の息子で、六時半になると「お食事ですよ」

と美人の奥さんから電話がかかってくる絵かきがいた。この絵かきは、だんだん、焼酎を飲みなれ、食事におくれるようになったが、やがて死んだ。えのぐ屋をやってた友人は、おれとおんなじでいいかげんな男だけど、故郷《くに》にかえり、おやじさんの店をついだ。なんでも、最近、鉄筋のビルをたてたという。

軒の下に自転車をいれ、玄関のガラス戸をあけて、ひっくりかえった靴や下駄を、足のさきで、よこにおしやり、靴をぬぐ。

食卓はでてるが、なにものっていない。小学校三年の娘と、今年から小学校にはいる娘はテレビをみていた。上着とシャツとズボンと靴下をぬぎ、着がえて、書斎にいき、電気コタツのスイッチをいれる。書斎といっても、押入を改造し、まんなかに掘りごたつをきっただけだ。

ショルダー・バッグから訳してる本と原稿をだし、本をひろげる。カカアにたいする、つまりデモンストレーションだが、まるっきり効果はない。

着がえをするとき、腕時計をみたら、六時一分だった。のる電車がきまってるから、電車がとくべつおくれたりしないかぎり、おれは五時五十九分から六時二分ぐらいのあいだに、かならずうちにかえってくる。途中で飲んで、その時間がくるうことは、せいぜい、二月《ふたつき》にいっぺんぐらいだ。おくれるときは、かならず電話する。そして、電話口にでたカカアは、かならず、ふきげんな声をだす。おそくなってもかまわないから（カンケイない、という口調だ）電話をかけるな、というのだ。しかし、それから、二月か三月《みつき》かして、また、どこかにひっかかると、おれはうちに電話をかける。なにも、いやがらせのつもりではない。やはり、つい、ごきげんなんだろう。しかし、カカアは、おれのごきげんにはのってくれない。おそくなったとき、かえって、メシをくわせろ、というと、ほんとにいやな顔をする。

「飲んでばかりいて、たべる時間はなかったの？」

「時間よか、金の問題だ。うちでメシをくっちゃいけないのか？」

「わたしは、お金のことじゃなく、時間のことをいってるのよ。なにも、いがみあって、くらすことはないわ」

おれは、勤めからもどってきたら、すぐ、メシがたべたい。もともと、ガッツキのうえに、十一時ごろ、サンドイッチをひとつ喰っただけだから、からだの調子でもわるくないかぎり、腹はへっている。メシをたべるまでは、ロクに本もよめないぐらいなので、時間もむだだとおもう。朝、目をさましたときからの損得勘定だ。

それで、翻訳のシメ切でいそがされてるときをねらい、六時には晩メシをくわせてくれ、とカカアにたのんだ。「おくれても、一分か二分だし、それに、六時ジャストにメシにしろってわけでもない。五時四十五分でも、五時半でも、子供たちとメシをたべはじめてればいい。六時に、おれのくうものが食卓にありさえすれば、つめたくなっていても、かまわない」

だが、そのあくる日も、六時には、食卓に茶碗しかなかったので、文句をいうと、カカアはどなりかえした。「わたしがあそんでるとおもってるの？　あんたが出かけていってから、ずっとはたらきどおしなのよ」

「あそんでるなら、こんなことはいわない。しかし、どっちみち、夕食はたべるんだ。いそがしいからこそ、時間の割りふりをかんがえて、六時前に夕食をスタートしたらどうだい。とくべつ手がはなせない用があったときのほかは、六時に、晩メシができない理由はかんがえられない。その証拠に、はやければ六時十五分、おそくとも六時三十分か四十五分には、毎日、メシになっている。それを、三十分か一時間、はやくするだけでいいんだ」

「そんなにかんたんにいけば、苦労はないわ」

「いや、かんたんさ。六時から夕食だとおもうから、おそくなる。五時四十五分、いや五時半が夕食だとかんがえてみろ」

カカアは、きちがいでも見るように、おれの顔をみつめたきり、だまってしまった。

だまられたんじゃ、こっちはおしまいだ。「六時キッカリに、夕食にするということはむつかしいかもしれないが、六時までにたべはじめてることは、いくら時間観念がなくてもできるはずだ。いや、おまえには、りっぱに時間観念がある。時間観念がなければ、ときには、晩メシが七時になったり、五時になったりするだろう。しかし、おまえの場合は、かならずおくれる。かならずおくれるということは時間観念がある証拠だ」

　カカアが、まだ、だまってるので、おれは、ついカッとして、失言をしてしまった。

「夕食は、一度はくわなきゃいけない。夕食をつくることは、おまえの義務だ」

　マズイことをいったな、と気がついたときはもうおそく、カカアは、目をひからせて、おこりだした。「義務？　ふん！　あたし、あんたに関しては、なんの義務もないわ。あんただっておんなじでしょう。月給袋はもってくるけど、それがあんたの義務だとおもってる？　ううん、義務だと感じてくれなくてもいいの。わたしのことで、あんたがなにか義務を感じたりしてるとかんがえたら、身ぶるいがするわ」

　尊敬する小説家のＫさんに、このときのはなしをしたら、「伊藤整というひとは、食卓につくと同時に、あったかいおつゆがでないと気にいらんそうだ。材料をそろえ、つみあげていったものが、できあがった瞬間、ぜんぜんくるいがなく、キチッとあわなきゃ気にいらないひとは、そんなふうだろう。やかましい大工の棟梁にも、そんな人がいるな」といった。

おれも、おなじようなひとを知っている。カルタ取りの名人といわれたひとだが、世の中の役にたつ仕事を、いくつか軌道にのせ、わりと若くて死んだ。

おれは、ただ、つめたくてもなんでも、腹のなかにいれたいだけだ。Kさんがいうことは、ほんとだとおもう。おれには、どうしても、作品ができない。作品というからには、核みたいなものがあり、どんなかたちにしろ、まとまってるはずだ。せいぜい、翻訳ぐらいをやってればいいんだろう。翻訳なら、やがてキチンとしたものになるように、材料をきりそろえ、組みたてていくこともない。作中の人物のしゃべりかたに、すこし注意し（たとえば、レディは、……でございますわ、とか）語尾に気をつけるぐらいですむ。

こと、夕食の時間については、おれの言いぶんが、ぜったい正しい、とおもっていたが、毎日、夕食のテーブルで、いやな顔をし、文句をいってるうちに、おれはわる者になり、正論は、グチにかわってしまったようだ。だから、よけいしゃくにさわる。

16

六時十五分に、下の娘が、ごはんよ、とよびにきた。しかし、食卓には、ほうれん草のおひたしがあるきりで、上の娘が、かつおぶしを、あぶなっかしい手つきでけずっていた。

「なにもできてないじゃないか。ちゃんと食べれるようになってからよびにこい。こっちは、いそがしいんだ」おれは、文句をいい、書斎にひきかえした。

「あら、パパいないの？」というカカアの声がメシをたべる四畳半でしている。

「おこって、かえっていったわ」上の娘がこたえた。

「なにをそう、いつも、おこってるんだろ？　ごはんたべてるから、と言っておいで」

上の娘は、そのとおり、つたえてきた。こんどは、茶碗にごはんがいれてあり、ひき肉とたまねぎをきざみこんで、卵をいれ、フライパンで焼いたやつがでていた。箸はざるのなかにはいったまま、食卓のまんなかにおいてある。下の娘が、ソースをかけすぎ、皿のはしからこぼれそうになった。上の娘は、まだソースをかけてなかったので、妹の皿のあふれたソースをうつすようにカカアはいったが、いやよ、と首をふった。それ以上すすめると、おこる。

しかたなく、おれの皿にソースをながしこんだ。おれは、ソースはきらいだ。まだ、醤油のほうがいい。下の娘のオムレツは、ソースびたしになり、なさけない色にかわっている。

そのうち、カカアが味噌汁の鍋をもってきた。おれは味噌汁は大すきだが、ひと月にいっぺんぐらいしかたべさせてもらえない。今日はごきげんがいいのかな？

味噌汁をつぎ、はんぶんぐらいのんだとき、そのなかにいれるネギがきた。また、しばらくして、サンマの干物。

上の娘が、学校のはなしをしだした。「ねえ、パパ、××くんのえんがちょのきりかた、かわってるのよ。こんなふうにするの」上の娘は、忍術使いが呪文をとなえるときみたいに、手をうごかした。「あたしのは、こう……」どうちがうんだか、おれにはよくわからないけど、こんどのほうが、手の動きがちいさいようだ。

えんがちょという古めかしい言葉が、近ごろ、また復活してるらしい。前は、男と女のことにしかつかわなかったような気がするが、今は、意味がひろいみたいだ。そして、子供と、子供より年がおおい者とでは、また、いくらか、つかいかたがちがう。

上の娘に「なにがえんがちょなのか？」とたずねたら、いろいろ、えんがちょが成立する、具体的な例をあげた。自分たちだけのルールもつくってることはむろんだが、大昔からやってることを、くりかえしてるような気もする。けがれ、ふれてはならないもの……えんがちょをきるというのは、けがれをきよめ、ふれてはいけないものを、ふれていいものにするおはらいみたいなもんだろう。

ひとからツバをつけられたものはえんがちょだが、自分のツバ、ないし、自分のツバがついたものはえんがちょではない。神聖な権利さえも生じてくる。

大人たちは、えんがちょあそびはしないんだろうか？　会社の仕事とえんがちょとは、カンケイないみたいだけど……。

おれがメシをたべおわったときには、カカアは、まだ、食卓にはついていなかった。テレビの番組のことで、上の娘と下の娘が、けんかをはじめた。相談してきまらなければ、ジャンケンをしろ、とおれはいった。しかし、両方とも、ジャンケンはいやだ、とがんばる。いつものことだ。一週間ごとにかわりばんつ、というのも、けっしてうまくいかない。どちらかが、どちらかをおしきって、好きな番組のチャンネルにしてしまう。上の娘のほうが、もちろん腕力も強いし、理屈もじょうずだが（ただし、この理屈は、相手につうじなければ、ぜんぜん役にたたず、自分がくやしくなるだけだ)、だいたい、五分五分だろう。

おれは二畳の書斎にひきかえした。電気コタツのスイッチをいれ、本棚の本をながめる。ながめてるだけだ。先週、古本屋で買ってきたジャック・ダグラスというひとの「はだかのバス運転手は、ぜったいに信用するな」というポケット・ブックをとって、ページをめくる。近ごろでは、二日酔の手術をやっている——というところをよんで、おれはわらい、本棚にもどした。

原稿用紙を前において、いくらかあきらめたような気持で、昼間のつづきを訳しだす。

とつぜん、光とよろこびにひたされ、それでいっぱいになって、南太平洋の島の斜面にころがっていたダン・ラークは、もとのとおり、食物のしめったにおいにとじこめられた安レストランの料理場にたっている。

店の主人は、店の隅のテーブルで、ダンが味をつけたビーフ・シチューの皿をかかえるようにして、たべだした。

ダンが好きな若い見習いコックは「やっぱり、あんたが味をつけたシチューはうまい。ほら、おやじさんも、よろこんでたべている」という。

「あんなに胡椒《ペパー》をふりかけて、うまそうでもないな」とダンはこたえる。

昨夜、ダンのベッドで寝た家出娘らしいバスガールは、もうひとりのバスガールとテーブルをふきながら、笑い声をたてている。店の主人は、バスガールたちに背中をむけ、ハンカチで汗をふき、なにかの幕のように脂肪がたれさがった顎をうごかし、シチューをのみこみ、ぶつぶつうなった。「一九二三年、一九二四年……ふん、一九二五年。なんだ、一九二五年。一九三〇年、一九二九年……ちえっ！　一九三四……おれは、かまわん。どうだっていい。一九三五年。一九三八年、一九三九年……一九四四年……いやちがう、一九五八年だ。だまされるもんか！　一九六三年……おいおい冗談じゃない。おれは、一九四九年っていってるんだ」

店の主人はやわらかいパンを、まるくダンゴにし、皿の上にころがす、「一九四三年、一九四四年……くそっ！　一九四五年」

ダン・ラークは、ステーキの肉をきりはじめた。光がなければ、暗闇はないのか？　むなしさは、みちたりたものを知ったときの気持か？　二度と得られないもの（げんに、今まで得られなかったもの）を、なぜ、一度だけ、のぞみもしないのに――のぞんでいるという自覚がないときに――あたえられたのか？

南太平洋の島での、あのことは、経験とよばれるものだろうか？　経験ならば、ほんのカケラでも、まだ、自分のなかにのこってるはずだ。もつことはできないもの。もっていられないもの。光のように全身をてらすだけで……。だが、光にぶつかったあとの闇はくるしかった。光をほしがり、光をください、とダンは泣いた。今では、泣くまねもしない。うずくようなあせりと、いたみはなくなった。しかし、それで、気持が癒《い》えてきたわけでない。うつろに、てごたえなく、くらささえはっきりしない闇がつづく。

あの光は、ロシヤのだれかがいったように阿片なのか？　阿片だとしても、手にいれようのない阿片だ。

店の主人は、皿にのこったシチューを残飯罐《ガーベジ》のなかにすて、料理場の奥のドアをおして、便所にいった。店の主人は、日に何度も、ひとりで腹をたて、便所にいく。

ステーキ……すっぱい湯気をたてるキャベツ、自分かってに好意をよせている、やさしい心の、まじめではたらき者の見習いコック。あのバスガール……昨夜《ゆうべ》は、笑い声が、耳からでなく、からだにひびいてきた。たぶん、いいワイフになれるだろう。いいワイフ、いい夫、いい兵隊、いいコック、いい市民、いい肉屋《ブッチャー》（あるいは人殺し）……よくはたらき、親切で、ひとと社会のためにつくし……あの光は、どこにもない。

店とのさかいの窓から、若いバスガールがのぞきこんで、わらった。ダン・ラークは、自分の顔がわらってるのに気がつく。この娘は、今夜も、おれのベッドにくるかな？　だが、明後日《あさって》は、もうこないだろう。ハハ……、センチメンタルなギャングはいても、センチメンタルなコックはいない。

強い意志……それが、自分には欠けてるんだ。下水のなかでくらすのがいやなら、頭の上に空があるところにでる方法をかんがえろ。方法？　ハシゴも出口もなくて、どんな方法がある？　だったら、祈れ。みんな、自分でどうにもならないときには祈っている。しかし、祈るということは、手をうごかし、足であるき、重いものをもちあげ、タバコをすうように、自分の意志でできることだろうか？　なんていってるのは、こばんでる証拠だ。光がきらいなら、頭のなかだけで追いまわしたりするような真似はよせ。光にあたれば、おまえは死ぬんだぞ、どぶネズミ！

一時間ほど訳して、四畳半のコタツにうつり、スイッチをいれたままのテレビをみる。カカアは風呂にはいっていた。風呂のなかから、上の娘をよび、すこしして、下の娘をよんだ。下の娘の服のボタンをはずしてやる。

テレビは、外国物の私立探偵がでてくる番組をやっていた。ほかのチャンネルはな

ん の番組だろう? しらべるのもめんどくさい。

風呂場から、カカアが、子供たちにおはなしをしてやる声がきこえてきた。カカアは、おれや、近所の者には、自分でしゃべりたいこと(それもほとんどない)しか言わないけど、ほんとは、おしゃべりがすきなのかもしれない。学校時代の友だちなどと顔をあわすと、よくはなす。けっして愛想のいいママではないので、子供たちは、お風呂のなかのおはなしを、よけいたのしみにしてるようだ。

はなしの内容はわからない。子供が、大人はきかないようなことでもたずねたのか、カカアはわらいだした。大きな笑い声だ。なんだか、はりのある声にもきこえた。

テレビは、ハイウェイからひっこんだモテルで撃ち合いがあり、サイレンをならしたパトカーがハイウェイをはしってきて、おわってしまった。犬や医者が主人公になるドラマは、三十分か一時間のうちに、トルストイの作品ぜんぶぐらいの人生の大問題がでてくるので、うっとうしい。

「肩まで、よくつかるのよ」とカカアは子供たちにいって、風呂からでてきた。からだが、まだらに赤くなっている。カカアは、はだかのまま、おれの膝のところから首をだした猫の子をゆびさして「すこしは、はずかしいとおもいなさい」といった。それから、手をのばし、猫の首をつかんで、フスマをあけ、となりの部屋にほうりなげた。今夜は、わりにきげんがいいようだ。

「おまえと子供たちが、かってに飼った猫だから、おれには責任はない」おれは湯気のにおいがするカカアを見あげた。

「ねずみになめられてる猫なんて、猫じゃないわ」

「飼ってもかまわないが、いったん飼いだしたら、捨てたりするな、とおれはいったはずだぞ」

「猫をだいたり、亭主面《づら》をしたり、おもったとおり、見そこなってたわ」

カカアは寝巻の上から、カーディガンをきてテレビのチャンネルをかえた。おれがきらいな西部物だ。そして、でがらしの、つめたいお茶をつぎ、音をたててのんだ。

子供たちが風呂からあがった。ぬれたまま、四畳半にはいってきた下の娘を、カカアはどなりつけた。ほんとにおこってる顔つきだ。この女にとっては、今が、いちばんしあわせなときかもしれない。

子供たちといれかわりに風呂にはいる。研究所につとめ、翻訳の金も、いくらかはいりだしたとき、この風呂桶を買った。おれのからだには、すこしちいさすぎる。

風呂につかり、おれは、テレビできいた流行歌をうなった。文句は、よくおぼえていない。ナニワブシでもジャズでもバッハでも、おれはなんでも好きだ。なにも聞こえないより、なにかがガチャガチャやってたほうがいい。これは、酒でもおんなじだ。スコッチしか飲まないなどというひとは、いろんな意味でうらやましいが、つきあいにくい。いつも最上の物をのぞみ、もっとも、それが手にはいらないときは、どこかで折りあうことも心得てる男——という文章を訳したことがあるけどおれなんかは、もっとプライドがなく、ていどがわるい。

その流行歌のつぎには、喉をふるわせて、ホワイトクリスマスをうたった。へちまでからだをこする。昨夜も風呂にはいったのに、アカがうんとでた。「どうして、あの娘《こ》(女中)は、あんなにアカがでるのかしら? わたくしなんか、まるでアカがないのに……」とあきれてる、美人の奥さまのはなしを、どこかで、読んだ。

うまい言いかたができないが、わりと最近まで、おれは、風呂でからだをあらうことをしらなかった。風呂は、文字通り、ただはいるもんだ、とおもってたようだ。手、首、足、というように、つまり、メソディカルにあらっていくようになったのは、なかのいい友人が、銭湯で、そうするのを見てからだろう。もう、昔のように、風呂にはいれない。

おれにとっては、このおれは、いくらか述語の選択ができる主語のはずなのに、なぜ、目的格にしてしまうような努力をするんだろう? こうして、だんだん、死んでいってる。

背中のまんなかあたりは、どうしても手がとどかない。いつか、友人と風呂にはいったとき、背中をこすってもらった。背中のまんなかへんは、へちまをつかいだして以来（おそらく、この一年か二年）あらってないから、アカがこびりついてるはずだ、といったら、友人は、そんなでもない、ほかのところとおんなじだよとこたえ、おれは、だまされたみたいで、腹がたった。

風呂からあがって、からだをふくのは、だるくて、めんどくさい。風呂は好きだし、からだをあらうことも、あたりまえの気持になったけど、ふくのだけは、おもしろくない。だから、季節がいいときは、たいてい、からだがかわくまで、はだかでいる。

からだをふきおわったとき、電話がかかってきた。高木さんからだった。

「明日、結婚式にいくことになっちまってね。有給休暇にしといてくれないか？」いきたくないが、という高木さんの口ぶりだ。

奥さんも電話口にでて「したしいお友だちのお嬢さまの結婚式なので、おことわりできなくて……」といった。

おれは高木さんの電話のことを、カカアにはなした。カカアは、髪にクリップをまきながら、鼻をならした。

「あのひとは、結婚式や、お葬式がすきなのよ。モーニングはよく似合うし、奥さまはおきれいだし……。ホーム・ドラマ調でいえばね。でも、いやいや出席するようなふりするところは、すこしかわいいわ」

まだ寝ないで、ふざけまわってた上の娘が「ねえ、パパ、パパ……心のやさしいひとは、とってもいいひとなんでしょ？」といった。

おれは、うん、うん、とうなずいた。

「心がやさしいことは、いちばんいいことなのね？　お金持になることよりも――」

「いちばんとかなんとかより、なんて比較しちゃいけない。くらべることはよくない」

上の娘は、おれをみあげたが、親がわけのわからないことをいうのには、なれている顔つきだった。

「パパ、心は、心臓のなかにあるの？」

ほんとに、心は心臓のなかにあるとおもって、上の娘はたずねてるんだろうか？

「さあ……」おれは首をひねるまねをした。「あるとすれば、からだじゅうぜんぶにあるんじゃないかな」

下の娘が口をはさむ。「だったら、やっぱり、足のほうね」

上の娘はわらわなかった。

おれは、自分には心がない、ということを、バカみたいに宣伝してきた。ある雑誌にのったおれの小説を、いわゆる大家といわれるひとが、心がない、と批評してるのをよみ、ざまあみやがれ（だれにいってるんだかわからないが）とおもったこともある。もっとも、これは、通俗ハードボイルド・ミステリーの書きかたを、へたにまねしたせいで、その大家がおっしゃったことも、よくわかった。

心は、そのはたらくところにある。と大昔のひとがいった。心やさしい行為（それには、かならず、自分以外の対象がある）がなければ、やさしい心はないのか？　理屈からいっても、心やさしくないことをしていて、心がやさしいとはいえまい。自分で、心やさしい人間のような気分でいるのも、とてもむつかしそうだ。

高木さんなんかは、心がやさしいひとだろう。くだらないはなしだけど、その条件もわりにそろってる。高木さんは、ゆたかな家でそだった。たとえ、今は貧乏になっていても、金持の家にうまれたというだけで罪悪だ、と高木さんは言うが、高木さん自身としては、うばうよりも、あたえることのおおかった生活だろう。ひとをおしのけ、ひとからふんだくるよりも、むりをせず、あたえるほうが、自分が心やさしい人間だとおもいやすい。

それに、高木さんは、根がまじめで、勤勉なひとだ。才能もある。世間では、いちばんの出世コースだといわれてる学校にもいった。そして、高木さん自身の言葉によると、出世せず、進駐軍の労務者をやってるんだから、心やさしい行為はともかく、ひとにおそれられ、いやがられ、また、迷惑をかけなくてもすむ。

「学校時代の友だちは、えらくなっちゃって、たまにあっても、ロクにはなしもできない」と高木さんはいった。

たまにあった友人と、おしゃべりもできないということは、たしかに、心やさしい態度ではあるまい。いそがしいということは理由にはならない、と高木さんはいった。ただし、相手が友人だとおもってればのはなしだ。えらくなったので、昔の友人面《づら》をして、用もないのにやってくる連中や、むこうの仕事や用件のために、職場におしかける人たちのために、えらくなったひとは、たくさんの時間をうばわれ、親切にしてやりたいひとにも親切にできないのかもしれない。

しかし、進駐軍の労務者をしている高木さんは、そんなことで時間をむだにしないでいい。自分のおしゃべり、親切をよろこんでくれるひとたちと、つき合うだけだ。ともかく、ひとをプッシュしないで生きていってる。

「わたし、心のやさしいひとなんて、きらいよ。そんなひと、きっと、他人にめいわくをかけるわ」

子供たちを、ふとんのなかに追いやって、カカアはいった。

「ばか、ひとにめいわくをかけないから、心がやさしいんだ」おれはこたえた。「ふん。レイモンド・チャンドラーの《長いお別れ》のテリー・レノックスはどうよ？　いいところがたくさんあって、だからいいひとで、ひとを傷つけるのがきらいで……その結果、どうなった？」

「子供が、心のやさしいひとはとってもいいひとなんでしょ、といったことと、探偵小説と、なんのカンケイがある？　おまえも、あんがいミーハーだな」

「やさしくて、親切で、チャーミングでなんてひとは、男でも女でもないわ。わたしは、きらい」

「高木さんがもってる札《さつ》には、フィリップ・マーロウがうけとらなかったテリー・レノックスの札みたいに、血がついているか？」おれは、今みてるテレビのせりふみたいなことを口走った。

「高木さん？　高木さんが、それこそ、なんのカンケイがあるのよ？　ああ、高木さんは、心のやさしいひとだっていうのね。ふふ……ほんと、あのひとは、心がやさしいわ。あんたも、自分が心がやさしいとおもってるんじゃないの？　あははは……」

カカアはわらい、立ちあがって、クリップをかたづけだした。おれは、猫をこたつからつまみだした。

「おい、猫をもっていってくれ」

「心がやさしい、よくかわいがるひとが、猫といっしょに寝たらいいじゃないの。わたしは、猫はきらいよ」

「猫がいると、寝られない」

「わたしだって、ゴソゴソうごいたり、爪をたてられたりしたら、ねむれないわ」

カカアは、猫をぶらさげて、八畳の自分のふとんにもっていった。

鼻をかむための日本手拭、湯がはいった魔法瓶、湯呑茶碗、夕刊を枕もとにはこび、ふとんのよこに溲瓶《しびん》をおく。夜中に、便所にいくのは損だ。ふとんにもぐってから、睡眠薬をわすれたのをおもいだし、おきて、タンスの引き出しをあけ、枕もとにほおった。夕刊をよみ、もう一度、便所にいく。四畳半も八畳もくらくなっていた。カカアは、もう寝たんだろう。スタンドのスイッチをきる。睡眠薬なしに眠れるといいが、二時間も三時間も目がさめてるようだったら、明日の朝は六時におきなきゃいけないんだし、睡眠薬を飲んだほうが得だ。

角川文庫版『自動巻時計の一日』あとがき

ぼくは、なん度も米駐留軍をクビになり、しかたがないので、あちこちの米軍のキャンプを渡ってあるくようなぐあいだったが、ぼくにすれば、わりと長く、米軍の医学研究所に勤めたあと、ひと月ぐらいは遊んで食っていられる、と、ホッとしたみたいな気分で、これを書いた。ホッとした気分で書いたものなんて、もちろんだらけたものにしかならない。

だが、小島信夫先生が、さっそく原稿を読んでくださり、昼すぎから中野駅前の喫茶店であい、夜は酒にかわって、あれこれ、おっしゃっていただいた。

じつは、それからだいぶたって、河出書房の龍円正憲さんに、こんな原稿があることをはなすと、なんだか、ひょいと本になった。そのとき、題名はなしにしてくれ、としつこくたのんだが、これはダメだった。こん度、角川書店の小畑祐三郎さんなどのおかげで、角川文庫にいれていただき、またヨロクみたいな気持でいる。

昭和五十年十二月　　　　田中小実昌

直木賞受賞のことば

ぼくは、賞とは無縁だとおもっていた。どんな賞でも、やはり、努力にたいするものだろう。しかし、ぼくは努力はきらいなのだ。いや、これもウソだな。きらい、と言うと、努力すればできるが、努力はきらい、みたいだけど、ぼくは、ただ、努力することができない。これは、子供のときから気がついていて、どうして、ぼくは、ひとみたいに努力できないのか、とおもった。しかし、おもうだけで、努力はできない。

（『オール讀物』一九七九年十月号）

巻末エッセイ

受賞の夜

直木賞をもらうことになった。賞の選考がおこなわれたのは、七月十八日の午後六時ごろからだったらしい。

八時近くには、選考の結果がわかるだろう、ということだったので、そのあたりの時間に、うちに電話した。うちに知らせてくださることになってたのだ。

うちにいるとうるさいので、ぼくは銀座のガスホールで、午後六時半からの試写を見ていた。ユナイト映画の「ボディ・スナッチャー」だ。

ところが、まだ、賞はきまらないという。それで、映画をしまいまで見た。もっとも、結果がわかっても、映画を途中で出るということはない。

うちには下の娘がひとりだけいて、女房は、山に逃げ、上の娘は海に逃げていた。下の娘は、ぼくがなんとかホールに映画を見にいった、と電話にこたえるだけで、そのなんとかホールが、なにホールなのかは忘れてしまっていた。

だから、直木賞がきまったのに、ぼくは行方不明、と文藝春秋などからは、十なんべんも、うちに電話があったそうだ。

記者会見をやる新橋第一ホテルにいくと、もう、ほかの受賞者やたくさんのひとがきていた。

そのほか、ラジオやテレビなどのインタビューもうけたが、今後の抱負は、ときかれても、こたえられなかった。

今までも、抱負なんてものはなかったし、これから、急に、抱負などあるわけがない。

しかし、みんな、きまって「抱負は?」ときく。しかし、抱負ってなによ。

受賞の記者会見のあとは、銀座の「エスポワール」にあるいていき、選考委員の水上勉先生にあった。それから、近くの「まり花」へ。星新一さんや、同時に直木賞を受賞した阿刀田高さんとあう。阿刀田さんとは、十年ぐらい前に、あちこち飲みあるいたことがあるそうだ。もちろん、その後も、なんどかお目にかかってる。

やがて、芥川賞の選考委員の吉行淳之介さんがはいってきた。せまい「まり花」が人でいっぱいで、立ってる者もいるので、ケンカでもおこったのかとおもったら、直木賞というのがあったのか、と吉行さんが言う。

吉行さんは、ぼくのことを、いろいろ心配してくださっていた。だから、わざと、こんな冗談を言ってるのだ。

新橋第一ホテルの記者会見のときにも、色川武大さんがいた。前日から、色川さんは、ぼくのことが心配で、そわそわしていた、とほかのひとからきいた。本人は、口かずのすくないひとだし、なんにも言わない。

新宿の「まえだ」にいくと、ぼくの受賞を祝ってくれる人でいっぱい。野坂昭如さん、殿山泰司さん、中山あい子さんなど。水上勉先生が、さきにきて、カウンターのなかに立っていた。それほど、人がおおかったのだ。

（『また一日』一九八〇年、文化出版局所収）

解説

滝口悠生

本書は、今年（二〇二五年）生誕一〇〇年を迎える田中小実昌の直木賞受賞作「ミミのこと」「浪曲師朝日丸の話」と、直木賞候補作「自動巻時計の一日」をまとめ、「直木賞受賞のことば」と、選考会当日の様子を綴ったエッセイ「受賞の夜」を付録として併録したものである。

「ミミのこと」と「浪曲師朝日丸の話」の直木賞受賞は第八一回（一九七九年上期）、二作は短編集『香具師の旅』（一九七九年二月・泰流社刊）に収録された。作品集のなかから候補作を選抜するケースは珍しい。同じ回では阿刀田高『ナポレオン狂』が同時受賞しているが、同じ短編集ながらこちらは一冊まるっと選考の対象になっている。かつまた、「ミミのこと」は『オール讀物』一九七一年四月号が初出、「浪曲師朝日丸の話」は『小説現代』一九七一年六月号が初出と、作品が世に出てから八年を経ての受賞というのもあまり類例がないのではないか。

一方「自動巻時計の一日」の方は一九七一年八月に河出書房新社から書き下ろし作

品として刊行され、同年下期（第六六回）の直木賞候補作に挙げられている。この回は受賞作なしという結果だった。

と、それぞれのデータを並べてみると、実は本書が収める三作はほぼ同じ時期に発表されたことがわかる。まとめて再読してみるとその語り口に通じるものを感じるが、しかしそれはその一時期の作品に限ったことというよりは、もっと書き手自身にとって替え難い、言葉と人間の関係性がそこにかかわっているように思う。

「ミミのこと」は、終戦後に英連邦軍の施設（旧海軍鎮守府の司令部だったとあるから、呉が舞台と考えられる）の食堂でボーイとして働いていた「ぼく（幸夫）」が、パンパン狩りから逃げてきた耳の不自由な女「ミミ」をかくまったことを発端とするふたりの話。「浪曲師朝日丸の話」は、徴兵されて大陸に渡った「ぼく」と「朝日丸」が同じ分隊で過ごした過酷な軍隊生活と、復員後の話。そして「自動巻時計の一日」は、米軍基地の研究所の化学部で働きながら小説の翻訳をしている「おれ」が、朝起きてから夜眠るまでを書いた話である。

いずれの作品も、つらつらと淀みなく語られるところにその特徴も、共通点もある。読者は、まるで酒場で隣に居合わせた客が思い出話を語り出し、その話に耳を傾けるようにこれらの小説を読む。どの作品のどの場面も、深読みをしないと文章の意味や作中人物の真意が読めないようなところはほとんどない。語られる内容は明快、ゆえにこれらの語りは聞きやすい。その聞きやすさは、書き手自身の経験や書き手自身が過ごした時代や舞台の気配が色濃いためでもある。読み手は、まるでどこか書き手自身の体験談のようにこれらの語りを聞いていて、読み手にとっては自分のいる現実と地続きの世界の出来事のような気がしてくる。

しかし実際にはそうではない。これらはたしかに小説であり、現実とは隔たったフィクションの世界にある話である。だから、書き手がしているのは、まるで読み手と地続きのところにいるような語る主体を作中に置き（それが「ぼく」や「おれ」だ）、まるで酒場のカウンターで隣に居合わせた客に昔話を語るみたいに語らせているということなのだと思う。

一方で、読み手がふと、「自分はなぜこんな話を聞かされているんだろう」という戸惑いを感じる瞬間もあるかもしれない。それは言い換えれば「いったいこれはなんの話なのか」「つまりどういう話なのか」みたいな疑問が浮かぶということで、どの作品の語り手も、思い出したことを思い出した順に語っているだけ、みたいに語る。だから語る内容は明瞭でも、話の全体像を描こうとしたり、話と話の関係性を捉えようとすると、よくわからなくなる。言ってることは明瞭なのに全体としてなんの話かわからない、というのはそれこそ酒場で延々しゃべっている酔っぱらいの話ならばにも珍しいことはないが、そういう語り手が小説の場にいることはとても珍しい。小説は酒場の思い出話とも、あるいは同じ語りの芸である講談とか落語といった話芸とも違って、書かれた言葉でできていて、ライブじゃない。だから小説の文章というのは、あらゆる部分が書き終えられた時点から見直されるように書かれたものであって、語り手も全体像や各エピソードの関係性やそれを語る順序に奉仕するような形になる。語りのライブ性を手放してまで、わかりやすく語ろうとしてしまうのが、小説の語り手なのだ。

しかし本書に収める三作の語り手たちは少し違う。本来的に発話としてある「語る」という行為のライブ性を手放さず、その声を、調子を、不可逆的な展開を作者によって保存された語り手たちであるように思う。この三作、そして田中小実昌のほかの作品にも通じる語り口の軽さ、劇的でなさも、語り手が語る主体であることから動かず、その主体性を手放さないからそういう語り方ができる。というか劇的にならないためにそうしている。

「自動巻時計の一日」の最後の方、家に帰って風呂に入るところで「おれ」はこんなふうなことを書いている。

おれにとっては、このおれは、いくらか述語の選択ができる主語のはずなのに、なぜ、目的格にしてしまうような努力をするんだろう?

「おれ」は「おれ」自身を主語にして、いかようにも語ることができるはずなのに、なぜか「目的格」にしてしまう。そこで「目的格」にされるのは語られる「おれ」である。日本語ならば主語の「おれ」も、目的語の「おれ」も同じ「おれ」だが、英語の目的格になると「おれ」は「me」になり、主語とは違う形になる。仕事の合間に英語小説の翻訳をする「おれ」は、自分の一日について語りながら、そこで語られる主体である「おれ」の弱さに気づく。それは語る主体である「おれ」が語られる「おれ」に主体性を与えないということでもあるが、同時に、語る「おれ」も強い主体であろうとはしない。

なさけないが、おれはいいかげんな男だ。偽悪的なポーズではなく、ほんとに、そうおもってる。おれなんかとちがい、いいかげんでない人たちが、ちゃんといるからだ。(略)

だけど、おれはいいかげんだから、どうしようもない。どうしようもない、なんてことを言ってないで、いいかげんでなくなる努力をすればいいんだけど、それはしない。もともと、いいかげんだから、できないんだろう。

ここには淀みなく軽やかな語り口の印象とは裏腹の、断固とした意志が働いている。語る対象に肩入れすれば、いくらでも劇的な話になるが、それはしない。一方で、あくまで酒場の酔客のような話者であることで、物語のナレーターになることもしない。田中小実昌という書き手は、そういう語りの機能を徹底して拒み、そのうえで語ることの可能性を追った書き手だったのだと思う。

だから、悲惨きわまりない「ぼく」の軍隊生活も、ミミのおかれた境遇も、作中では無慈悲なまでにあっさりと語られる。「自動巻時計の一日」の「おれ」は「芸はきらいだ」という。「映画スターでも、小説書きでも、ナマな魅力のほうがいい。ナマな魅力なんて、長つづきするものではなく、また、ながくつづかないから、ナマの魅力がある」。

しかし、劇的な場面が全然ないわけではない。「自動巻時計の一日」では、「おれ」が翻訳している小説の内容が、「おれ」の一日に混ざり込んでくる。小説の主人公であるダン・ラークという男はレストランのコックをしていて、店の主人や同僚とのごたごたなどが翻訳されていくが、そのうちにダン・ラークが太平洋戦争中の記憶を思い出す。陸軍にとられて南太平洋に送られ、かつて日本海軍の陸戦隊がいたという小さな島に上陸し、住民らしき男を捉える。上官の汚い罵りや理不尽な処遇、そして極限的なある場面が、「おれ」の一日とは似ても似つかぬ劇的な運びで語られることになる。「おれ」は「おれ」の一日や自分自身の記憶について劇的に語ることを嫌いながらも、他人の話を劇的に聞く＝訳すことはする。

また、「ミミのこと」のとても哀しく美しい場面。連邦軍の施設に出入りするようになったミミは施設内の軍人や雇われ人の体の相手をするようになっていたが、あるとき、なかのひとりが、順番にミミに自分たちの相手をさせ、その様子を「実況放送」しようと言い出す。「ぼく」はその「放送」を聞きながら「つまらない」とつぶやくばかりだったが、同僚の平田という男がミミの相手にかわると、平田はコット（寝台）の音をさせながら恨めしそうに軍歌を歌い、そして戦中水雷艇要員だった時分に出会ったミミとの経緯を語る。この作者にしては異例な、いっけんどんな感情がそこにあるのかわからない情緒的な描写だけで形作られたようなその話を「ぼく」は聞く。そして語る。自分自身についての話が「芸」に傾くのは嫌いながら、他人の話に帯びる情緒を切り捨てる聞き手ではないのだ。

作者の生誕一〇〇年の年は、終戦から八〇年の年でもある。「浪曲師朝日丸の話」には、「ナマ」の質感にとどまるからこそ読み手に伝わる軍隊の「いやさ」がある。悲惨で過酷なその時その場に没入した語りと同じくらい、そこから隔たり距離をとった語りも大事で、それは結局経験の伝達や継承は言葉によってなされるからだ。隔たりを伴う言葉を受けとる者は、その隔たりを埋めるための想像力とか、別の言葉を探すことになる。

本稿の筆者は一九八二年生まれ、一九二五年生まれの田中小実昌とは五七歳違いになる。物書きと物書きの関係は年の差だけで語れるものではないが、これはだいたい祖父母と孫の年の差になる。幸いなことに日本はまだ戦後が続いていて、この国にとっての戦争は年々遠いものになっているが、年配の方の戦争体験などを聞くと、隔たりがあるからこそ伝わりやすくなることも少なくない、と感じることがある。経験は語り手だけのものではない、ということを田中小実昌は教えてくれる。田中小実昌が書き残したナマの戦争、ナマの軍隊。その受け止め方は読み手に委ねられている。

（たきぐち・ゆうしょう　小説家）

初出／初刊

ミミのこと…『オール讀物』一九七一年四月号／『香具師の旅』一九七九年、泰流社
浪曲師朝日丸の話…『小説現代』一九七一年六月号／『香具師の旅』一九七九年、泰流社
自動巻時計の一日…一九七一年八月、河出書房新社（書き下ろし）

編集付記

一、本書は著者の直木賞受賞作「ミミのこと」「浪曲師朝日丸の話」と候補作「自動巻時計の一日」を発表年順に並べた作品集である。中公文庫オリジナル。

一、『香具師の旅』『自動巻時計の一日』（ともに二〇〇四年、河出文庫）を底本とし、適宜初出誌・初刊本を参照した。

一、明らかな誤りと考えられる箇所は訂正し、ルビを整理した。

一、本文中に今日の人権意識に照らして不適切な語句や表現が見受けられるが、著者が故人であること、執筆当時の時代背景と作品の文化的価値を考慮し、底本のままとした。

中公文庫

ミミのこと
——他《ほか》二《に》篇《へん》

2025年2月25日　初版発行

著　者　田《た》中《なか》小《こ》実《み》昌《まさ》

発行者　安部 順一

発行所　中央公論新社
〒100-8152　東京都千代田区大手町1-7-1
電話　販売 03-5299-1730　編集 03-5299-1890
URL https://www.chuko.co.jp/

ＤＴＰ　平面惑星
印　刷　三晃印刷
製　本　小泉製本

Published by CHUOKORON-SHINSHA, INC.
Printed in Japan　ISBN978-4-12-207621-1 C1193

各書目の下段の数字はＩＳＢＮコードです。978－4－12が省略してあります。

中公文庫既刊より

た-24-3
ほのぼの路線バスの旅
田中小実昌
バスが大好き――。路線バスで東京を出発して東海道を西へ、山陽道をぬけて鹿児島まで。コミさんのノスタルジック・ジャーニー。〈巻末エッセイ〉戌井昭人
206870-4

た-24-4
ほろよい味の旅
田中小実昌
好きなもの――お粥、酎ハイ、バスの旅。「味な話」「酔虎伝」「ほろよい旅日記」からなる、どこまでも自由で楽しい食・酒・旅エッセイ。〈解説〉角田光代
207030-1

た-24-5
ふらふら日記
田中小実昌
自身のルーツである教会を探すも中々たどり着けなくて――。目の前に来た列車に飛び乗り、海外でもバスでふらふら。気ままな旅はつづく。〈解説〉末井　昭
207190-2

こ-62-2
私の作家評伝
小島　信夫
彼らから受け継ぐべきものとは何か――近代日本文学の代表的な文豪十六人の作品と人生を、独自の批評眼で辿る評伝集。〈巻末鼎談〉柄谷行人・山崎正和
207494-1

う-37-2
ボロ家の春秋
梅崎　春生
直木賞受賞の表題作と「黒い花」をはじめ候補作全四篇に、小説をめぐる随筆を併録した文庫オリジナル作品集。〈巻末エッセイ〉野呂邦暢〈解説〉荻原魚雷
207075-2

き-15-17
香港・濁水渓　増補版
邱　永漢
戦後まもない香港で、台湾人青年がたくましく生き抜くさまを描いた直木賞受賞作「香港」と、同候補作「濁水渓」を併録。随筆一篇を増補。〈解説〉東山彰良
207058-5

ゆ-2-23
軍旗はためく下に　増補新版
結城　昌治
陸軍刑法上、死刑と定められた罪で戦地で裁かれ処刑された兵士たち。戦争の非情を描く直木賞受賞作に著者自作解説を増補。〈解説〉五味川純平／川村　湊
206913-8